遺骨

内田康夫

角川文庫　11973

目次

プロローグ

行方知れずだった森喜美恵《もりきみえ》が湯本《ゆもと》に戻ってきていることを松村尚美《まつむらなおみ》が知ったのは、九月もなかば近くになってからである。中学・高校時代のクラスメイトで、いまは長門《ながと》市の社会教育課に勤めている古川麻里《ふるかわまり》が、電話で「昨日の赤崎神社の南条踊りのときに、バッタリ会《お》うたんよ。いまは白谷ホテルに勤めているらしい」と知らせて寄越した。

南条踊りというのは、戦国時代、吉川元春《きっかわもとはる》が伯耆《ほうき》の羽衣石《うえし》城に南条元続《もとつぐ》を攻めたとき、吉川軍の兵士数十人が踊り手に扮装《ふんそう》して城に入り、南条軍の攻略に成功したという故事にちなんだ踊りである。吉川氏の本拠である岩国にも南条踊りが伝承されているが、長門に伝わるのはそれとは若干、おもむきを異にして、いっそう華やかで、県指定の無形民俗文化財になっている。

毎年九月十日に奉納される南条踊りには、県の内外から多くの観客が訪れる。この日を挟んで湯本温泉に泊まる客の多くは、南条踊りがお目当てで、どこのホテル・旅館もほぼ満室という賑《にぎ》わいになる。森喜美恵はそういうお客を案内して、踊り見物をしていたのだそうだ。

「それやから、ろくに話もできんかったけど、びっくりしたァ」

麻里は甲高い声でそう言ったが、彼女の驚くのは無理もない。森喜美恵が湯本から消えたのは、もうかれこれ二十四、五年もむかしのことである。

温泉街のある湯本の中学を卒業したあと、尚美と麻里は長門市内の公立高校に入学したが、喜美恵は萩《はぎ》市にあるミッションスクールに入り、そこで寮生活を送っていたので、ふだんはあまり会う機会がなかった。夏休みや冬休みに自宅に戻ったときだけ、おたがいの家を訪問しあう程度だったが、高校二年の夏休みに自宅に戻った直後、喜美恵の姿が見えなくなった。オロオロと探しにきた母親から話を聞くと、身の回りの荷物だけを持って、家出してしまったということであった。「どこへ行きおったもんか……」と、放心状態だったが、母親の様子から、行った先に何か心当たりはありそうだった。警察への捜索願も出さなかったはずである。

ともあれ、それきり音信が途絶えて、大げさにいえば生きているのか死んだものかも分からなかった喜美恵が、とつぜん舞い戻っていたというのだ。

「それやったら、連絡ぐらいしてくれてもええのに」

尚美は心外だった。中学のころは「仲良し三人組」で通した仲である。尚美も麻里もそれぞれ結婚して湯本を出ているが、実家の住所は分かっているはずなのだから、消息ぐらいは教えてくれてよさそうなものだ。

「白谷ホテルの寮に住んでるんて」

麻里は言い「私らと会うのがつらかったんじゃないん」と、思いやりのあることを言った。

「電話しようかと思うたんやけど、尚美と相談してからにしようか思うて。どうしたらええと思う?」

「ほっておいたらええんよ。喜美恵のほうから何か言うてくるまで」

「けど、それもかわいそうよ」

「そうか……そしたら仕方がない、電話してみるわ」

「うん、そうやね、そうしてあげたらええと思うわ。じゃ、お願い」

麻里は最初からこうなることを予想していたにちがいない。優柔不断というのではないけれど、いつだって、決定的な場面は尚美に委《ゆだ》ねる癖がある。市役所の、しかも社会教育課のようなところに勤めていると、責任を背負うようなことはなるべく避けたい習慣が、しぜんと身につくものかもしれない。

尚美は麻里の電話を切るとすぐ、白谷ホテルに電話してみた。麻里とは対照的に、尚美は万事につけて、こうと決めたら即座にやってしまわないと気がすまない性格である。蒲《かま》鉾《ぼこ》屋の嫁に来て、魚市場の男衆を相手に商売しているせいもある。

喜美恵はホテルでなく、寮のほうにいるとのことだった。たいていの旅館・ホテルでは、チェックアウトからチェックインまでのあいだ、部屋係はいったん寮に戻っている。寮に電話すると、喜美恵は案外さばさばした口調で「あら、尚美、しばらく」と言った。

「しばらくじゃないわあね。あんた、帰ってきてるんやったら、なんで連絡してくれんの。ともだちやないの」

「ありがとう、まだともだちと思っていてくれたのね」

少し潤んだ声でそう言われて、尚美は思っていたことのほとんどが、喉《のど》の奥に引っ込んでしまった。

「尚美は丸松の啓二《けいじ》さんと結婚したんだって？」

「当たり前やあね」

「うん、そう。誰に聞いたほ？」

「母から聞いたのよ。だけど、あんなに嫌っていた啓二さんと一緒になるんだから、人生って分からないもんだわねえ」

尚美の結婚相手は丸松蒲鉾店の次男坊、松村啓二。中学で尚美たち三人より一級上だった。少し粗野なところがあるけれど、いわゆるクラスの人気者で、尚美に気があるという噂《うわさ》が立ったことがある。尚美のほうは「あんなやつ、大嫌い」と言っていたのが、ひょんなことから結婚する羽目になった。まさに〝縁は異なもの〟だ。

「そんなことより、喜美恵、あんたどこで何しちょうたんよ。いちど麻里と私と三人で会わん？」

「会うのはいいけど、暗い話ばっかしになるから、それがいやなのよ」

「そんないやな話やったら、せんかったらええわあね」

「そういう話をしなかったら、何も話すことがないじゃない。だから、帰ったことも黙っとったの」

音信不通だったあいだには、何か人には言えないようなつらい経験もあったにちがいない。

「それは分かるけど、そうはいうても、いつまでもぜんぜん会わんつもりじゃないんやろ？」

「そらそうやけど……」

「そしたら早く会うて、さっぱりしてしもうたらええわあね。私らだって、いやなことを根掘り葉掘り訊《き》くようなことせんよ。もしうっかり訊いたりしたら、そのときはダウトって言えばええんよ」

喜美恵は「ははは」と笑った。むかし、中学時代にトランプの「ダウト」でよく遊んだ。喜美恵は妙にゲームに強く、いつも勝った。相手の手の内どころか、心の奥まで読む力があるような強さだった。

尚美の言葉はその当時のことを思い出させたのだろう。喜美恵は「分かった、そしたら今度都合のいいとき、連絡する」と言った。

だが、その約束は結局、果たされることはなかった。それから十日ばかり経って、森喜美恵は白谷ホテルの寮を出たきり、ふたたび消息を絶ってしまったのである。

第一章　淡路島

1

目の前には完成間近い明石《あかし》大橋が天空高く架かっている。あの橋が完成すればこのフェリーも廃業することになるのだろうか。それとも、便数を減らしてでも、対岸と結ぶ交通機関として継続されるのだろうか。

明石から淡路島までは、文字通り指呼《しこ》の距離である。フェリーの所要時間もわずか二十分程度。この辺りから明石大橋を利用するとなると、かなり大回りして自動車道に上がらなければならない。通行料金もばかにならない額になるのだから、もしフェリーがなくなると、地元住民にとってはむしろ不便を強いられる結果になるのかもしれない。

しかし、そうはいっても、明石大橋が完成すれば、フェリーの利用者が大幅に減ることは間違いない。フェリー乗り場の賑《にぎ》わいも、いまはむかしの話になる日が、そう遠くないことはたしかだ。

それにしても、この長い車の行列には辟易《へきえき》した。フェリーはほぼ三十分毎に出ているのだが、順番待ちの車は乗り場から溢《あふ》れるほどの行列であった。休日でもないのに——というより、むしろ平日だからこその混みようなのかもしれない。大型トラックが多く、小型車の列にも会社のネームやマークをつけた業務用の車が目立った。

乗船まで一時間半待ちと聞いて、浅見光彦《あさみみつひこ》は乗船受付の窓口と同じ建物の中にあるレストランに入った。船会社の直営なのかテナントなのか知らないが、待合室と区別がつかないような、狭くて雑然としていて少し不衛生な感じさえする店だ。

カウンターの上のガラスケースの中に、小皿に盛られた料理が並んでいる。すべてセルフサービスなのはいいが、見るからに食欲をそそらないような品ばかりだ。テーブルの並ぶ場所も狭く、そして暗い。どんなに譲歩しても満足できる施設とは思えないのだが、やがて明石大橋ができることを思えば、改善する気にもなれないということか。

いずれにしても食欲を喪失したことは事実だ。浅見は建物を出て、広い乗船場を通りすぎ、道路を渡ったところにあるコンビニへ向かった。ここは明るい店で、出来合いの弁当や巻き寿司《ずし》などを売っている。浅見は無難な「ざるそば」を選んだ。発泡スチロールのトレイにコンパクトに納まった、なかなか旨《うま》そうな外見に惹《ひ》かれた。

浅見の後から来た男も手を伸ばして、残り一つだけになった「ざるそば」を取った。二人は顔を見合わせて、意味もなくニヤリと笑いあった。男の歳恰好《としかっこう》は四十代なかばといったところだろう。身長は浅見よりいくらか低いくらいの痩《や》せ型で、日焼けした不精髭《ぶしょうひげ》に浮かんだ笑顔は、どことなく精気がなかった。

浅見が店を先に出て車に戻るのを、少し間隔を置いてついてきた男が、「やあ、あなたも東京からですか」と声をかけた。ソアラのナンバープレートを見たのだろう。

「私も東京です。失礼だが、マスコミ関係の方ですか」

「ええ、まあそうです。雑誌のライターをやっています」

「そうですか……」

男はまだ何か言いたそうに、ちょっと考えるような素振りを見せたが、「どうも」と中途半端なお辞儀をして、行ってしまった。浅見が気になって見送っていると、五、六台先の車のドアにキーを挿しながら振り返り、浅見と目が合った。

浅見はあいまいに笑って会釈を送った。男はそこでもういちど躊躇《ためら》いを見せて、しかし、会釈を返すような恰好で身を屈《かが》め、ドアの中に入り込んだ。

浅見も車に入り、運転席を後ろにスライドさせて、ハンドルとの間に空間を作り、いそいそとざるそばを広げた。車の中で食事をするのは珍しいことではないが、そばを食うのは初めてだ。傍目《はため》にはおかしな光景だろうな——と思い、いまごろはさっきの男も同じ恰好でそばを食っているのかと思うと、なんとなく苦笑が湧《わ》いてくる。

長い待ち時間が終わって、車の列が動きだした。フェリーに乗るときはいつも多少の緊張感が伴う。海に対する憧《あこが》れと恐れがあるせいである。大きく暗い口を開けた船に走り込むと、なんだか大きな仕事をやり遂げたような気分と、取り返しのつかないことをしたような気分とが、こもごも押し寄せる。飛行機に乗るときもそうだ。ひょっとすると、結婚するときもこういう緊張を強いられるのかもしれない。相手に身を委《ゆだ》ねるというのは、たぶんこういうことなのだろう。

車両甲板に車を置いて、階段で客室に上がって行く。上甲板には心地よい海風が吹いていた。

客室に入ると、正面のテレビがニュースをやっていた。ちょうど女流ミステリー作家の死を報じているところだった。執筆中の箱根のホテルで、突然の死だったそうだ。

浅見もミステリー作家に知り合いがいて、その女流作家のことはときどき話題にのぼっていたから、関心以上のものを感じて、椅子《いす》に坐《すわ》るのも忘れ、テレビに見入った。

ニュースがほかの話題に移ってからも、ぼんやりとテレビの画面を見つづけた。

その女流作家の死のことが浅見の脳裏を埋めていた。年齢的にはまだ若く、たしか浅見の知り合いの作家と同じくらいのはずだ。いつも浅見に憎まれ口を叩《たた》くその作家にも、こうなふうに「突然の死」が訪れる可能性があるのだと思うと、これからはもう少し優しくしてやらなければいけないかな——という気分にもなってくる。

テレビから視線を逸《そ》らしたとき、ふと最前の男の姿が目についた。男はすでにベンチシートに坐っている。かなり前のほうで、浅見の位置からだと、斜め後ろからの横顔しか見えないが、浅見と同様、食い入るような目でテレビを見つめている様子だった。

賑やかな団体客が入ってきて、客室は急に騒がしくなった。浅見は彼らの発する騒音から逃れて甲板に出た。船はすでに動きだしていて、港内で方向転換をしているところであった。

フェリーは穏やかな海面を滑るように航行して、長大な明石大橋の下を斜めに潜った。淡路島はぐんぐん接近した。

岩屋港で船を下り、島の北側を回って西海岸へと向かう。明石海峡に面した北側の海岸一帯を「松帆の浦」という。百人一首にある藤原定家《ふじわらのていか》の歌、「来ぬ人を松帆の浦の夕凪《ゆうなぎ》に焼くや藻《も》汐《しお》の身もこがれつつ」で有名なところだ。

この辺りから南の北淡町《ほくだんちょう》、一宮町付近に至る断層が動いて、阪神淡路大震災の震源の一つになった。あれから一年以上も経つが、いまだに断層の跡が見られ、周辺の家屋には被害の痕《あと》が残っている。

浅見の今回の目的は、「崇道天皇」と諡《おくりな》を贈られた早良《さわら》親王が祀《まつ》られている常隆寺という寺を訪ねることである。

早良親王は光仁《こうにん》天皇の皇子で桓武《かんむ》天皇の皇太子だったが、謀叛《むほん》の疑いによって皇太子を廃せられた。親王は食を断ち、淡路に流される途中の船中で憤死した。親王の死後、怨《おん》霊《りょう》による祟《たた》りが都に頻発。それを恐れた桓武天皇は、淡路島の山中に寺を建立し早良親王の霊を鎮めようとした。それが常隆寺である。しかし結局、怨霊は鎮まることがなく、ついに桓武天皇は造ったばかりの長岡京を引き払い、京都に遷都している。

つまり、京都千二百年の輝かしい歴史のきっかけとなったのが、じつは早良親王の怨霊であったというわけだ。

浅見は、麓《ふもと》の町や海岸の風景をカメラに収めた。北淡町役場で聞いて、役場から少し南へ行った交差点を左折すると、急にきつい登り坂にかかった。道は一応舗装されてはいるが、地震の被害の修復工事が行なわれているところが随所にあった。

そのせいか、浅見にしては珍しく道に迷った。ようやく本来の道を探り当てて、鬱蒼《うっそう》と茂る森の中の、曲がりくねった道を登って行くと、頂上付近で向こうから来る車とすれ違った。

狭い道で道路端ギリギリに車を寄せるのに気を取られたが、チラッと見た相手の車のドライバーは、例のフェリーの男のように思えた。ほんの一瞬のことだったし、別人のようなおそろしく険しい顔をしていたから、見間違いかもしれないが、車のナンバーも東京のものだったような気もする。

そこから一分もかからずに常隆寺の境内に入った。小学校の運動場ほどの広場の向こうに、本堂と、その右に庫裏《くり》がある。本堂はもちろんだが、庫裏も相当に古い建物だ。大きな由緒書の看板には、早良親王の故事が書かれている。常隆寺は桓武天皇の勅願寺として八〇五年に建立され、北淡地方における山岳信仰、修験の霊山としてあがめられた——といったことが書いてある。

庫裏を訪《おとな》うと、開けっ放しの入口から、土間につづく居間の様子が見えた。床柱を背に四十歳ぐらいの大柄な住職が白い衣姿で寛《くつろ》いでいて、その脇《わき》で住職夫人らしい女性が二人の子供の相手をしている。浅見に気づいて、夫人が戸口まで出てきた。

浅見は「常隆寺の縁起について、お話をお聞きしたい」と言い名刺を渡すと、しげしげと名刺を眺めていた夫人が、「あの、もしかすると……」とじっと浅見の顔を見つめて、言った。

「浅見光彦さんていうと、あの名探偵の浅見さんとちがいますか？」

これには浅見が驚いた。

「ええ、まあ、名探偵ということはありませんが……じゃあ、僕のこと、ご存じなんですか？」

思わず上目遣いになっていた。

「知ってますよ、本の愛読者です。テレビも見てます。でも、テレビの浅見さんより、ご本人のほうがすてきです」

面と向かって「すてき」と言われ、浅見は顔が赤くなった。

住職も子供たちも戸口まで出てきて、面白そうに二人のやりとりを眺めている。

「まあ、どうぞ上がってください」

夫人に勧められて居間に上がり込んだ。卓を挟んで住職と向かい合いに坐る。

「私はほんの少ししか読みませんがね、家内はあなたの大ファンで、本もずいぶん読んでいるみたいですよ。いやあ、しかしその浅見さんがこんなところにおいでになるとは、びっくりしましたなあ。ということは、やはり何か事件ですか？」

「いえ違います、こちらに伺ったのは本業のルポライターの仕事です。どうも、おかしな推理作家のおかげで、事件調査のほうの虚名ばかりが知られてしまって……」

浅見は苦笑して頭を掻《か》いた。

住職夫人がお茶を運んできて、そのまま住職の脇に坐り込んだ。

「いろいろな事件の中には、ずんぶん危ないこともあったのでしょう?」

目を輝かせて、浅見探偵の武勇伝を聞きたがる。

仕方なく、ひとしきり「探偵談」を語ってから、浅見は本来の目的である「取材」をさせてもらった。住職は先代の息子さんで、父親が亡くなった跡を継いだのだそうだ。夫人とは学生時代に東京で出会った。

「強引に結婚させられて、淡路島に連れて来られたんですよ」

夫人はケラケラと笑い、住職は否定もしないで笑っている。その夫人が長野県の出身というのには驚いた。

「僕の知り合いの推理作家が、長野県の軽井沢に住んでますよ」

「ええ、知っています。その関係で本を読むようになったんですもの」

そんな余計な話題で少し盛り上がった。

住職の話によると、常隆寺は早良親王で知られているだけに、年間を通じて訪れる人が多いそうだ。

「もっとも、多いいうてもこんな山の中ですので、ほんのポツリポツリといったところですな。それでも、春先のお花見時分や、夏のシーズンにはキャンプ場にみえる人たちで、かなり賑《にぎ》わってます」

夏休みも終わったこの時期は、平日ということもあって、人の訪れが少ないらしい。

「つかぬことを訊《き》きますが、ついさっき、東京の人がこちらに見えませんでしたか？　坂の途中で、たしか東京ナンバーの車とすれ違ったのですが」

「ああ、見えましたよ。東京の板橋区の人でしたが……」

住職夫妻は顔を見合わせた。何かいわくがありそうな気配だ。

「はじめての方ですか？」

「はい、私はぜんぜん会《お》うたことのない人でしたが、しかしその人のお父さんが先代の住職と付き合いがあったいうてました」

「こちらには、ご参詣《さんけい》で見えたのですか？」

それだけではないのでしょう――という反語の意味を込めたのだが、図星だった。

「いや、それがちょっと、妙なことを頼まれましてね。というても、寺をやっておる以上は、当然といえば当然ですが……」

どうしようかな――と迷う様子が見えた。職業上知りえたことを、第三者に話していいものか、躊躇《ちゅうちょ》している。

「お話ししたらいいんじゃないですか」

夫人が脇からたきつけた。住職も「そうだな」と腹を決めたらしい。

「ほかならぬ浅見さんやからお話しするのやが、あの方はお骨を預かってほしい言われましてね。お父さんが亡くなられたんやが、お寺さんが決まってなかったのと、お父さんの遺言で、ぜひとも当寺にお骨を納めてほしいと願うてはったんやそうです。そんなようなことで、ご供養と御布施を……それもあとで開けてみたら、ちょっと法外な金額やったもんで、びっくりしとったところです」

「そういうことは珍しいのでしょうか」

「まあ、寺ですからなあ。ご供養を頼まれるのは珍しいとは言えんかもしれませんが、こういうケースは、むかしはともかく、私の知っとるかぎりでは、初めてのことです。ご承知のとおり、当山は早良親王さんの御霊を鎮めるために、桓武天皇さんがお建てはった勅願寺ですので、当寺に納骨して、ご先祖さんのご供養をしはろういうお考えは、なかなか浮かばんのと違いますやろか。それも、東京からわざわざ見えはるとはなあ……」

たしかに、怨霊鎮めで知られた寺に納骨するとは、少しどころでなく奇妙な話だ。亡父の遺言による――というのも、どことなく作り話めいて気になる。

しかし絶対にありえないと決めつけることもできない。亡くなった父親に何かの事情があって、この寺への納骨を遺言したということなのだろう。

（いったいどういう事情なのかな――）

浅見の興味はそこへ向かったが、それ以上の詮索《せんさく》は意味のないことであった。

2

浅見が東京に戻って四日目に、思いがけなく常隆寺の住職から電話が入った。

お手伝いの須美子《すみこ》が「小松さんとおっしゃる方から……」と呼びに来たときは、知り合いの小松美保子という女性からかと思って電話に出た。だから受話器から出る男のダミ声を聞いて面食らった。

「小松です、常隆寺の、淡路島の……」

小松住職は、浅見の戸惑った反応に気づいて、逆に辿《たど》るように身分を明らかにした。

「ああ、常隆寺のご住職……どうもその節はお世話になりました。あまりにも思いがけないお電話なので、びっくりしました」

「すんませんなあ、お忙しいところに突然、電話させてもろて」

「とんでもない、忙しくなんかありません。ひまでひまで、このぶんだと、今月の食い扶《ぶ》持《ち》も払えそうになくて困っています」

小松の遠慮がちな気配を察して、浅見はジョークを言ったのだが、小松は僧侶《そうりよ》らしく、律儀に受け取った。

「そうならばよろしんのですが……あ、いや、ひまなのがよろしいいうわけやありません。お仕事のお邪魔をしたんでなければいう意味ですんで」

「そんなご心配はいりません。それで、何か?……」

「じつはですな、ちょっと気になることがあって、どないしたもんか、家内ともいろいろ相談した結果、浅見さんにご相談したほうがええやろいうことになったもんで」

いったん言葉を切って、こっちの反応を推し量っている。

「はあ、どうぞ僕でお役に立てることなら、何なりとおっしゃってください」

「そう言いはるとこ見ると、やっぱし浅見さんはまだご存じないようですなあ」

「は？　といいますと？」

「昨日の朝刊を見ていただけると分かるんですが。こっちの地方紙にも出とるぐらいですんで、東京の新聞には間違いのう出ておる思います」

「ちょっと待ってください」

浅見は須美子に頼んで、すでに片付けてしまった新聞を持ってきてもらった。小松住職は「社会面を見てください」と言った。

「そこのどこかに、殺人事件の記事が出とる思いますけど。板橋区で起きた事件です」

「ああ、ありました」

浅見はすぐに発見した。

待ち伏せされ刺されて死亡

という見出しで、東京の製薬会社社員が殺された事件のことを報じている。

十六日午後九時十分ごろ、東京都板橋区東山町――のマンション「ニューエリート」の駐車場で、同マンション七階に住む龍満智仁（たつみともひと）さん（四六）がナイフのようなもので刺された。龍満さんは病院に運ばれたが、心臓を刺されており、ほぼ即死状態であった。警視庁捜査一課は殺人事件として板橋署に捜査本部を置き、龍満さんが駐車場で待ち伏せされていた可能性が強いとみて、捜査を始めた。事件当時、現場付近の路上で不審な中年男の乗った車が目撃されており、車が急発進する音を聞いた人もいる。

また、龍満さん宅はひと月ほど前、空き巣に入られたことがあり、被害はなかったものの、今回の事件との関連について警察は調べているもよう。

「その龍満いう人が、この前、浅見さんがおいでになったとき、お骨を納められた方なんです」

「えっ、ほんとですか？」

「いや、写真が出とらんし、確認したわけでもないんですが、龍満さんいう名前は珍しいのと、年齢がそれぐらいやったと思いますんで、たぶん間違いないやろと」

「その可能性が強いですね。こっちの新聞にも写真は出ていません。写真があれば僕もすぐに気がついたのでしょうが、名前を知りませんでしたから」

「それで浅見さん、どないしたもんでしゃろか、それをお聞きしたい思うて電話させてもらいました。やっぱし警察に連絡したほうがええんでしょうか。うちの寺に納骨をしはったおひとやいうことを」

「そうですね、いちおう連絡しておいたほうがいいと思います」

「そうですな、そんならそうしますが、しかし面倒なことにはならへんでしょうか」

「ははは、大丈夫ですよ。ただ単に納骨をしに来ただけなのですから。それよりむしろ、警察がまともに相手にしてくれないかもしれません。事件には直接関係はないと考えるのじゃないでしょうか」

浅見のその予測は当たったようだ。翌日になって電話してきた小松住職の話によると、警察の対応はきわめて冷淡なものだったらしい。

「捜査の進展具合によっては、いずれ調べに来るかもしれんとか言うとりました。まあ、父親の骨を納めて供養を頼んだからちゅうて、別に問題はないやろういうことのようです。なんや心配しただけ損しましたな」

ほっとした反面、警察にまともに相手にされなかった物足りなさが、小松の口調に滲《にじ》み出ていた。

小松から事件のことを知らされて以来、浅見はその後の報道に注意を払っている。しかし、新聞もテレビもこれといった進展があるような続報をしていない。犯行が大胆だった割には、捜査の手掛かりになるような事物は少ないのだろうか。

事件のあった板橋区東山町は、浅見の住む北区西ヶ原からそう遠くはないところである。車でおよそ二十分もあれば行ける距離だ。

浅見は毎朝新聞の黒須《くろす》という男に頼んで、事件の詳細を教えてもらった。黒須は政治部の記者だが、社会部からデータを集めて回してくれた。案の定、事件捜査そのものには進展が見られないが、しかし新聞報道には出ていない事件の背景らしきものは、かなり詳細に調べがついている。

殺された龍満智仁は製薬会社「グリーン製薬」の社員で営業部に所属、いわゆるプロパーという仕事をしていた。大手の病院などに自社製品を納入する第一線のセールスマンである。

家族は妻と男女それぞれ一人ずつの子供の四人暮らし。一年ほど前に父親を亡くしている。

(一年前か――)

浅見はちょっと引っかかるものを感じた。一年前に亡くなった父親の遺骨を、この時点まで放置しておくものだろうか――。

警察は犯行動機を、行きずりの通り魔的な犯行と、何らかの利害関係が絡んだ怨恨《えんこん》によるもの――の二つに絞って捜査を進めているようだ。とくに龍満の仕事柄、競争相手とトラブルがあった可能性はある。新薬の売り込みには、業者間でかなり過激な競争があるという。

浅見はマスコミ関係者を装って、板橋署を訪れた。事件から一週間経って、報道陣の関心は薄れてしまったのか、サツ回りの記者らしき姿も見当たらなかった。浅見は受付で名刺を出して、取材の申し入れをした。名刺には肩書がない。

「フリーのルポライターです」

受付はそういうのには慣れているのか、広報担当に連絡してくれたが、定例の記者会見まで、とくに発表することはない――という返事だった。だいたい警察というところはマスコミに対しては神経質で、テレビや大新聞ならともかく、小さな雑誌社だとかフリーの人間には冷やかなものだ。

浅見はあっさり諦《あきら》めて、龍満智仁の住所を探すことにした。

板橋区東山町は東武東上線のときわ台駅の南側にある街である。ときわ台の北口側は、かつて東上線の「田園調布」と銘打って売り出された、当時としては高級な住宅街として都市計画がなされている。駅前ロータリーから放射状に道路が通っており、それに沿って住宅が建ち並ぶ。

それに反して、南口側にはロータリーはなく、駅舎は小さな駅ビル形式になっている。左右に商店の並ぶ「ときわ台銀座」という細い通りを抜け、環状7号線を渡った辺りが東山町であった。その付近一帯は古い住宅がマンションに建て替えられつつある。

マンション「ニューエリート」は建ってからまだそう経っていないらしい。白磁色のタイルで覆われた九階建ての瀟洒《しょうしゃ》なビルだ。その七階廊下の中央付近の部屋に「龍満」の表札があった。

チャイムボタンを押すと、ドアの向こうに人の気配がした。マジックアイでしばらく様子を窺《うかが》ってから「どちらさまでしょう?」と女性の声が聞こえた。見知らぬ男に警戒しているのだろう。

「浅見といいます。ご主人と淡路島でお目にかかったのですが、そのことでちょっとお話ししたいと思いまして」

またしばらく間を置いて、ドアチェーンを外す音がした。

ドアが開いて、中年の女性が窶《やつ》れた顔を見せた。

「どうぞ」

小さく頭を下げ、客を招き入れた。かすかに線香の匂《にお》いが漂い出た。

マンションの部屋にしては土間の広い玄関であった。住む人の几帳面《きちょうめん》な性格を物語るように、きちんと片づいたきれいな佇《たたず》まいだ。浅見の部屋とはえらい違いである。

奥に子供がいるのだろうか、テレビの音が流れてくる。

「龍満の家内ですけれど、どういったことでしょうか?」

未亡人は不安そうな上目遣いになって、訊いた。

浅見は「旅と歴史」の社名が入った名刺を渡した。必要に応じて、この名刺を使うことは認められている。「旅と歴史」は部数こそ少ないが、固定読者の多い、真面目《まじめ》な雑誌として知られている。

「じつは、淡路島の常隆寺に早良親王の取材に行ったのですが、その際、明石から淡路へフェリーで渡るとき、ご主人と知り合いました。偶然、常隆寺へ行く者同士だったわけで、話が弾みまして……」

「あの……」

未亡人が浅見の話を遮った。

「その常隆寺というのは、何なのでしょうか？」

「あ、そうすると、奥さんはそのこと、ご存じじゃなかったのですね」

やっぱり――と思った。龍満智仁が家族に知らせずに淡路島へ行ったことも、それに警察がその件について、まだ龍満家に確認していないことも、浅見が予想したとおりであった。

「ええ、何も聞いておりません。主人はその常隆寺というところへ参ったのですか？」

「そうです、いらっしゃってます。お父さんのご遺言で、お骨を納めにいらっしゃったようですが」

「お骨をですか？」

未亡人は目を瞠《みは》った。

「なるほど、そうでしたか。そのこともご存じないのですね」

「ええ、そんな遺言があったことも知りません。じゃあ、一周忌で長門へ行ったついでに、分骨でもしたのかしら？」

「お宅のお寺はどちらですか？」

「山口県です、日本海に面した長門市というところですけど」

浅見は中国地方の地図を思い浮かべた。長門市は萩の西にあるはずだが、正確な地図が思い描けない。

「ずいぶん遠いのですね。龍満さんというお名前も珍しいですが、もともとそこのご出身ですか？」

「そうみたいです。龍満家の本籍はそこになっています。主人が生まれたのも長門市で、小学校の六年生になるまではそこにいたそうです。でもいまは長門市には親戚《しんせき》関係は誰もいないということでした」

「ご主人のお母さんはいつ頃亡くなったのですか？」

「昭和三十年代の初め頃だったと聞いています。たぶんそれがきっかけで、義父《ちち》は主人を連れて長門を離れたのじゃないでしょうか」

「長門へはいらっしゃったことはあるのですか？」

「いいえ、主人のほうは何度か行ったみたいですけど、私はいちども行ったことがありません。義父が亡くなったときも、お葬式はこちらの斎場ですませましたし、納骨には主人が一人で参りました。私も行くべきでしたけど、ちょうど息子が受験勉強の最中で、どうしても時間が取れなくて……。このあいだの一周忌にも主人は一人で行くからいいと言いまして……」

そのことに後ろめたいものを感じているのだろう。未亡人の語尾は弱々しかった。

寺の名は「西恵寺」だそうだ。山口県長門市の住所をメモした。

「ところで、お義父さんはお仕事は何をなさっておられたのですか？」

「主人と同じです。グリーン製薬に勤めておりました。十何年か前に辞めるときは、取締役で何かの部長をしていたと思います。主人が入社したのは、もちろん義父の引きがあったからです」

「ご主人は営業関係のお仕事だったそうですね」

「ええ、販売第二課の課長でした」

「製薬会社の売り込み合戦は、かなりはげしいらしいですね。ご主人もいろいろご苦労があったのでしょうね」

「そうだと思います。私にはほとんど愚痴を言いませんでしたけど、夜中にため息をついていることもありました」

「たしか、警察ではそのライバル会社の関係も調べているようですが。それについての心当たりはありませんか」

「ぜんぜん分かりません。でも、いくら商売仇《がたき》だからって、殺すようなことはしないと思いますけど」

「だとすると、奥さんはご主人を殺害した犯人はどのような人間だと思いますか」

「分かりませんけど、ただの強盗じゃないみたいですし、喧嘩《けんか》の行き過ぎかもしれません。

主人もいろいろ悩んだりして、気持ちが不安定なところがありましたから、喧嘩をふっかけられればカッとなったかもしれません」

「どんなことで悩んでおられたのでしょうか？」

「ですから、主人は何も言いませんので分からないのです。ただ、こんなことじゃいけないとか、何とかしなくちゃとか呟《つぶや》くことがありましたから、何かで焦っていたことはたしかです」

（こんなことじゃいけない。何とかしなくちゃ——）

と、浅見は胸の内で反芻《はんすう》した。

3

毎朝新聞のデータベースで調べてみると、製薬会社のプロパーに関係する事件は膨大な数にのぼることが分かった。

プロパーというのは簡単にいうと、製薬会社の、とくに新薬の情報を病院や医師等に提供し、併せて販売促進活動を行なう者のことである。

製薬会社には「研究開発」「製造管理」そして「営業販売」と大きく分けて三つの部門がある。それに関しては他の業種のほとんどのメーカーに共通しているが、薬品メーカーについては、厚生省による許認可のしばりがきわめてきびしい。したがって、そのハードルをいかにしてクリアするかが、それぞれの部門担当者の腕の見せ所でもあるわけだ。

最も派手なのは各社プロパーがしのぎを削る売り込み合戦で、病院の医師や薬局職員に対する実弾による攻撃は日常的に行なわれているといっていい。

プロパーは白昼堂々と贈り物を医師に差し出すし、医師も平然とそれを受け取る。もちろん夜の接待やゴルフの招待などは付き合いの初歩でしかない。やがてはそれが医薬品や医療機器納入に絡む贈収賄事件に発展するのは、火を見るよりも明らかだ。

プロパーのモラルが低下したことによって引き起こされる事件もあとを絶たない。本来は情報提供者であるプロパーが、売り込みに懸命なあまり、当然しなければならない副作用の説明をおろそかにする。その一例として皮膚病薬「ソリブジン」によって、約一ヵ月の間に三人の死者を出したケースがある。

データを調べれば調べるほど、浅見は憂鬱《ゆううつ》になっていった。医療に携わる者には、あらゆる職種のうちでもっとも高い倫理観があってしかるべきなのに、実態は悪臭ふんぷんとした汚職の温床《おんしょう》らしい。

じつは、薬害をもたらすものは、プロパーや研究者といった個人ではなく、製薬企業そのものの体質であり、組織的な犯罪要因によるものであることははっきりしている。薬害エイズに到るまで、わが国で過去に発生した数々の薬害事件は、そのつど多くの教訓を残していながら、ほとんど再発防止に役立たなかったといっていい。

たとえば一九七〇年代なかばに訴訟問題に発展し表面化した胃腸薬「キノホルム」による「スモン薬害」は、すでに一九六六年には海外で「キノホルム原因説」が提起されていた。一九七〇年には製薬会社の依頼を受けて、キノホルムに副作用のあることを裏付ける研究を行なった東大教授が、いざその結果を発表しようとしたところ、依頼主である企業側から「待った」がかかった。製薬会社はおよそ十年後、裁判により和解が成立するまで、キノホルム原因説を認めようとせず、国内で販売中止となったあとも、東南アジアなどに輸出しつづけた。

薬害エイズ事件はまさにそれと同じパターンの繰り返しである。製薬会社にも厚生省にも、過去の教訓を生かそうという姿勢がまったく育《はぐく》まれていないのだ。

とはいえ、そこに従事する人々の中には、本来の姿である崇高な精神の持ち主だって少なくないにちがいない。あるいは龍満智仁がその一人だったとも考えられる。事件の少し前に、龍満が「こんなことではいけない、何とかしなくちゃ」と呟いていたという未亡人の話は、そのことを示しているのかもしれない。

たった一度だけの、行きずりのような出会いで見た龍満の印象を、浅見は脳裏に再現した。コンビニの店の中で、同じ「ざるそば」を手にして、照れ笑いのような顔を見合わせたときの龍満からは、どちらかといえば善人の印象を受けた。

車に乗ろうとする浅見に、「あなたも東京からですか?」と声をかけた様子には、それほど屈託した感じはなかった。まして、殺すの殺されるのという、熾烈《しれつ》な販売競争を連想させるような、切迫したものはまるで感じ取れなかった。

気になるといえば、フェリーに乗った後、客室でテレビを見ているときの、斜め後ろから見た龍満の顔つきである。それ以前とはまるで別人のような険しい表情をしていた。

あのとき、テレビでは高野千草という女流作家の死を報じていた。まだ四十八歳、書き盛りといっていい若さでの、衝撃的な死であった。

報道によれば、高野千草は執筆のため箱根のホテルに滞在中、急死したということだ。死因は急性心不全とのみ伝えられている。誰にしたって、直接の死因は心臓停止——つまり心不全に決まっている。そこに到るまでの本当の原因はほかにあるのかもしれない。

浅見の知人である軽井沢の作家に聞いた話によると、同業者や編集者間では、彼女の死因に薬害の噂《うわさ》もあるという。ひょっとして、龍満の勤務先・グリーン製薬の製剤がその薬害の元凶ということはないのだろうか。

浅見はにわかに緊張した。

例によって毎朝新聞の黒須記者に、高野千草の死因と、それに関連して警察が動いた形跡はないのか、調べてくれるよう頼んだ。黒須は「人使いの荒いやつだな」と文句を言いながらも、なんとか特急でデータを漁《あさ》って報告してきた。

高野千草の死に関しては、警察はまったくノータッチだったようだ。深夜、ホテルでの急死ということだが、常識的に考えれば、そのとき部屋にほかの人間がいたとは考えられない。もしいたのであれば、ただちに救急車で病院へ運ばれたはずだ。たとえ心臓が停止していたとしても、関係者としてはそうしただろう。

それにもかかわらず行政解剖にも付されなかったのは、医師が看護している状態での死亡ということなのだろうか。当然、そこには「自然死」であるとする医師の死亡診断書があったはずである。しかし、それには疑問を抱かないわけにいかない。実際にはそうでなくても、ホテル側や関係者の配慮によってそういうことにした可能性はある。あるいは高野千草の知名度が捜査を阻止する方向に働いたことも考えられる。

黒須は「あくまでも噂の域を出ない情報だが」と断った上で、高野千草の死は、やはり薬剤を使用したときの、副作用によるショック死だったのではないかと言っている。もしその時点で、緻密《ちみつ》な行政解剖が行なわれていたならば、あるいは顕著な薬害の証拠が発見されていたのかもしれないというのである。

問題は高野千草が冒されていたと噂のある薬害が、いったいどのようなものであったのか——ということだ。もしもグリーン製薬の製剤だったとしたら、龍満智仁の事件との関わりを疑ってみる必要がある。

ところが、調べてみたかぎりでは、高野千草の「薬害」がグリーン製薬と結びつく可能性はほぼないらしいことが分かった。かりに「薬害」があったと仮定すると、その原因となる薬剤は西ドイツの製薬会社の製品であるという。高野千草の主治医は副作用のあることを指摘して、その薬剤の使用を控えたのだが、高野千草はあるルートを通じてひそかに入手、自分で連用していたらしい。

これで、たとえ女流作家の死が薬害によるものだとしても、龍満の事件と直接結びつく要素は消えたことになる。

　だが、浅見はフェリー船上で見た龍満の横顔が気になってならない。口を「オッ」というような感じで半開きにして、食い入るようにテレビ画面を睨《にら》んでいた。驚愕《きょうがく》――という言葉がぴったりの表情であった。それに恐怖の気配さえ漂っていたように思える。その直前「ざるそば」を買って浅見と苦笑を交わしたりしているときの、どこか余裕のある暖かさからは、想像もつかないほどの落差であった。

　常隆寺に納骨して帰る道すがら、浅見とすれ違ったときの龍満の表情も、その緊迫感をそのまま引きずっていた。あのテレビニュースを境に、龍満智仁の内面で、何か決定的な出来事が起こったような気がしてならなかった。

　だとすれば、どうしても高野千草の「薬害死」を素通りするわけにはいかない。

　龍満智仁はあのニュースで何を見たのだろう？――

　その疑問はいつまでもしつこく、浅見の頭から離れなかった。浅見自身、同じ画面を見ていたのだから、龍満の見たものに特別な映像があったはずはない。あのときの映像は、訃《ふ》報《ほう》を告げるアナウンサーの顔と、高野千草の在りし日のひとコマをしばらく流していたのと、たしかそれだけだった。しかしそれでもその映像の中に、龍満は自分と異なる何かを見たか、何かに気づいたのかもしれない――という思いを捨てきれなかった。

　浅見は「Fテレビ」の矢口という知り合いのプロデューサーを訪ね、「あの日」の昼のニュースをビデオで見ることができないか、訊《き》いてみた。

「それはまあ、すべての番組はビデオで収録・保管してありますが、うちのニュース番組であることは間違いないのですか?」

「ええ間違いありません。Fテレビのアナウンサーでしたから」

矢口プロデューサーは編集室のような、ほとんど人けのない部屋に連れて行って、ビデオテープのその部分を見せてくれた。

十一時四十五分から始まる十五分間の昼のニュースである。ニュースの最初は中東で起きたハイジャック事件の続報で、日本人乗客三名の無事を伝えた。つづいて福井県の原子力発電所のボヤ火災について、放射能漏れはなかったという話題。そして問題の高野千草の訃報である。

ニュースの構成は浅見の記憶とほぼ一致していた。はじめにアナウンサーが「見出し」ふうに訃報を告げた。それから高野千草の主な経歴と作品などを紹介し、日本のミステリー界で特異な存在として地位を築いていたことを語り、画面のほうは生前の元気な様子を映し出している。

執筆中の姿につづき、出版業界の何かのパーティ会場で、作家仲間とおぼしき人々と談笑している情景が出た。西洋人形を思わせる、裾《すそ》の大きく広がったイブニングドレスを着て、プレゼントされたらしい花束を抱えた高野千草は、「ミステリーの女王」の名にふさわしい華やかさで周囲を圧している。

浅見は画面の中に何か怪しい出来事なり人物なりが登場しないか——と、目を凝らして見つめたが、画面のほうはあっけなく次の話題に移ってしまった。アナウンサーが「次のニュースです」と告げたところで、プロデューサーはスイッチを切った。

「もう一回見ますか」

プロデューサーは気をきかせて、画面を訃報の頭の部分に戻してくれた。しかし、もう一度通して見ても、やはり取り立てて注目しなければならないような内容ではない。

今度はプロデューサーは中途でスイッチを切らずにニュース番組の最後までテープを回した。彼がそうしたのには特別な意図があったわけでもない。浅見のほうも惰性のようにそれに付き合った。

華やかなパーティ会場での高野千草のイメージが強烈に焼きついた目で、浅見はぼんやりとブラウン管を眺めた。無意識の視野の中を次のニュースが流れた。厚生省関連の何かの会議が開かれたといった、お堅い話題だったせいもあって、浅見の関心を惹《ひ》くことはなかった。ニュースが終わり、コマーシャルが賑《にぎ》やかに通りすぎた。

映像が消えてからも、浅見はしばらくじっとしていた。「どうしますか」というプロデューサーの声でわれに返った。

「どうもありがとうございました」

丁寧に礼を言い、テレビ局を後にした。

それからずっと、高野千草を映し出した場面が脳裏のスクリーンにチラチラしつづけた。ワープロに向かっても、画面にその幻影が浮かぶのには閉口した。食事をしていてもそうだし、テレビを見ているときはなおさらである。

その表層の記憶の割れ目から、もう一つのニュースの記憶が少しずつ芽を吹き出してくるのに、ある瞬間、浅見は気づいた。

日常、テレビなどというものは、見ているようで見ていないことが多く、またその逆に見ていないはずのことを、潜在意識下で記憶していることも多いものである。

フェリー船上で見た高野千草のニュースなどは、衝撃が強かったのでよく見て、記憶もしっかりしていた。しかし、そのあとにつづくニュースが何だったのか、見ていたはずなのに、まったく記憶に残っていなかった。それは高野千草の訃報のショックが尾を引いて、知覚の前にヴェールを被《かぶ》せていたからにちがいない。

テレビ局でビデオを見せてもらったときも、その映像はまるで初めて見るような気がしたものだ。しかし実際にはそのニュースも見てはいるのだ。

浅見は愕然と思い当たった。

(龍満智仁は別のものを見ていたのではないか?――)

高野千草は浅見にとっては間接的ながら身近な存在だっただけに、彼女の急死には関心もあったし、衝撃的でもあった。しかし、龍満にとっては女流作家の死など、それほどの関心はなかったのではないか。だとすると、龍満が食い入るように画面を見ていたのは、高野千草のニュースではなく、その後につづく厚生省関係の何かの会議のニュースだったのかもしれない。

たしかに、浅見が龍満の異様な表情に気づいたのは、高野千草のニュースが次の話題に移って、しばらく経ってからというタイミングであった。浅見に記憶はないが、龍満がそのニュースに特別な関心を持って、画面を見つめていたことは考えられる。

いったいあのニュースは何だったのか。そして龍満智仁は何を見たのか――。

4

翌日、浅見はまたテレビ局へ出かけて行って、プロデューサーにもう一度、ビデオを見せてくれるよう頼み込んだ。

「それじゃ、あのニュースをコピーして上げますよ」

プロデューサーはいやな顔も見せずに、そう言ってくれたが、本心を言えば、こう何度も来られてはたまったものじゃない――というところだったろう。

自宅に戻ってビデオを再現してみると、ニュースの最後の部分は「中央薬事審議会GCP特別部会開催」という話題だった。

長さはほんの一、二分程度の短いものだったが、ふだんならほとんど取り上げられそうにない、こんなお堅い話題がテレビのブラウン管に流されるのは、エイズ問題やO157事件など、厚生行政に社会が注目しているためかもしれない。

「今回開かれた中央薬事審議会GCP＝グッド・クリニック・プラクティス特別部会は、主として医薬品の臨床試験の実施に関する倫理的な基準を検討するためのもので……」

と、アナウンサーはニュース内容を紹介したが、彼自身も喋《しゃべ》っている意味をよく理解していないような棒読みであった。

中央薬事審議会というのは、浅見は詳しいことは知らないが、厚生省の諮問機関か何かだったと思う。

「GCP」が「グッド・クリニック・プラクティス」の略称だということは分かったが、日本語に訳すと「正しい臨床試験」とでもいうのだろうか。そんなことに「特別部会」を開かなければならないほど、逆にいえば医療の現場は乱れている証明なのだろう。

臨床試験が公然と行なわれる大学病院では、ことに製薬会社との癒着が緊密だ。研究開発の時点から、病院は「治験」と称して製薬会社の業務を肩代わりしている。そうして認可された新薬は膨大な利益を生む。したがって、会社側から正式な研究費のほかに何らかの謝礼が担当医師に渡されるのは、当事者にしてみれば当然の報酬ともいえる。しかし、それと引き換えに、臨床試験の結果を歪《ゆが》めたり、恣意《しい》的な結論を引き出したりするような「事故」が発生する原因にもなる。それだからこそ「倫理的な基準」とやらを定める必要があるにちがいない。

この特別部会は、薬害エイズ問題などでとかくの批判が多い医療行政のお目付役といったところらしい。そう思って見れば、たしかに怖いくらい真面目《まじめ》そのもののような顔つきばかりが並んでいる。

会議の出席者は二十数人。カメラが一人一人の顔をパンしてひととおり紹介したが、浅見の知った人物はいなかった。上は八十歳近いと思われるかなりの高齢から、下は五十歳そこそこまで、いわゆる学識経験者と見られる人々がズラッと並んでいる。

それにしても、この会議風景を見て、何かショックを受けるようなものがあるのか、浅見にはさっぱり分からない。何度もビデオを往復させてみたが、龍満智仁がテレビニュースのこの場面を見て、あの緊迫した表情を浮かべた——という仮説は、急に色褪《いろあ》せてゆくように思えた。

それでも一応、やるべきことはやらなければ気がすまない。浅見はまたしても黒須に頼んで、「グッド・クリニック・プラクティス特別部会」なるものの構成員名簿を調べてもらった。

ファックスで送られてきた名簿は、五十音順になっている。

東京都立K病院内科医長　青田一男／T大学医学部付属病院薬剤部部長　磯貝明／私立医科大学連盟理事　伊東達夫／日本看護婦協会副会長　内村勝子／西多摩老人医療センター院長　江川俊二／H医科大学医学部教授　江藤薫／国立がんセンター西部病院第二内科部長　小野武／T医科歯科大学付属病院院長　小畑洋二／日本医師連盟顧問　加賀裕史郎／W大学法学部教授　木下太一郎／日本医師連盟常任理事　小谷繁／主婦連盟会長　佐々木綾子／S大学医学部教授　清水健二／J医科大学学長　中島武男／日本歯科医師会常任理事　西田俊正／日本病院薬剤師会常任顧問　野中三郎／弁護士　橋本幸雄／日本製薬事業連合会長　森下時雄／T大学名誉教授　安川太郎／E医科大学教授　山田義郎／商品科学研究所所長　吉本昭雄／N大学医学部教授　渡辺幸仁。

二十二名の特別部会委員は、ざっと見ただけでも、錚々《そうそう》たるメンバーといっていいのだろう。病院長や医学部教授など医療現場のトップが多い。薬品業界、消費者、薬事評論、法曹界など、それぞれの分野での代表たるにふさわしい人物が名を連ねている。

委員の年齢を見ると、龍満に近い四十代半ばから後半というのはほとんどいない。もしその中に龍満の友人か、たとえば同級生がいたとすれば、わが身を省みて焦りを感じたのは頷《うなず》ける。未亡人が言っていた「こんなことでいいのだろうか」という龍満の述懐も、意味のあることになる。

浅見は龍満と年齢の近い三名をピックアップして、龍満との関係を調べてみた。その結果、驚いたことにH医科大学教授の江藤薫《かおる》という人物が龍満と同じK大学の同期であることが分かった。

(なあーんだ——)と思った。

それだけのことだったのか。自分と同期の男が教授になり国の諮問機関に参画するところまで上り詰めたことにショックを抱いたということだったのか。

(しかし、それだけなら、あの思い詰めた表情は何だったのだろう?——)

驚愕《きょうがく》と同時に龍満の表情を覆ったのは、単なる羨望《せんぼう》や敗北感といったものではない。あれはたしかに恐怖の色だった——と浅見は思っている。

浅見は早速、江藤薫とコンタクトを取った。ふつうなら何か相手の専門分野に関するインタビューにかこつけるところだが、この際は姑息《こそく》な手段を使わずに、ストレートに、龍満智仁氏の事件について——と取材の意図を明示した。

江藤教授は大学の研究室で面会してくれたが、のっけから、「事件のことについては私には何も分かりませんよ」と断って話した。

「彼とはK大学時代、親しくしていました。亡くなった龍満君の父親が立派なひとで、医学の先輩でもあったので、何度かご自宅にもお邪魔しました。卒業後、私は大学に残りましたが、龍満君はお父さんのいる製薬会社に就職して、やがて営業畑のほうに転身して行きました。その後はプロパーと医者という、商売が絡む関係になったもので、何となくフランクな付き合いではなくなったようなところがあります。どうも、友人に接待されるというのは、あまりいい気分のものではありませんからなあ」

「先生が薬事審議会に参加されていらっしゃることについて、龍満さんは何か言ってませんでしたか」

「ほうっ……」

江藤は驚いて浅見の顔を見つめた。この男はどこまで知っているのか——と、探るような目つきに思えた。

「じつは……」と、ほんの少し、躊躇《ためら》いを見せてから、江藤は言った。

「事件の二、三日前に彼から電話がありましてね。近いうちに会いたいと言ってきたのです。用件を訊くと、会ってから話すが、薬事審のことだと、それだけは言ってました」

「薬事審議会について何を話したかったのか、分かりませんか」

「さあ、分かりませんね。しかし、あなたがどうしてそれを？」

「じつは、龍満さんが薬事審議会のニュースをテレビで見てひどく驚いたのを、たまたま僕は近くで見ていたのです」

浅見は明石海峡を渡るフェリーでの出来事を話した。

「ほう、そんなことがあったのですか」

「そのときの龍満さんの表情がただごとでない印象を受けたので、とても気になっているのです」

「ふーん、ただごとでないというと、それはあれかな、私のような若造が長老たちに混じって審議委員なんかになっているのが、片腹痛かったのじゃないですかね。そういえば、彼の電話の口調は、どことなく不満そうな、怒っているような感じがしましたよ」

「怒っている——とは、具体的にはどんな感じだったのでしょうか？」

「そうねえ、あくまでも感じの問題だから、はっきりしたことは言えませんが……そうそう、部会の構成に納得いかない点があるとは言ってましたよ」

「何について納得いかなかったのか、それはお聞きになっていないのですか？」

「いや、だから、そのことを話しに来たかったのじゃないですかね。たぶん、さっきも言ったように、私ごときが委員であることに納得がいかなかったのでしょう」

「そうでしょうか？」

浅見は首をひねった。予備的に仕入れた知識によるかぎり、江藤薫が特別部会にふさわしくないとは思えない。H医科大学は静岡県にある大学で、中央とは離れているという意味からいえば、あるいは見劣りがするのかもしれないが、江藤の過去の業績はそれなりのものがある。

浅見がそのことを言うと、江藤教授は苦笑した。

「たとえそうであっても、身近な人間に対する評価はきびしいものですからね」

たしかにそういうものかもしれない。浅見自身、その点は身にしみて感じるときがある。社会的にはそこそこ認められるような働きをしているつもりでも、母親の雪江が次男坊を見る目は、いつだって、なかなかにきびしいのである。

ともあれ、江藤薫については、これ以上の話を期待できそうになかった。事件当日のアリバイなど、警察でもない浅見が訊《き》ける性質のものではない。かといって警察に告げ口をするような真似はできない男である。

浅見の「捜査」もこれまでか――と思われた。やはり警察が最も重点を置いている「行きずり」の通り魔的犯行か、あるいは喧嘩《けんか》によるものか、いずれにしても、そうなると浅見のような素人の出番はありえない。警察が変質者や前歴のある人間を洗い出して、目星をつけるしか、手掛かりを求める方法はなさそうだ。

そうしてさらに数日が過ぎて、淡路島の常隆寺の小松住職から電話が入った。

「妙なことになりましてな。家内も、これは浅見さんにも知らせておいたほうがええんやないかと言うもんで」

小松は浮かない口調で言った。

「何があったのですか？　例のお骨のことでしょうか？」

「そうですがな。じつは、あのお骨を引き取りにみえた方がおられまして。いや、そのこと自体はいっこうに当寺としては構わへんのです。預けられた龍満さんがあんな事件に遭うてしまわれた以上、代わりに引き取りたいいう方がおいでになれば、お渡しすることにはいささかも問題はありまへん」

「お骨の引き取りには誰がいらっしゃったのですか？　奥さんですか？」

「いや、奥さんではないそうです。四十歳くらいの女性の方ですが、お従妹《いとこ》さんやとか言うてはりましたな」

「なるほど……その点ではたしかに、おっしゃるとおり、別に問題はなさそうですが」

「そうです、問題はありまへん。ところがですな、それから五、六日経って、またお骨を引き取りたいいう方が現れましたんや」

「ほう、今度は誰ですか？」

「龍満さんが勤めてはった会社の同僚の男性です。龍満さんの奥さんの代理で見えたいう話でした。それでびっくりして、五、六日前にこれこれこういう方が見えたんで、お骨はお渡ししてしもうたと言いましたところ、非常に驚いた様子でした」

「ということは、前の女性のことは知らなかったのですね」

「そんなふうでした。なんでも、龍満さんにはお従妹さんはいないのではないか、いうようなことを話しとりましたな」

「つまり偽者ですか」

「そんなとこでしょうかなあ」

「あるいは、後から来たほうが偽者だったのかもしれません」

「は？……なるほど、それも考えられますかなあ。さすが浅見さんです」

小松住職は感心している。

「男の人は一人で来たのですか？」

「会うたのは一人やけど、車の中にもう一人おったのやないか、思います」

「名前や住所はお聞きになりましたか」

「もちろん聞いて控えてあります。女性の方の名前は石森里織《さおり》さんいうて、住所は龍満さん方でよろしいやろいうことでした。それから男の方のほうは名刺をくれまして、グリーン製薬株式会社営業部販売第二課課長代理の田口信雄《のぶお》さんいう方です。石森さんいう女性のことを、しつこく訊かれましたが、私にもいま言うた以上のことは答えようがないもんで、困りました」

小松は軽率にお骨を渡してしまったことを気にしているのだが、その責任は彼にはないだろう。浅見はそう言って慰めた。

その後、すぐに龍満家に電話した。

龍満未亡人は「ああ、この前お見えになった浅見さんですね」と、思いのほか元気そうな声を出した。事件から日が経つにつれて、未亡人の気持ちにも明るさが戻ったということなのだろうか。

「つかぬことを伺いますが、ご主人が淡路島のお寺にお預けになったお骨ですが、その後お引き取りになりましたか？」

「はあ？」

何のことか——という反応だ。浅見はもう一度同じ質問を繰り返した。

「いいえ、そんなことはしてませんけど、なんでそんなこと、お訊きになりますの？」

「じつは……」

浅見は少し躊躇《ためら》ったが、ありのままを話すよりなかった。

「それじゃ、奥さんはご存じなかったのですね」

「ぜーんぜん知りません。第一、龍満にも私にも石森なんとかさんとかいう従妹はおりません。それにグリーン製薬の田口さんのほうにも、お骨の引き取りをお願いしたことはありませんわ」

「なるほど、やはりそうでしたか」

「いやだわ、気持ちが悪い……浅見さん、それって、いったい何ですの？」

「僕には分かりません。お寺の住職さんが気にして、電話してくれたのです」

「でも、なんだって田口さんがお骨を引き取りに行ったりしたのかしら？」

「田口さんというのは、ご主人の同僚であることは間違いないのですね？」

「ええ、同僚っていうか、主人の部下でしたけど」

「ご主人がお父さんのお骨を淡路島のお寺に預けられたことは、田口さんにはお話ししたのですか」

「ええ、このあいだ初七日でうちに見えたときに、そのことは話しました。でも、お骨を引き取りに行って欲しいなんて、そんなことは頼んでいませんよ」

不安のせいか、未亡人の口調が少しヒステリックになってきた。

「いちど、そのことを田口さんに確認してみていただけませんか」

「ええ、もちろん訊いてみます。でも、どうしてそんな勝手なことをしたのかしら……それより浅見さん、お骨を持ち去った女の人というのは、いったい誰なんでしょう？　まさか主人の……」

愛人——という言葉を言いかけて、未亡人は口を噤《つぐ》んだ。

浅見は聞かなかったことにした。たしかに龍満の愛人の可能性はあるけれど、それにしても、龍満智仁本人のお骨ならともかく、彼の父親のお骨を引き取る理由はなさそうに思えた。

未亡人はすぐに田口に連絡したようだ。それから間もなく、ほとんど折り返しのように浅見のところに電話がかかった。

「田口さん、出先の携帯電話まで追いかけて電話しました。そしたら、ぜんぜん知らないそうです。淡路島なんて行ったこともないって言うんですのよ。何かの間違いじゃないいんですかって。嘘《うそ》をついてるような感じじゃありませんでしたけど、どういうことになっているのかしら？」

「奥さん、その話、田口さん以外の誰かに話しませんでしたか？」

「いいえ、誰にも……そりゃ、うちの子には話しましたけど、でも、それは関係ないんでしょう？」

「そうですね、関係ないでしょう」

「でしたら、どうして……」

その答えは田口に訊くしかない——と、浅見は思った。

第二章　足尾銅山

1

二日後、浅見はグリーン製薬の田口信雄に電話した。小松住職から聞いていた名刺の電話番号は代表番号ではなくデスクに直通のものだった。女性の声が「販売第二課です」と応えた。

「浅見といいますが、田口さんはいらっしゃいますか？」

「申し訳ありません、田口は外出しておりますが、あの、お約束でしょうか？」

「いいえ、初めてお電話する者です」

「ご用件を承っておきましょうか」

「そうですね……後ほどまたお電話します。お戻りは何時頃になりますか？」

「夕方までには戻る予定になっておりますけど」

その時刻を見計らって電話したが、まだ会社に戻っていなかった。

「たぶん、出先から直接帰宅するのではないでしょうか」

電話口に出た相手は今回は男性だったが、なんとなく浮かない声でそう言っていた。

営業関係の人間は外出することが多いと思って、その翌日は午前中の早い時間に電話した。田口はいなかった。

「まだ出社しておりません」

女性が答えた。浅見は反射的に腕時計を見た。すでに十時近い。

「田口さんは出社時間は不規則なのでしょうか？」

「いいえ、そんなことはありません。田口は無遅刻無欠勤ですから」

即座に言うところをみると、田口という社員の律儀さには定評があるのだろう。そのとき、浅見はいやな予感がした。

午後にもう一度電話したが、どうやら休みらしいという答えだ。答える側も本当のところはよく分かっていないのが、その頼りなげな口ぶりから推測できる。

土曜、日曜を挟んで、月曜日の十時近くになってから、また電話を入れてみた。この時点ではもはや半分以上は田口の不在を確信するような気分であった。

ところが、意外にも田口は在席していた。営業の人間らしくないドスのきいた声で「田口です」と名乗った。

「どうも、たびたびお電話いただいたそうですが、どういったご用件でしょうか？」

「じつは龍満さんの事件のことでちょっと、できましたらお目にかかってお聞きしたいことがあるのですが」

「ほう、龍満課長の……分かりました、それではおいでをお待ちしてます」

午前十一時――と約束したが、詳しい用向きも聞かずに、やけにあっさり応じてくれたことが、浅見は少なからず気にはなった。

グリーン製薬本社ビルは日本橋茅場町《かやばちょう》にあった。十二階建てのきれいなビルである。手配ずみだったとみえ、浅見が一階の受付に寄るとすぐに分かって、女性が迎えにきてくれた。客を迎える態度は丁寧なのだが、どことなくオドオドした気配が感じられて、これもまた気になる。

エレベーターで三階に上がって応接室に案内された。

待つ間もなく、二人の男が現れた。一人は三十代なかばの大柄な男で、もう一人はそれよりはかなり若い、どちらかといえば痩《や》せ型だ。二人を見たとたん、浅見のいやな予感は決定的となった。

年長のほうが浅見の正面に立って「田口です」と名乗り、名刺を交換した。「販売第二課課長代理　田口信雄」とある。若いほうはドアのところに佇んで控えている。補佐役を引き連れるほどの地位ということらしい。

「えーと、浅見さんはお仕事は？」

肩書のない名刺を引っ繰り返して、田口は怪訝《けげん》そうに訊《き》いた。

「フリーのルポライターをやっています」

「はあ、ルポライターですか」

田口は気に入らない様子だ。

「それで、どういうご用件ですか？　何度もお電話いただいたようですが」

「ええ、五度ほどお電話しました。お休みだったようですが、ご病気でしたか？」

「ん？　あ、いや、そうではありません。ちょっと親戚《しんせき》に不幸があったもんで……それよりも、浅見さんのご用件は？」

「そうでしたか……」

浅見はため息をついて、「やはり亡くなってましたか」と言った。

「は？……」

田口は面食らったように、意味もなく、落ち着かない視線を部下と浅見のあいだに往復させた。

「……いや、亡くなったといっても、身内のことですから……それよりご用件を」

「それでいつですか？　身元が確認されたのはけさになってからですね。朝刊には出てなかったし、朝のニュースにも流れませんでしたから」

「ちょっと、あんた……」

田口は明らかに狼狽《ろうばい》した。

「何を言ってるんです？　朝刊だとかニュースだとか……」

「田口さんの死因は何ですか？　自殺ですか他殺ですか？　死亡推定の日時は三日前……いや四日前でしたか？」

「………」

相手は完全に度肝を抜かれた顔で、返す言葉も出ない。しかし間もなく、虚《うつ》ろな眼にふいに凶暴な光が宿った。

「あんた、浅見さん、どうして事件のことを知っていたんです？」

「知っていたわけじゃありません。たったいま分かったのです」

「いま分かったって、どうしてです？」

「それはまあ、刑事さんの様子を見れば分かりますよ。第一、刑事さんが応対に現れたことだけでも十分推測はできるでしょう」

「刑事って……自分ら、いや、私たちが刑事ですか？」

「ははは、隠してもそのくらいすぐに分かりますよ。首筋のみみず腫《ば》れは柔道衣の痕《あと》でしょう。それに部下の方がドアで張り番をするような習慣は、民間会社ではおよそ考えられません。実際にはお二人が部屋に入って来た瞬間に、ピンときていました」

〝田口〟はいまいましそうに相棒を見た。自分のことは棚に上げて、おまえがそんなところで立ちん坊をするから見破られるんだ――という目つきだ。

「いいでしょう、分かっているのなら話は早い。われわれが刑事であるとしてです。それだけのことで、なぜ田口さんの事件――それも死亡したことまで分かったのか、その理由を聞かせてもらいましょうか」

「そんなことは、四日前から田口さんの行方が分からなくなっている矢先に、とつぜん警察が関与したことからいって、ほかに考えようがないじゃないですか」

「うーん……」

〝田口〟は唸《うな》った。

「それじゃ改めて訊きますがね、浅見さん、あんたが田口さんに会いたがっていた用件は何だったんです？」

「その前に、刑事さんの自己紹介をしていただけませんか。正式に警察手帳も拝見したいですね」

「いいでしょう、自分は栃木県警足尾《あしお》署刑事課捜査係巡査部長の高沢です」

紋切り型に名乗り、くそ面白くもない——という態度で手帳を出した。

「足尾……田口さんは足尾で殺されていたのですか」

浅見は脳裏に栃木県の地図を思い描いた。足尾はかつて銅山で知られたところだ。たしか渡良瀬《わたらせ》川を遡《さかのぼ》って日光に至る道筋にある町だが、しかし足尾付近の地理はいまひとつピンとくるものがない。

「殺されていたって、誰もそんなことを言ってないですがね」

高沢部長刑事はやや首をひねり、斜めに浅見を睨《にら》んだ。

「言わなくても高沢さんの様子を見れば分かりますよ。それに、そもそも僕の電話に対して田口さんを名乗っておびき寄せるくらいですから、ただごとじゃありません」

「そう、そういうことです。警察としては田口さんにしつこく電話をしてきた人物をマークするのが当然でしょう。それで、あんたは田口さんとはどういう関係ですか」

「関係も何も、会ったこともありません」

「しかし自分が田口さんでないことを知っていたのだから、会ってないはずはないでしょう」

「それはさっきも言ったとおり、ご本人を知らなくても、刑事さんが田口さんじゃないことぐらい分かりましたよ」

「そうですかねえ」

疑わしい目つきだ。

「それじゃ、田口さんへの用件というやつを聞かせてもらおうじゃないですか」

「ですから、電話でも言ったように、龍満智仁さんの事件のことで、お訊きしたいことがあったのです」

「ああ、そうか、そう言ってましたね」

高沢の目つきが険しくなった。警察としても当然、田口信雄の事件と、彼の上司である龍満智仁が殺された事件との関連について、なにがしかの関心を抱いているはずだ。

「それで、その件で話があったというと、田口さんが龍満さんの事件と関係があるってわけですか」

「関係があるかどうかは分かりません。ただ、ちょっと気になることがありまして」

浅見は淡路島の寺に龍満智仁が納めた父親の遺骨を、「田口」と名乗る男が引き取りに行った——という、奇妙な出来事にまつわる話を説明した。

しかしこの話は、明石海峡フェリーに乗る浅見と龍満が出会ったところから始めなければならず、全部を語り尽くすには、かなり時間がかかった。話し終えても、高沢部長刑事がすべてをすんなり納得したかどうか、彼の表情を見るかぎりでは疑問であった。

「要するに、龍満さんがお父さんの遺骨をお寺さんに納めに行ったわけですね。それでもって、龍満さんが亡くなった後、田口信雄を名乗る人物がお骨を引き取りに行った。しかし、そのときはすでに石森里織という女性がお骨を引き取ったあとだった——と、こういうことですか」

高沢はメモを整理しながら言った。

「そうです。ただし、龍満さんの奥さんに確かめたところ、石森里織という従妹《いとこ》はいないし、おまけに田口さんは淡路島には行っていないのだそうです」

「そいつはどっちも偽者だったというのですね。しかしそれは田口さんが龍満さんの奥さんにそう言っているだけで、嘘《うそ》をついていたのかもしれない」

「そのことを確かめるために、田口さんに会いたかったのですが、しかしそれは嘘ではないでしょう。淡路島に行っていたかどうかぐらい、その日の田口さんの行動を調べればすぐに分かってしまうことです」

「そりゃまあ、そうですけどね」

「いずれにしても、石森里織と名乗った女性と、田口信雄と名乗った男が、あいついで龍満さんのお父さんのお骨を引き取りに行ったことになります。しかも龍満さんのご遺族に何も話さないで、です。これはおかしな話だと思いますが」

「なるほど」

高沢はいちおう頷いて、手帳をポケットにしまった。

「分かりました。お聞きした点については、後刻、詳しく調べてみることにします。本日はどうもご苦労さんでした。お引き取りいただいてけっこうです。ただし、いま自分に話してくれたことは一切、口外しないようにお願いします。捜査の妨げになりますからね。それから今後、訊《き》きたいことが出てきた場合、警察から呼び出しがかかるかもしれません。そのときは協力してください」

「ちょっと待ってくれませんか」

立ち上がりかける高沢を、浅見は両手で制した。

「僕としてもいろいろ調べたいので、田口さんの同僚の方に会うつもりですが」

「いや、それはだめです。捜査が始まったばかりで、自分らをはじめ、捜査員が社内の関係者に事情聴取をしている最中です。社員の皆さんには当分のあいだ箝口令《かんこうれい》をしいてもらってますから、何を訊いても話しませんよ。まあ、今日のところはおとなしくお引き取りください」

「それじゃ、せめて事件の概要だけでも教えてくれませんか」

「それはマスコミさんのほうで報道するでしょう。いまごろは署のほうで記者会見をやっているはずです。朝のニュースには間に合わなかったが、まもなく始まる昼のニュースでは放送するんじゃないですかね」

高沢は腕時計を見てそう言った。

浅見はだんだん腹が立ってきた。こっちの話を聞くだけ聞いて、あとは知らん顔はないだろう——と思った。

「マスコミは基本的なことしか報道しませんよ。もう少し細かい点までお聞きしたいのです。もちろん差し支えない程度でけっこうですから、教えてくれたっていいじゃないですか。僕だっていろいろ協力させてもらったのだし」

「しつこいな、あんたも」

声のトーンが上がった。

「だめなものはだめでしょうが。自分らだって上の命令で動いているだけなんだから、勝手なことをしたらこれだよ、これ」

右手でチョンと首を切る真似をして、背を向けた。

「分かりました、いいでしょう。そういうことなら、僕のほうはマスコミと取り引きして、情報を交換することにしますよ」

「あんたねえ……」

高沢は振り返り、どういう意味か上着の裾《すそ》を後ろのほうにはね上げた。ひょっとすると拳銃《けんじゅう》を抜く動作だったのかもしれない。

「たったいま言ったでしょうが。さっきの件は当分、口外してもらっては困るって。あの話があんたの言ったとおりだとすると、犯人側はまだ警察がそれを察知したことに気づいてないわけですからね。そいつをマスコミなんかでバラされたら、まずいに決まってるじゃないですか」

「だったら教えてくださいよ。そうすれば、何もマスコミから聞き出す必要はないのですから」

「しようがねえなあ……そういうことを言うのであれば、署のほうに来てもらいましょうかね」

部長刑事は威嚇《いかく》するように、皮肉な目つきで言った。

「署って、足尾ですか？　うーん、ちょっと遠いですが、いいでしょう、行きますよ。そうと決まったらすぐに行きましょう。僕は車で来ていますから、先導してください」

浅見はサッと席を立った。ドアに向かって歩きだすのを、高沢は慌てて押し止《とど》めた。

「待ちなさいって。いますぐ行くわけにはいかないでしょう。自分らは聞き込み捜査に来ているんだから」

「だったら、こんなにビッグな情報を聞き込んだじゃないですか。報告を聞けば捜査本部だって飛び上がって喜びますよ。何なら僕だけ先に行きましょうか」

「あんたねえ……」

高沢は苦り切って、顔をクシャクシャにした。

「そういう勝手な真似をしてもらっちゃ困るって言うんだよ。とにかく、いちおう署に連絡してみるから、しばらくここで待っていてくれませんか」

部下に「見張っていろ」と目で合図をして部屋を出て行った。

2

それから長いこと待たされた。十分経っても二十分経っても高沢部長刑事は戻って来ない。浅見も辛抱強いほうだが、張り番の刑事も相当に鍛えられているのだろう。両足を踏ん張った恰好《かっこう》で、ドアの前を金輪際《こんりんざい》、動かないつもりらしい。

浅見は立ち上がってドアに向かった。

「どこへ行くのですか」

刑事は立ちふさがった。

「ちょっとトイレへ」

「じゃあ、一緒に行きます」

連れションかと思ったが、刑事のほうはトイレの入口で中を覗《のぞ》いていた。

応接室に戻ると高沢はすでに室内にいた。部下が慌てて、「トイレへ行きたいと言うもんで」と弁解しかけるのを、「いいから」と邪険に押し退《の》けた。

「いやあ、すっかりお待たせしてしまって、申し訳ありませんでした」

さっきとはうって変わって、やけににこやかなのが気持ち悪い。

「署のほうでいろいろ検討して、浅見さんにはご協力いただいたのだから、情報をお教えしてもよかろうという結論に達しました。まあ、おかけください」

ご丁寧に資料をファックスで送ってきていた。ここまでやられれば誰でも気がつく。警察庁刑事局長の弟――というこっちの身元を確認したにちがいない。

（バレたか――）

浅見は観念したが、相手がとぼけている以上、この場はとぼけ通すことに決めた。そのほうがお互いの身のためだ。

ファックスで送られてきた内容は次のようなものであった。

一一〇番通報　十月六日午前六時三十二分。
発見および通報者　栃木県足尾町砂畑　秋野太一（六十五歳）
現場　足尾町餅ヶ瀬《もちがせ》　通称餅ヶ瀬渓谷。
発見時の状況　道路上から崖下《がけした》の川原に人間が倒れているのを発見、通報したもの。署員五名が医師とともに出動、現場到着は午前七時〇二分。当該人物の死亡を確認。死因に毒物の服用によるものとの疑いがあり、殺人死体遺棄事件として緊急手配を行なう。
身元は所持品等から、茨城県藤代町――田口信雄四十一歳（東京都中央区茅場町・グリーン製薬株式会社社員）と判明。

「これが記者会見で発表された内容です。餅ケ瀬渓谷というのは、渡良瀬川《わたらせ》を遡《さかのぼ》って、群馬県側から栃木県側に入った、ほとんど県境に近い支流の沢で、秋の紅葉のきれいなところです」

高沢が解説を加えた。

浅見は訊いた。

「毒殺は確定したのですか？」

「はい、ついさっき、死因は何らかの神経毒による急性中毒死と確定したそうです。ただし、胃などの臓器からは毒物は検出されなかったので、毒物を注射された可能性が強いということでした」

「死亡日時の推定はどうでしょうか？」

「浅見さんが言われたとおり、死後三乃至《ないし》四日は経過しているだろうということです。十月二日か三日頃ということになりますか。さらに詳しい日時の特定は精密な検査を待たなければなりません」

いずれにしても、田口が会社から消えた日が犯行日であることは間違いなさそうだ。

「田口さんはご家族は？」

「奥さんと子供さんが二人だそうです。すでに身元を確認してもらい、いまごろは署のほうにいると思いますが」

田口家のある茨城県藤代町というのは、たしか取手《とりで》市と牛久《うしく》市に挟まれた、常磐線沿線の小さな町である。その辺りは近年になって東京や千葉のベッドタウンとして住宅団地などが建設されつつある。田口家もその一画に居を構えて、しあわせな家庭生活を送っていたのだろう。

そのささやかな幸福が、一瞬にして破壊された。龍満家も同様だが、まだ若い未亡人と幼い子供たちのことを思うと、背景にどういう理由や動機があるにせよ、殺人者への怒りは抑えがたい。

「情け容赦のないやり方ですね」

浅見は嗄《しわが》れた声で言った。

「まったく……」

高沢もつられたのか、ごつい体軀《たいく》や警察官らしくなく、しんみりした口調になった。

「ところで、犯人に繋《つな》がるような手掛かりは見つかったのでしょうか?」

浅見は気を取り直して訊いた。

「いや、それがですね、死体発見現場の道路は舗装されていて、タイヤ痕《こん》などは採取できなかったのです。しかも、死体発見の前日にかなりの雨が降りまして、たとえ何かが遺留されていたとしても、流されてしまったと思われます。死体が餅ケ瀬の沢から本流に流されなかったのは、むしろ幸運といっていいと思いますよ。渡良瀬川を下ったところにはダム湖がありましてね、そこに沈んだら、発見はかなり遅れたでしょう」

「目撃情報もありませんか」

「それはこれからの聞き込み捜査によりますが、まず期待できないと考えたほうがいいのではないでしょうか。沢筋には民家はまったくありませんし、夜間はもちろん、夏休みや紅葉の季節以外は、日中でもめったに車が通らないような場所です」

「ということは、犯人がその場所を知っていたのは、あらかじめ土地鑑《とちかん》があったと考えてよさそうですね」

「それは言えますね。もっとも、紅葉見物に来た観光客でも、あの道は知っているでしょうけどねえ」

「だとすると、この事件は動機の面から追及するほかはなさそうですね」

「そう、かもしれません」

高沢は相槌《あいづち》を打ったものの、必ずしも同意したわけではないのだろう。

警察の捜査はあらゆる状況を想定して、証拠第一主義で進められるのがふつうだ。

彼らの流儀でいえば、動機も「状況証拠」という証拠の一つでしかない。そういった証拠の積み上げによって事件ストーリーを構築してゆく。

その点、素人である浅見のやり方は自由である。天衣無縫であろうと荒唐無稽《むけい》と言われようと、勝手に仮説を思い描くことが許される。

極端にいえば、はじめに事件ストーリーありき――で、そのストーリーを構築するのに必要な要素を拾いだしてゆく。その過程で思いがけない発見があって、一気に事件の謎《なぞ》が解明されることがあるものなのだ。

事件捜査の要諦《ようてい》に「現場百遍」というのがある。すべての根源は事件現場にあるのだから、そこを繰り返し何度も訪れ、調べて、手掛かりを得るのでなければならない——というのだ。古い体質の捜査官ほど、そういう教条主義的なことを言いたがる。

しかし浅見に言わせれば、現場などそんなに何度も見る必要はなさそうに思える。ことに死体遺棄の現場などは所詮《しょせん》、事件全体から見ればほんの末端でしかない。そこにもし些《さ》細《さい》な物でも遺留品があれば、それはもちろん貴重な手掛かりになるが、何も出ないことが分かっていながら、なおも現場に固執するのは無意味なことだ。

死体遺棄現場で重要なのは、遺留品や物的証拠の発見よりも、犯人がなぜその場所を選んだのか——を見極めることである。

現場に佇めば、犯人が見たのと同じ風景を眺め、同じ音を聞き、同じ匂《にお》いの空気を吸える。犯人の行動に近い体験をなぞることができる唯一の場所といっていい。

犯人がそこにいたのはまぎれもない事実だし、その情景の中で働いた五感は、彼と我と、少なくとも人間として共通のものであるはずだ。その共通するところを辿れば犯人の心の動きが見えてくる。犯行そのものはどんなに巧妙に隠蔽《いんぺい》しようと、その瞬間の犯人の内面の動きは、現場を見ることで窺《うかが》い知ることができる。その場所を死体遺棄現場に選んだ犯人の意図も、やがては風景の向こうに見えてくる——と浅見は信じているのだ。

高沢は、これまでにグリーン製薬社内で行なった聞き込みの結果も、かいつまんで教えてくれた。

田口信雄は浅見が最初に電話した日の昼過ぎに会社を出て、通常の営業活動として病院巡りに向かったきり、その後会社には連絡していない。

その日の午後、田口が回る予定だった病院は三ヵ所で、最後の虎ノ門のF病院にも立ち寄ったことが分かっている。病院側の当事者と仕事の話を終えた後、午後四時五十分頃にはF病院を引き上げた。そこまでは確認できたが、その後、田口は会社に戻らないまま消息を絶った。

じつは、事件が発覚する前の土曜日の昼過ぎ頃、F病院の警備員が駐車場に駐《と》まっているグリーン製薬のバンを目撃している。ボディに「グリーン製薬」のマークとロゴが入っている車だ。しかし病院に製薬会社の営業用の車があっても、さほど奇異な感じはないので、警備員はそのまま放置していた。

月曜日の朝になっても車を移動する気配がないので、不審に思った警備員がグリーン製薬に連絡してきて、どうやらそれが田口の運転していた車であることが分かった。

したがって、田口はF病院での用件を終えた後、駐車場に車を置いたまま立ち去り、その後何らかのトラブルに巻き込まれて殺害されたものと見られる。

しかし、警察が会社の同僚に聞いたかぎりでは、田口が殺人事件のようなトラブルに関係する気配はまったくなかった。外部からの電話に対する話しぶりも、ごくふつうの応対をしていたそうだ。

田口夫人の話も同様で、夫の様子にとくに変わった点はなかったということだ。むしろ昇進して張り切っていたくらいなもので、事件を予測させるようなことは、何一つ浮かんでこない。

とはいっても、田口が犯人と接触し、あるいは誘い出され、殺害されたという事実は疑いようがない。それも、F病院の駐車場に車を置いて行ったことから考えて、少なくともその時点では、犯人と接触する約束ができていたと考えられる。

「田口さんは営業関係ですし、携帯電話を所持していたようです。だとすると、犯人からの呼び出しは外出時に携帯電話にかかってきた可能性はありますね」

浅見は勢い込んで言った。

「田口さんの携帯電話の番号を知っている人物は、それほど多くはないでしょう。割り出しは容易なのではありませんか」

「さあ、それはどうですかなあ」

高沢部長刑事は苦笑した。素人は単純だから困る――という顔である。

「まあ、携帯電話によって誘拐されたことが事実であれば、の話ですが、そうとは限らないわけでして。町で会ったとか、あらかじめ約束してあったとか。それに、かりにそうだとしても、電話番号を知っている人間の中から犯人を特定するのは大変でしょう」

「大変ですが、不可能ではありません」

「おっしゃるとおりです。警察としても当然その作業は進めるつもりです」

高沢は至極、丁寧に受け答えをしているけれど、浅見相手に捜査談義をつづけるのが、かなり苦痛であることは、彼の白けきったような顔を見れば分かる。浅見のほうも、兄の威光をかさにきて、いつまでも高沢を拘束していることに負い目を感じた。

「最後にお聞きしたいのですが、田口さんの事件と龍満さんの事件との関連については、警察としてはどう考えているのですか？」

「さあ、それに関しては自分らのような下っぱには判断できません。上のほうで決めることですが、これまでのところでは、警視庁のほうは完全に別物として扱うつもりのようです。殺しの手口がまったく異なるのと、動機も計画性も、田口さんの事件のほうがはるかに複雑なものが想定されますのでね」

「しかし、龍満さんのお父さんのお骨の件では、共通項がありますよ」

「さあ、それをどう見るかにもよります。田口さんの場合は、単に名前を使われたというだけですからねえ」

「それじゃ、足尾署の捜査本部からは、淡路島のほうへは誰も行かないのですか？」

「それは龍満智仁さんの事件を扱っている、警視庁と板橋署の管轄です。うちとは当面、関係がありません」

「警視庁は行きますかね？」

「それは、自分らには分かりませんが、たぶん行くことになるのでしょう」

高沢は当惑げに答えた。

3

高沢部長刑事はああ言っていたが、警視庁が淡路島に捜査員を派遣しそうな兆候は、さっぱり見えてこなかった。

常隆寺の小松住職に、うるさいくらい電話をかけて、確かめてみるのだが、警察からは電話の一本もかかってこないそうだ。どうやら、例の「お骨」の件については、どちらの捜査本部もあまり関心がないらしい。

（なぜだろう？——）と、傍観者であるべき浅見のイライラがつのった。浅見の直観からすれば、謎《なぞ》を解くキーワードは「お骨」にあるとしか思えない。少なくとも二つの事件の接点に、お骨の存在が見えていることは事実だ。

石森里織と名乗った女は何者なのか。

田口信雄を名乗る二人連れの男は何者だったのか。

彼らがお骨を受け取りに行った目的は何だったのか。

現在、お骨はどこにあるのか。

——そう考えてくると、どうしても、最初にお骨があった山口県長門市の西恵寺に出発点を求めるしかなくなってくる。事件の発端は、じつはそこにあるのかもしれない。

地図を広げると、長門市はいかにも遠い。本州最西端に近く、どこの空港からも遠く、新幹線の駅にも遠い。まるで陸の孤島のような場所である。

それを眺めるだけで、ため息が出る。

浅見光彦の最大の弱点は「カネ」である。フリーのルポライターが稼ぎ出す収入など、高が知れている。早い話、「旅と歴史」のギャラにしたって、原稿用紙一枚につき三千円がいいとこ。三十枚のルポを書いても、アゴアシ込みでせいぜい十万ちょっとというのがふつうなのだ。

ほかの数社とのつきあいがあるから、仕事の口は月に四つや五つはあるけれど、浅見家に食い扶持《ぶち》を入れると、愛するソアラのエサ代を捻出《ねんしゅつ》するのがやっと。海外旅行やゴルフなど、まるで縁がない。好きなドライブにしたって、仕事がらみでなければ、めったに出かけることはない。

龍満智仁が殺された事件に、これほど強く興味をそそられながら、浅見は動くことができずにいる。それもこれもカネのせいである。なにしろ事件の謎を解く鍵《かぎ》は、遠く淡路島と山口県の長門市。地図の上で東京からの距離を測っただけで、これはだめだ——と思ってしまう。

ところが、思いがけない幸運が、浅見を長門へ送ることになる。

グリーン製薬を訪れた二日後、「旅と歴史」の藤田《ふじた》編集長から電話で、「金子みすゞをやってみないか」と言ってきた。

「金子みすゞというと、詩人のですか」

「ああ、そうだ。このところブームだし、まだ謎の部分の多い人物だし、何よりも薄幸の女流詩人というのがいい。おれの趣味にぴったりだ」

（それはどうかな――）と思った。いつもなら「発酵した蒸留酒の間違いでしょう」とまぜっ返すところだが、浅見は「なるほど」と感心してみせた。

「金子みすゞはたしか、山口県の長門じゃなかったですかね」

思わず声が上擦るのを抑えるのに精一杯だった。

「そうだよ、さすがよく知ってるね。いささか遠いのだが、浅見ちゃんのソアラなら、わけないだろう」

「えっ、車で行けって言うんですかァ？」

浅見は大げさに拒否反応を示した。

「いや、車でなくてもいいよ。新幹線でもいいし、飛行機で宇部《うべ》まで行くのがいちばん便利かな。しかし、向こうであっちこっち動き回るには、どうせ車が必要じゃないの。レンタカーを借りると高くつくし、その分、原稿料が目減りすることになるな」

交通費その他、必要経費などいっさい認めたくない主義の男だ。

「ガソリン代と高速料金と宿泊費は出るんでしょうね？」

「うーん……そうだな、寝泊まりは車の中ですればいいだろうから、往路の片道分だけは出そうか」

「片道って……行ったら帰って来なきゃならないんですよ」

「それはいいよ。向こうで原稿を書いて送ってくれればいい」

「そんなむちゃな……」

呆《あき》れて物も言えないが、浅見はそれ以上、抵抗するのをやめた。あまり逆らうと、藤田の気が変わるおそれがある。こっちとしてはとりあえず、棚ボタ式に「長門行き」の費用が転がり込んできた幸運に、感謝しなければならないのだ。


このところ金子みすゞの静かなブームがつづいている。新聞やテレビに何度か取り上げられ、ちょっとした「時の人」になっている。

金子みすゞの詩は、人間だけでなく、花や鳥、魚、けもの……生きとし生けるものすべてに対する優しさで貫かれているのが特徴といっていい。とりわけ、華やかで賑《にぎ》やかな情景の向こう側にある、ひそやかで悲しみに満ちた世界の存在を思いやり、描くことが、彼女の詩の多くに共通したテーマだ。

たとえば「大漁」という詩がある。

朝焼小焼《あさやけこやけ》だ
大漁だ
大羽鰮《おおばいわし》の
大漁だ。

濱《はま》は祭りの
やうだけど
海のなかでは
何萬《まん》の
鰮のとむらひ
するだらう。

お祭り騒ぎの中にいて、ふっと寂しい気持ちに囚《とら》われることがある。虚《むな》しさに襲われることがある。そんなとき、人は、ひょっとすると物の本質を見抜きかけているのかもしれない。それが怖いものだから、人は、人はから騒ぎに身を投じて、たったいま見えかけたものを忘れようとする。

群れ騒ぐ人々から離れて、ひっそりと佇《たたず》み眺める視点の持ち主が詩人だとすれば、浅見にもその才能がありそうだ。

幼い頃から浅見は独り遊びが好きだった。部屋の中でも、戸外でも、気がつくと独りだけの遊びに没頭していることが少なくなかった。

百人一首の絵札をふた組に分けての「合戦ごっこ」というのがあった。片や天智《てんじ》天皇、片や崇徳《すとく》院が大将で、緑の絨毯《じゅうたん》を草原に見立て、双方が堂々の布陣で対峙《たいじ》する。「お姫さま」も「坊さん」も、そのときの光彦坊っちゃまの目には、鎧兜《よろいかぶと》に身を固めた武将たちに見えている。

虹《にじ》の橋の根っこを探しに街の果てまで歩いて行ったり、アリの行列を夕暮れまで観察しつづけたり、幼時の浅見は「おかしな子」であった。

三つ子のたましい百まで——で、長じた現在も、基本的にはその「おかしな」部分は変わっていないかもしれない。独りでいることが好きなのは、子供時代そのままだ。集団で行動するのが苦手だし、かといって大勢の上に立つことなど、それ以上にできない。だから会社勤めを転々としたあげく、どこも勤まらなくて、とうとうルポライターなどという「ヤクザな」商売に身を投じることになったというわけだ。

金子みすゞ（本名テル）は明治三十六（一九〇三）年、山口県大津郡仙崎村（現長門市大字《おおあざ》仙崎）で生まれた。少女時代から詩作の才能があり、西条八十《さいじょうやそ》が主宰する雑誌「童話」ほか、各種雑誌に投稿して、早くから注目される存在だった。

しかし、結婚など私生活では恵まれず、昭和五（一九三〇）年、わずか二十六歳の若さで自らいのちを絶つ。前日に正装して、わざわざ写真館で「遺影」を撮った上での、覚悟の自殺だった。

みすゞの死後、彼女の作品は埋もれたままになっていた。それが世に出たのは、半世紀を経た昭和五十七年に三冊の遺稿集が、（偶然）発見されたことによる。もしこの幸運な偶然がなければ、金子みすゞの詩は永久に人の目に触れないまま、消えていたかもしれなかった。

「この遺稿集発見に到る経緯《いきさつ》がさ、ものすごく面白いんだ」

藤田編集長は気負い込んで言った。

「そもそも、みすゞは詩作を三冊の手帳に書き込んで、尊敬する西条八十のもとに送り届けてあったんだな。ところがなぜか、これが一年経っても、まったくのナシのつぶてになった。一説によれば、彼女はこのことに絶望して死を選んだとも言われている」

「ほんとですか？」

「いや、ほんとかどうかは知らないよ。知らないけど、もしその詩集が出版の運びになるとかしていれば、どんなに私生活が辛くても死ぬことはなかっただろう。みすゞにとって、詩は生きることとの最後の拠《よ》り所だったにちがいない。それを敬愛する先生から黙殺されては、死ぬよりほかに生きる道はなかったのじゃないかな」

こういう真面目《まじめ》な話をしているときでも、くだらないジョークを混ぜる藤田が、ときどき嫌いになる。

「しかもだよ」と、藤田は電話の向こうで得意そうに声を張り上げた。

「みすゞが死んだ後も、西条八十は彼女の詩集の存在について公表しなかった。さらに、八十の死後、ある人が西条家に問い合わせたときも、同様に黙殺されている。いったいこれはなぜだと思う？」

「さあ、なぜですかねえ」

「ジェラシーだよ、ジェラシー」

藤田はきっぱりと断言した。

「あとで分かったことだけど、金子みすゞが西条八十に送った三つの詩集にはなんと、五百数十編の詩が収まっていた。そのすべてが珠玉の作品とはいえないかもしれないが、これを見たときの八十の心境を察すると、興味深いものがあるね。たった一編の詩を作るのにさえ汲々《きゆうきゆう》としているようなときに、まだ二十四、五の女性から、ドカッとばかりに五百編の詩が送られてきたんだからな。この話を聞いた瞬間、おれは『アマデウス』を連想したよ。モーツァルトの天才に嫉妬《しつと》したサリエリが、神の不公平を呪《のろ》って、モーツァルトを破滅させたっていう、あれだ」

「少し大げさ過ぎませんか」

「大げさなもんか。童謡の大家として君臨していた八十にしてみれば、もしみすゞの詩集を世に出せば、自分の立場が危うくなると思ったにちがいない。そうでもなければ黙殺はないだろう。少なくとも、一年間も返事をしないでいる道理はない。期待と不安をこもごも抱きながら、遠く下関の果てでじっと朗報を待ちつづけていたみすゞは、ついに希望の灯火も消えて自殺に追い込まれた……。どうだい、この話を聞いて義憤を覚えないとしたら、浅見ちゃん、男じゃないぜ」

「分かりました」

浅見はいくぶん辟易《へきえき》しながら言った。

「ただし、西条八十が黙殺した理由を嫉妬のせいだとするのは、あくまでも憶測にすぎません。あまり断定的に書くのは、欠席裁判みたいで気がひけますね」

「構うもんか、そのくらいセンセーショナルな読み物にしてもらいたい」

「しかし、西条家の関係者や八十のファンが黙っていませんよ」

「それこそ望むところさ。クレーム殺到、議論沸騰すれば、雑誌の売れ行きアップにつながる」

「やれやれ、やっぱりそこへ行きますか」

「ははは、いささかセコかったかな。いや、そうはいっても、おれの本心はさっき言ったとおりだよ。憶測にしろ邪推にしろ、誰が考えたってそう思えることを、誰もが口を噤《つぐ》んでいるっていうのはおかしいじゃないの。義を見てせざるは勇なきなり。あえて火中の栗を拾おうというわけさ」

　藤田は粗野で、必要以上に露悪的なところがあるけれど、地上げ屋のような外観に似ず、けっこうナイーブで涙もろい性格だ。とくに弱者に対する思いやりや、権力に対する反発は根っからの体質のようなもので、損と分かっていながら我を通しては、いつもワリを食っている。

　安い原稿料にもかかわらず、浅見が藤田のいうなりに仕事を受けるのは、彼のそういう愛すべき性格があればこそだ。

　それに、こっちの都合で行きたい土地があるときなど、そこへ行けば歴史や伝説がいっぱいで、いかにも面白い記事が書けそうな話をすると、コロッとひっかかるお人好《ひとよ》しな一面もある。そういう点からいうと、悪ぶっている藤田よりも、浅見のほうがはるかに悪人なのかもしれない。

4

長門へ遠征する前に、浅見は田口信雄の死体が発見された栃木県足尾町の現場を見ることにした。

足尾町は栃木県の西のはずれにある。東北自動車道を佐野藤岡《さのふじおか》ICで下りて、国道50号を西へ向かう。佐野、足利《あしかが》、桐生《きりゅう》と渡良瀬川の流域に発達した町々を過ぎて、大間々《おおまま》から北へ進路を取る。

国道122号は渡良瀬川の谷を遡《さかのぼ》り、日光へ通じる道である。道幅が狭いのが難だが、緑濃い峡谷の風景は目を楽しませてくれる。草木ダムの脇《わき》を走り、まもなく県境のトンネルを抜けると栃木県足尾町である。

足尾町はたかだか人口が四千程度の小さな町だが、その割りには警察署の建物は大きかった。もっとも、大きいのは入れ物だけで、中身の人員数はおよそ二十名。人口比率からいえば、本来なら日光署あたりの管轄下に置かれる、大型の交番でもいいくらいなものなのだろう。

足尾町にこれほどの規模の警察署があるのは、かつての足尾銅山の繁栄を物語るなごりの一つである。

足尾銅山は十五、六世紀頃にはすでに銅の出る山として知られていた。本格的に銅鉱の採掘が行なわれるようになったのは十七世紀。やがて足尾銅山は幕府の直轄となり、銅山街道（あかがね街道）に五つの宿場が設けられた。江戸時代の最盛期には年産一五〇〇トンの銅を産出していたのだが、しだいに尻《しり》すぼみになり、休止状態に入る。

足尾銅山が活況を取り戻すのは明治の中期以降で、大正初期にそのピークを迎える。銅の年間産出量は一万六〇〇〇トン近くにも上り、人口も大正五（一九一六）年には三万八四二八人に達した。

昭和に入ってからもしばらくの間は順調に推移するが、昭和十二年以降の生産量は下降の一途を辿《たど》る。戦時増産体制下までで、足尾銅山の「華やかな時代」は終わったといっていいだろう。

敗戦後は労働力不足や設備の老朽化によって、産出量はいちじるしく低下した。それに度重なる台風被害が追い打ちをかけた。

そのジリ貧状態を救ったのは、昭和二十五、六年の朝鮮動乱である。この経済効果によって足尾銅山は息を吹き返し、昭和四十一年には月産五五〇トンの記録を作るところまでいった。

ところが、昭和四十六年のいわゆる「ニクソン・ショック」によって、日本の鉱業は壊滅的な打撃を受けることになる。国際競争力を失った足尾銅山は、ついに昭和四十八年二月をもって閉山することになった。

以上が足尾銅山の歴史であり、それはそのまま足尾町の歴史といってもいい。

この町を訪れる前に、浅見はそういった基礎的な知識を仕込んできた。端的にいって暗く悲しい歴史というのが予備知識だった。

現実に足尾町の佇《たたず》まいを見渡すと、緑に包まれた山間の集落——という印象である。トロッコ列車で坑内を見学したりする「銅山観光」という施設がなければ、ここに銅山があったことさえ窺《うかが》うすべがない。

おそろしく古くて、図体《ずうたい》ばかりでかい足尾署の入口に、まだ墨の色も鮮やかな「餅ヶ瀬川殺人事件捜査本部」の貼《は》り紙があった。刑事防犯課の部屋に入ると、いきなり高沢部長刑事と出会った。

「あ、浅見さん……」と、高沢は露骨に迷惑そうな顔を見せた。

「ちょうどよかった」

浅見は対照的に満面の笑顔で言った。

「死体発見現場の餅ヶ瀬渓谷というのを教えていただけませんか」

「それはまあ、教えないこともないですけどね」

高沢は周囲を見回すと、浅見の肩を押すようにして部屋の外に出た。好ましくない人物のことを、同僚や県警の連中にあまり見せたくないのかもしれない。

「そうすると、あれですか、浅見さんはやっぱり、いぜんとして事件を追っかけているってわけですか」

「ええ、ご迷惑でしょうけど、僕の方針は決まってます」

「はあ……」

困ったもんだ——と言いたげなため息を洩らして、高沢は先に立って玄関を出た。

浅見のソアラで餅ヶ瀬渓谷へ向かう。国道122号を逆戻りして、県境の手前で右折する。谷川沿いの登り坂だ。

「この川が餅ヶ瀬川です」

高沢が言った。幅が十メートルから二十メートルほどの深い谷川である。樹木が生い茂り、昼なお暗い。

道路はいちおう舗装はしてあるけれど、ところどころ砂利が剝《む》き出しになっている。一キロばかり登ったところで、高沢は「ここです」と言った。

右側が切り立った崖《がけ》で、その下に小さな淵《ふち》がある。急流が流れ落ちて、淵の中は渦を巻いている。

「イワナ釣りに来た土地のじいさんが、ここから谷を覗《のぞ》き込んで、死体を発見しました。この真下に岩があるでしょう。いったん崖のブッシュでバウンドしてから、そこに落ちたようです」

高所恐怖症の浅見は、おっかなびっくりその場所を確認した。

「まあ、淵に落ちなかったことと、流されなかったのが幸いでした」

「ここまで車で運んだとして、どこかでUターンして戻ったのでしょうね」

「もちろんです。この道は行き止まりですからね。しかし、Uターンするような場所はいくらでもありますよ。たぶんその先の工事現場じゃないかと思いますが」

車をさらに進めた。ものの百メートルもいかない先に砂防工事か何かの作業現場があった。道路と谷川のあいだに三、四百坪ほどの空き地を確保して、砂利や機材などが置いてある。ダンプカーが一台、駐《と》まっていた。

「ここでUターンしたものと考えられるのですが、ご覧のように地面は砂利がゴロゴロしていて、タイヤ痕《こん》などは採れませんでした。おまけに、死体発見前はもちろん、発見後も、ダンプなんかが出入りしてましたからね」

「釣り人が入っていたり、ダンプが作業をしていたりというと、やはり犯行は夜間ということになりますか」

「まず間違いありません」

「夜間ならなおのことですが、この場所に死体を遺棄しようと考えたからには、犯人にはっきりした土地鑑があったことだけは確かですね。土地鑑がなければ、さっきの国道からの曲がり角なんか、気づかずに通り過ぎてしまいますよ」

「もちろん、警察もそのセンで捜査を進めておりますけどね」

分かりきったことを——と、高沢部長刑事は白けた顔でそっぽを向いて、言った。

「しかし、土地鑑のある人間なんてものは、数えきれないほどいますよ」

「何人ぐらいでしょう？」

浅見は真面目《まじめ》くさって訊《き》いた。

「はあ？……そんなもの、分かるはずがないでしょう。この町の人間だけでも四千人以上いるんですからね」

「この町の人は、全員シロですよ。東京の被害者をわざわざ自分の住む町の中に捨てるはずがありません。警察だって、そう考えているんでしょう？」

「は？　ああ、それはまあ……」

高沢はにがりきって頷いた。

「ただし、単に通りすがり程度の土地鑑だけでは、この場所に気づくとは思えません。少なくとも一度や二度、ここを登って来たことのある人物でしょうね」

「というと、釣りに来たことがあるとか、それとも砂防工事の関係者ですか？」

「釣り人はそんなふうに、川を冒瀆《ぼうとく》するような真似はしませんね。砂防工事関係者も、さっきの住人と同じ理由で、除外していいと思います」

「じゃあ、いったい誰なんです？」

高沢はむきになって、突っかかるような言い方をした。

「行きましょうか」

浅見ははぐらかすように言って、車をUターンさせ、坂を下った。

「この場所は、見れば見るほど分かりにくいところです。したがって、犯人には土地鑑があることは間違いない。しかし、現在ここに住んでいたり、最近ここに来たことがあったりするようでは、警察の追及をまともに受けることになります。そう考えてくると、どうやら犯人はかなり以前にこの付近に住んでいたか、あるいは砂防工事か何かに関係していた人物ということになりませんか」

ハンドルに気を取られながら、ひと言ひと言嚙《か》みしめるように言った。

「はあ……そういうことになりますか」

何か反論の糸口を摑《つか》もうとして、高沢は結局、諦《あきら》めて、

「そうかもしれませんが、しかし、それだけでは特定が難しいことに、変わりはないと思いますがねえ。かつて足尾町に住んだことのある人間といったって、何千人か、いや何万人いるか分かりませんよ」

「それにしたって、一億二千万人の中のごく一部です」

「ははは、そんな無茶な……」

高沢はついに笑ったが、浅見はどこまでも真顔である。

国道に出て、警察署に高沢を送り届けた。高沢は車を降りてから、ドアを半開きにした状態で訊いた。

「これからどうするんですか?」

「役場へ行きます。過去、どのくらいの人口移動があったか、調べてみます」

「本気で調べるつもりですか?」

「ええ、もちろん本気です」

「うーん……」

高沢はしばらく天を仰いでから、助手席にもぐり込んできた。

「私も付き合いますよ」

怒ったように言った。

「浅見さんが一人で行っても、役場がいい顔するとは思えませんからね」

足尾町役場は木造モルタル二階建て。警察署に輪をかけた老朽庁舎であった。どこの自治体でもピカピカの庁舎を建てるのが最近の風潮である。その流れに乗り遅れたのかもしれないが、それにしても古い。

役場の中の雰囲気も建物同様、幽霊が出そうなほど活気がない。その理由はじきに判明した。要するに過疎化傾向がジワジワ進んでいるせいなのである。

浅見と高沢の応対をしてくれたのは、産業観光課長の宮野という人だ。課の部屋には五つのデスクがあるのだが、全員が出払っていて、宮野課長自らが相手を務めた。

高沢が「東京から来た雑誌のルポライターさんです」と紹介したせいか、観光係長を兼任する宮野としては、大事な客だと思ったのだろう。きわめて好意的に対応した。

浅見がまず人口の推移を調べたいと言うと、とりあえず町勢要覧を出してくれた。それによると、銅山閉山のときのような劇的な人口流出ではないけれど、ここ十年間というもの、少しずつ着実に人口は減少しつつある。十年間でおよそ一千人――五分の一ほど目減りした計算だ。

閉山の三年前、昭和四十五年の国勢調査では一万一千人あった人口が、十年後の昭和五十五年の調査では六千人、およそ四六パーセントの激減ぶり。それ以前の昭和四十年当時からすると、現在までの三十年間で、およそ一万人程度の住民が流出したと考えられる。

「この一万人の人たちは、どこへ行ってしまったのでしょうねえ」

浅見は慨嘆するような口調で言った。

「それはまあ、亡くなった方もおられるでしょうが、追跡調査をすれば、ある程度のところまでは分かると思いますが」

宮野課長は律儀に答えた。

「しかし浅見さん、まさかそれを調べるわけじゃないでしょうなあ」

高沢が不安そうに囁《ささや》いた。

「いえ、必要とあれば、調べるべきだと思いますが」

「そんなこと言ったって、事実上、無理でしょう。第一、三十年前まででいいっていう保証はありませんよ。四十年前か、五十年前だっていうことになれば、もっとすごい数になります」

「五十年前というと、終戦直後ということですね」

宮野課長は真面目に資料を漁《あさ》った。

「当時は世情が混乱していたので、正確な数字はありませんが、だいたい二万人くらいは住んでいたと思われますね。何しろ、大正時代には四万人近い住民がいて、足尾町は宇都宮に次いで栃木県第二の人口を誇っていたのですからなあ」

誇らしげに胸を張った。

「そうだそうですね、それにしても、この狭い谷間の町に、それだけの人間が犇《ひし》めいていたとすると、住環境なんかはそうとう劣悪なものだったのでしょうね」

浅見はべつに水を差すつもりはなかったのだが、宮野課長は苦い顔をした。

「たしかに、おっしゃるとおり、当時は飯場《はんば》制度がまかり通っていて、いろいろひどいことがあったらしいです。労働条件の改善を叫んでしばしば労働争議が起こったと記録されていますよ」

ロッカーから『足尾郷土誌』という本を取り出してきた。

「これ、差し上げます」

ソフトカバーだが、B5判のかなり分厚い本だ。

目次を見ると、自然、社会、歴史といった項目を立て、足尾町の過去から現在までの歩みを振り返り、将来への展望を示そうとしている。それにしても、足尾町の歴史は銅山の歴史と一体であることがあらためて感じとれる内容だ。

パラパラとページを開いていて、浅見はふと目を止めた。

古河鉱業の閉山発表に対して町議会がつきつけた「決議文」が掲載されていた。

浅見の住む東京都北区西ヶ原には「旧古河邸《やしき》跡」がある。現在は東京都が管理する公園になっているが、昔は古河男爵家の邸だったところだ。古河鉱業のオーナーは、たしかその古河家だったはずである。

十一月一日、貴社の発表された横暴なる一方的足尾事業鉱山部の閉山提案に対し、町民すべてが怒りをもっているところである。

顧みるに、明治十年足尾銅山創業以来、足尾町の経済発展をもたらしたことは認めるところであるが、創業以来今日まで、町民も犠牲を払い、協力してきたことも見逃せない事実である。

現在、人命尊重のもと、社会的な問題となっている公害問題にしても、足尾町民は鉱山の存続が足尾の存廃にあると、不満を胸に秘めながらも、ただただ鉱山の振興を願ってきたところである。（中略）

足尾町では、やがてくるであろう、このような現象に対処しようと、貴社の関連企業の誘致、又は他企業を誘致するために、遊休地の提供を再三にわたり要請してきたにもかかわらず、町の施策上重要と目されるものについては協力せず、否定されてきた。

このように、その措置も取らずに、一方的な閉山を提案し、地元に対する責任を示さない態度を認めることは断じて許せない。

いかに経営の実態がどうであれ、企業の社会的責任からも、町の要請に応《こた》えるべきではないか。そのためにも、足尾町民の不安を解消すべく、鉱山部門の存続を強く要請する。

まさに血を吐くような必死の請願といっていい。不安と怒りと悔しさが、素朴で率直な文章に滲《にじ》み出ている。

企業側としても、最善を尽くさなかったわけではあるまい。合理化の上にも合理化を重ね、延命策を講じたはずだ。しかし時代の流れに抗することはできない。とどのつまり、事業をストップする以外に、生き残りの手段はなかったのだろう。それをあながち企業のエゴとのみ指弾するのは酷というものだ。

そうはいっても、合理化に耐え、劣悪な労働条件にも耐え、緑の山を丸坊主にするような亜硫酸ガスの公害にも目をつぶって耐えてきた住民にとっては、「閉山提案」は、一方的で許しがたい横暴でしかなかったにちがいない。

それから四半世紀。住民の怒りと悲しみが完全に癒えたとは思えない。足尾町に漂ういようのない侘《わび》しい気配の源は、その歴史にあるのかもしれない。

「ここに書いてある公害問題は、現在でも尾を引いているのですか？」

浅見は遠慮がちに訊いた。

「いや、公害問題はすでに過去のことになりました。川にはイワナやヤマメなどの魚が戻りましたし、山の植樹も進んでおります」

宮野課長は力を込めて言った。銅山は終息したが、銅山の遺産価値も捨てたものではない。

銅山観光には年間三十万人の観光客が訪れる。廃坑からは温泉が湧出《ゆうしゅつ》して、町営の二つのロッジや国民宿舎「かじか荘」が人気だそうだ。

「足尾町の歴史は光と影が交互に訪れる歴史でした。これまでは長い影の時代でしたが、これからは観光行政をメインにして、まっしぐらに光の時代に入ってゆくのだと考えております」

ここぞとばかりの売り込みである。その迫力に押し出されるように、浅見と高沢は役場を後にした。

第三章　長門仙崎港

1

藤田には「車で」と言ったけれど、浅見はあれこれ考えたあげく、長門へは新幹線を利用することに決めた。

長門は地図で見れば見るほど「遥《はる》かの地」である。東名、名神、中国道を乗り継いで行くと、時間のことはともかく、高速道路料金だけでもばかにならない。おまけにガソリン代をプラスすると、独り旅に限っていえば、列車とレンタカー利用のほうがはるかに安くつく。

それにしても長門は遠かった。

山陽新幹線の小郡《おごおり》で降りて車で少し北上、小郡ICから中国自動車道に上がり、次の美《み》祢《ね》ICを出て国道316号を真っ直《す》ぐ北へ向かう。

右を見ても左を見ても、のどかな田園と小さな起伏の山道の繰り返しだ。JR美祢線と並行して走る道だけに、ときどき駅に寄り添うような小さな町を通過する。しかしどこも市街地というよりは集落といったほうがぴったりの、鄙《ひな》びた雰囲気の佇《たたず》まいばかりであった。

やや長いトンネルを抜けると「長門市」の標識が過ぎて行った。左右に山が迫り、緑がいっそう濃くなって、谷川沿いの道を行くとやがて「湯本」という温泉場にさしかかる。浅見は名前も知らなかったが、大型のホテルを含め、かなりの数の旅館が立ち並ぶ、規模の大きな温泉であった。

ゆるやかな坂を下ると視界が開けて、まもなく長門市街地が見えてくる。スーパーマーケット以外にあまり高いビルのない、典型的な地方都市といった町である。

目指す西恵寺の住所は「仙崎」という地名になっている。仙崎は地図で見ると長門市の市街地の北側の部分で、海に突き出た岬のような地形の港町だ。その岬の突端を出はずれた日本海には「青海島《おうみ》」という、蝶《ちょう》が羽を広げたような形の島が浮かび、仙崎地区とは橋で結ばれている。

交差する国道191号を突っ切って市街地に入った辺りは「湊《みなと》」という地区で、その名のとおり、西側の海に港がある。長門市役所をはじめとする官公庁は、概《おおむ》ねこの付近にあるらしい。そこから一キロばかり人家が疎《まば》らになって、その先が仙崎地区である。

山陰本線長門市駅で分岐する支線が仙崎地区の南端まで行っている。この支線はわずかひと駅先の仙崎駅だけのためのものだ。

仙崎駅は木造の小さな駅だが、その一部が「みすゞ館」になっている。喫茶店ほどの空間に、金子みすゞの詩集や本や資料などが並べられ、絵はがきなどの土産物も売っている。

壁にはみすゞや彼女の作品にゆかりの風景写真が飾ってある。観光客らしい女性が三人、思い思いに陳列品を覗《のぞ》き込み、金子みすゞの世界に浸っている様子だ。

仙崎の市街地はほとんどが木造モルタルの二階建てばかりの家々で、細い道路を挟み、庇《ひさし》を接するように密集している。中にはずいぶん古い家もある。漁港の町らしく、かすかな魚臭が漂っている。長靴にビニールの前掛けをした漁師のおかみさん然とした恰好《かっこう》の女性も見かけた。

通りすがりの女性に西恵寺の場所を訊《き》こうとしたら、早合点したのか、「ああ、みすゞさんのお墓じゃったら、あそこのお寺さんですけどな」と教えてくれた。こんなふうに道を尋ねる観光客が多いのだろう。

途中に「金子みすゞ生家跡」の小さな石碑が立っていた。ここにはかつて「金子分英堂」という、本と文房具の店があった。みすゞはここで生まれ女学校を卒業するまでここで暮らした。亡くなったのは下関市内だが、遺骨は先祖代々の墓に葬られた。

みすゞの墓は「遍照寺」という寺にある。古く苔《こけ》むした小さな墓には「金子テル子」と刻まれている。訪れる人が絶えないのか、墓碑の前には花が飾られ、線香の燃えさしがいくつもあった。

目指す西恵寺は遍照寺から百メートルほど行ったところであった。この辺りには寺がいくつかあるらしい。遍照寺もそうだったが、この寺も思いのほか小ぢんまりしている。

庫裏《くり》を訪ね、住職に龍満家の墓のことを訊くと、すぐに分かった。

「ひと月ばかり前に、息子さんが見えて、お父さんの一周忌の法事をなさったが」

六十代半ばといったところだろうか、白髪の坊主頭の住職は呑気《のんき》なことを言っている。

その口ぶりだと、どうやら龍満智仁の奇禍のことはまだ知らないようだ。

「龍満さんは先月、亡くなりましたよ」

というと、「えっ」と驚いた。

「ほんとですか？　元気そうじゃったが、病気でしたか？」

「いえ、殺されたのです」

住職はもういちど「えっ」と言って、体が硬直した。歳の割りにはあまり修行ができていないらしい。それにしても、住職がまだ知らないのは、龍満夫人が連絡もしていないということである。夫人としては、東京に新たな墓地を探すつもりなのかもしれない。

浅見はかいつまんで「事件」のことを説明した。住職はただただ驚いて「ほう、ほう」と頷《うなず》くばかりだ。

「ところで、龍満さんがお父さんのご遺骨を分骨したのは、その一周忌のご法事のときだったのでしょうか？」

「はあ？　いいや、分骨など聞いたこともありませんがな」

ふいに職業意識に目覚めたように、きつい目をして首を横に振った。

「えっ、分骨はしていないのですか？」

「しておりません」

「じゃあ、淡路島の常隆寺のこともご存じありませんか？」

「淡路島？……ああ、常隆寺じゃったら知っちょります。早良親王さんのお墓のあるところでしょうが」

「龍満さんは、お父さんの分骨をその常隆寺に納めたのです」

「そんなあほな……いや、そしたら、あらかじめご遺骨を分けておかれたのかな」

「いえ、そうではなく、こちらのお寺さんから分骨したのではないかと思われますが」

「それはおかしい。そんなことは絶対にありませんな。奥さんかて知らんはずはない思うが。何かの間違いじゃろ」

憤然として言った。これ以上、くどく説明すると、本当に怒りそうだ。

「妙な話ですねえ……」

浅見は腕組みをして考え込んだ。住職も同じような恰好をして、黙りこくった。

「あ、そうそう、それでですね、龍満さんが殺された後、そのお骨は常隆寺から引き取られたのですよ」

「ふーん、それじゃったら、詳しい事情は奥さんに聞いたらええでしょう」

「いえ、そうじゃないんです。奥さんは分骨のことにはまったくタッチしていなくて、お骨を引き取りに行ったのは、ぜんぜん知らない女性だったのです」

「女性……というと、龍満さんのおやじさんのコレかな？」

住職は衣の袖《そで》の中から、小指を立てた。僧形に似合わないひょうきんなポーズだったので、浅見は思わず苦笑した。

「そうではなさそうです。四十歳ぐらいのひとだそうですから」

「ふーん、誰じゃろ?」

「名前は石森里織といって、龍満さんの従妹《いとこ》という触れ込みだったそうですが、奥さんの話によると、そういう名前の従妹も知り合いもいないそうです」

「石森なあ……この辺りでは聞かん名前じゃねえ」

「偽名かもしれません」

「なるほど、偽名ですか。偽名を使うて他人のお骨を引き取るとは、これはちょっと穏やかではないですなあ」

じつは、まだその上に穏やかでないことがあるのだが、「田口」を名乗った男が、「お骨」を引き取りに行ったことは住職には話さずにおいた。

「龍満さんのお墓を拝見できますか」

「ああ、もちろんです。どうぞお参りしてあげてください」

住職は白い鼻緒の下駄《げた》をつっかけて、先に立って墓地へ向かった。

御影石《みかげいし》の小さな墓であった。総じて、どの墓も小ぶりに出来ているのは、仙崎という町の面積に制限があるためかもしれない。

誰が手向けたのか、まだみずみずしい菊の花束が供えてあった。

「このお花はどなたが？」

浅見は訊いた。

「さあ誰じゃろ。朝の早い内に供えられたものらしいですな」

墓碑銘は「龍満家代々之墓」。側面に「龍満加奈子《かなこ》」と、それに寄り添うように、「龍満浩三《こうぞう》」の名が新しく刻まれていた。龍満加奈子の没年は昭和三十三年。文字は角が風化して、龍満浩三の文字のしっかりしているのとは対照的だ。

「浩三さんの奥さんはずいぶん前に亡くなられたのですね」

「そうですなあ。わしの父親の代のときじゃったので、憶《おぼ》えてはおらんのですが、七回忌から以降はわしもご供養にお付き合いさせてもろうちょります。龍満浩三さんとは、三十三回忌のご法事のときにお目にかかったのが最後っちゅうことになりますかな。真面目《まじめ》なええお人じゃったが」

住職は墓碑をじっと見つめながら呟《つぶや》き、数珠を持つ手を合わせて、低い声で「南無阿弥陀仏《なむあみだぶつ》」を唱えた。浅見も住職の脇《わき》でそっと手を合わせた。

「龍満さんのお宅はどの辺りにあったのですか？」

「仙崎駅の南のほうに引揚者住宅があって、そこに住んでおられたようです」

「引揚者住宅……」

「そうじゃな、あんたくらいの歳の方はご存じないかもしれん。終戦後、大陸や朝鮮からの引揚者が仙崎港にようけ上陸してきたんじゃが、帰国しても帰るべき郷里のない人たちも少のなかったんじゃろうね。その人たちが仙崎周辺に住み着いた。龍満さんもその中の一人じゃったいうわけです。そうじゃけ、この近くには親戚《しんせき》も身寄りもありません。浩三さんのお葬式は東京のほうでやられたそうじゃが、納骨の法事も息子さん一人だけで、寂しいもんじゃった」

終戦後、当時の満州、現在の中国東北部や朝鮮から脱出した邦人が大挙して祖国に引き揚げてきたことは、近代史でも習ったし、母親などから聞かされている。テレビの特集で映像を見る機会もあった。

しかしそれを実感できるということは、これまでの浅見にはまずなかった。浅見の住んでいる東京北区の豊島というところにも、かつては広大な地域に引揚者住宅が立ち並んでいたそうだが、現在、その付近はきれいに整備された住宅団地になって、昔の面影を偲《しの》ぶよすがもない。

「外地からの引き揚げというと、舞鶴だとばかり思っていましたが、長門市にも引揚船が着いたのですか」

「着いたもなんも、引き揚げ受け入れの指定港は、この仙崎が第一号じゃったんですよ。たしかに朝鮮半島の釜山《プサン》に近いこともあるが、下関や舞鶴は機雷封鎖がされちょったりして、除去作業に手間取ったんじゃろうかねえ」

「なるほど……しかし、こんな小さな町や港では、たいへんな騒ぎだったのじゃありませんか？」

「そりゃ、あんた、めちゃくちゃじゃったですよ。十日くらいのあいだに三万人あまりの引揚者が上陸してきよったんじゃから。それもほんとの着の身着のまま。みんな疲れきって、涙を流しちょったなあ。それでも日本人は立派じゃ思うたのは、じつに秩序正しく、静かに整然として行動しちょった。軍隊はもちろんじゃけど、一般の人たちが立派じゃった。引揚船を迎えるわしら仙崎の者たちも、いまで言うたらボランティアで奉仕させてもろうたんじゃが、それも立派じゃったですよ。それにひきかえ……」

住職は口ごもった。浅見はしばらく待ったが、それきりその話題をつづけるつもりはないらしい。話したくないことなのか。それとも、口にすると何か差し障りでもあるのだろうか。

「何か、行政側に不手際でもあったのでしょうか？」

浅見は水を向けた。

「ん？　いや、行政やってそれなりに一生懸命やったと思いますな。わしはまだ中学へ行っちょった頃で、詳しいことはよう知らんけど、救護所やら弁当の焚《た》き出しやら、町の者をまとめて頑張っちょったのは見ちょります。そこまではよかったんじゃが……」

住職は思い出したくもない——という苦い顔になって、言った。

「その後、朝鮮に帰還しようちゅう人たちが全国から仙崎港に殺到して、これがえらいことじゃった。なんぼピストン輸送をしても、便船の絶対数が少ないもんで、一時は二万人近い滞留者が溢《あふ》れて、手におえんことになってしもうた。無秩序状態ちゅうのか、警察の力も働かないような有り様じゃもんなあ。桟橋《さんばし》の職員詰所に何百人ちゅう集団が押しかけて、職員を殴る蹴《け》るしたり、警察官を襲ったり、建物をぶち壊して薪《たきぎ》にしたり、無茶しちょったのです。それまで長いこと虐げられてきた腹いせもあったと思う。そのことは分かるが、わしらにしてみればえらい迷惑どころか、恐ろしゅうて夜間の外出もできんかった。あの頃はつらい時代じゃったが、その中でもいちばん嫌な記憶じゃなあ」

住職の話を聞いて、浅見のか細い知識でもその当時の混乱ぶりは想像がついた。そのことは、足尾町の歴史の光と影の「影」の部分を連想させた。

足尾町役場でもらった『郷土誌』によれば、足尾銅山には戦時中、大陸や朝鮮半島から強制連行された中国人、朝鮮人が就労していた。中国人の場合を例に取ると、中国本土から二百五十七名が強制連行されたのだが、そのうち十名は極度の栄養失調で、足尾に着く以前に死亡している。

終戦間際には白人捕虜四百名を含め、およそ一千名を超える外国人労働者が、おそらくは不当で過酷な労働に駆り出されていたものと推定される。

それは足尾銅山に限ったことではない。徴兵で若い労働力を失った全国の鉱山、炭鉱でも同じ状況だった。中には長野県松代の地下大本営など、軍事施設の建設に動員されたケースもある。劣悪な労働環境の中、各地で殉難する人々が出たことは想像に難くない。

そういう人たちが、強制の鎖を解かれて、いっせいに帰国の道を急いだのだ。海の向こうに祖国を望む仙崎港まで辿りついて、何日も足止め状態がつづくもどかしさもあっただろう。彼らの積年の恨みつらみが、捌《は》け口を求めて爆発したとしても、あながち責めることはできない。

　とはいえ、仙崎のような、本来平和で穏やかな漁業の町の人々にしてみれば、まるでとばっちりのような大騒ぎ、大迷惑だったにちがいない。

　しかも敗戦によって、つい昨日までは被支配者だった朝鮮人は、いまや抗《あらが》うことの許されない「戦勝国」なみの相手になったのである。たとえ理不尽があっても、警察でさえ手が出せない。まして一般市民はじっと耐えるしか取るべき手段がなかっただろう。

　民族間の不幸な歴史——というには、あまりにも生々しい話を聞いて、浅見の気持ちは沈んだ。

　住職に礼を言って、寺を出ようとして、浅見はふと気になって訊いた。

「さっきご住職は、龍満さんがお父さんのお骨を分骨しなかったことを、奥さんも知っているはずだとおっしゃいましたね」

「は？　ああ、そう言いましたかな。けど、それが何か？」

「いまふっと、なぜ奥さんが知っているはずだと思われたのかな——と気になったものですから」

「そりゃあんた、奥さんも一緒におったんじゃから、そういう話はなかったことぐらい、知っちょるはずじゃいうことじゃあ」

「えっ、奥さんもご一緒だったのですか」

浅見は驚いた。板橋のマンションに訪ねたとき、龍満夫人は長門には行ったことがないと明言していたのだ。

「妙なことを言うようですが、その女性は間違いなく龍満夫人だったのですか？」

「はあ？……そってねえなこと、あんた……いや、べつに詳しゅう尋ねたわけじゃないが、わしが奥さんと呼んだときにも、べつに何も言うちょらんかったし……え？　そしたらあれは奥さんと違うたいうことですか？」

住職は化け物でも見るような目で、東京から来た客を睨《にら》んだ。

「その奥さん——いや、女性はいくつぐらいで、どんな印象でしたか？」

浅見は訊いた。

「そうじゃなあ、歳の頃なら三十五、六いうところじゃったろか。もっとも、女の人の歳はさっぱり分からんけど。なかなか美しゅうて、おとなしいひとじゃったちゅう印象がありますな」

龍満夫人は四十二歳だった。三十五、六歳と四十二歳とでは、かなりのずれがあるといっていいだろう。しかしそうはいっても、本人が言うように、住職の鑑識眼に信頼性があるかとなると疑問だ。

「龍満さんと女性の関係はどんな感じだったでしょうか？　夫婦という感じでしたか。それとも、たとえば恋人同士とか」

「うーん、そうじゃなあ。いまにして思うと夫婦にしてはさわやかな感じじゃったな。仲はええみたいじゃけど、恋人みたいなベタベタした様子も見られんかったが……いや、分からんですよ、わしには」

住職はついに諦めて、首を横に振った。

浅見の頭の中では、その「謎《なぞ》の女性」が常隆寺にお骨を引き取りに行った「石森里織」という女のイメージと重なった。

2

仙崎の町を北に抜けると、青海島《おうみしま》を望む岸壁にぶつかる。青海島は森に覆われた小高い山々が横たわる美しい島だ。河口ほどの狭い海峡を、対岸の緑を映した透明度の高い潮がゆっくりと流れてゆく。右手には青海島へ渡る白い橋が架かっている。橋を渡るには、仙崎の町の東縁を走るバイパス道路に出なければならない。

バイパスの外側は仙崎港で、かつて引揚船が接岸した岸壁は整備され、いまは青海島を一周する観光船が発着する。

道路と岸壁のあいだには漁業組合や魚市場など港湾関連施設が並ぶ。道路を挟んで水産加工業者や土産物店などが軒を連ねる。観光ガイドブックによると、仙崎は高級「焼き抜き蒲鉾《かまぼこ》」の産地として、早くから有名なところだそうだ。

駐車場のある大型の店に入って、浅見は土産物を物色した。以前、尾道で干物を買って帰ったら、思いのほか固くて、母親の雪江に「この歳になって、顎《あご》の運動をさせられるとはねえ」と厭味《いやみ》を言われたが、蒲鉾なら大丈夫だろう。

買い物のついでに、店の女性に「金子みすゞの身寄りの方は、いまでもこの近くに住んでいるのですか？」と訊いてみた。

「ああ、みすゞさんのことでしたら、仙崎の玉三郎さんにお聞きになるといいです」

女性は笑いながら言って、店の前でワゴン車に荷物を積んでいる男に「大原さん、お客さん」と声をかけた。

大原は「あいよ」という感じで気軽にやってきた。五十歳前後だろうか、よく陽に焼けた、草履のような丸顔のおじさんだ。派手な色柄のシャツを着ているところは、まるで遊び人にも見えるが、さっきの仕事ぶりはたしかに商売人そのものであった。

金子みすゞのオーソリティらしいので、浅見は敬意を表して、「旅と歴史」の社名入りの名刺を出した。

「ああ、『旅と歴史』じゃったら、ときどき読ませてもろうてます。そうですか、『旅と歴史』がみすゞさんを取材されるのですか」

飾らずに、嬉《うれ》しそうに言う。

「大原さんは金子みすゞについて、お詳しいのですか」

「詳しいというか、むちゃくちゃ好きなだけかもしれんですけどな。なんじゃったら、みすゞさんゆかりの場所をご案内させてもらいましょうか？」

「え、いいんですか？　お仕事、お忙しいんじゃありませんか？」

「そんなもん大丈夫です」

言うが早いか、店を出てドンドン歩きだした。店の脇《わき》の路地に入るとすぐ、そこは神社の境内《けいだい》であった。

「この神社は『祇園社《ぎおんしゃ》』いいまして、みすゞさんが『はらはら松の葉が落ちる、お宮の秋はさみしいな。のぞきの唄《うた》よ瓦斯《ガス》の灯よ、赤い帯した肉桂《にっけい》よ。いまはこはれた氷屋《こおりや》に、さらさら秋風ふくばかり』と歌っているところです」

歩きながら抑揚をつけて詩を暗唱した。

路地を抜け、さっき浅見が車で通った町中の細い道に出た。この通りを「みすゞ通り」と呼んでいるのだそうだ。

みすゞの生家の向かいに郵便局がある。丈の低い椿が植えられていた。

「この郵便局は昔からこの場所にありまして、みすゞさんの頃は真っ赤な花の咲く大きな椿の木があったそうです。みすゞさんの詩に『郵便局の椿』というのがあります。『あかい椿が咲いてゐた、郵便局がなつかしい。いつもすがつて雲を見た、黒い御門がなつかしい。ちひさな白い前かけに、赤い椿をひろつては、郵便さんに笑はれた、いつかのあの日がなつかしい。あかい椿は伐《き》られたし、黒い御門もこはされて、ペンキの匂ふあたらしい、郵便局がたちました』」

大原はしんからみすゞに惚《ほ》れ抜いている様子だ。それにしても、中年男が派手なシャツを着て、大きな声で童謡を語って歩くのは、ずいぶん珍奇な眺めといっていい。

人通りのごく少ない町だが、それでも、すれ違う若い女性たちは呆《あき》れ顔に笑っている。彼女たちの目には、自分まで同類のように映っているのかと思うと、浅見は身の縮む思いがする。

「大原さんはそうやって、いくつも詩を暗記していらっしゃるのですか？」

感心したからでもあるけれど、それよりもむしろ、口封じのためにそう質問した。

「はい、ずいぶん覚えました。知らず知らずのうちにしぜんと記憶したといったほうがいいかもしれませんけどな。とにかく、みすゞさんの詩はスルリと心の中に入り込んでくるのです。たとえば、あそこに八百屋さんがあって鳩がよく遊んでおったのを、こんなふうに歌ってます。『おや鳩子ばと　お鳩が三羽　八百屋の軒で　クックと啼いた。茄子《なす》はむらさき　キャベツはみどり　いちごの赤も　つやつやぬれて。なあにを買はうぞ　しィろいお鳩　八百屋の軒で　クックと啼いた』というのですが、ほんとに子供が見たまま。すなおで可愛《かわい》い歌でしょう」

大原の名調子はとどまるところを知らないらしい。その調子でつぎからつぎへと金子みすゞゆかりの遺跡や詩碑などを案内された。最後にみすゞが通った「瀬戸崎小学校跡」まで教えてくれた。

「私らの頃は廃校になってしまって、あっちの仙崎小学校でしたけどな」

みすゞ通りを挟んだ反対方向の建物を指した。

その瞬間、浅見はふと思いついた。

「大原さんはいま、おいくつですか？」

「私ですか。ははは、ええ歳してと思うておられるのでしょう。けど、ほんとに幼稚なのかもしれませんな。みすゞさんのことを話しとると、楽しゅうて仕方ないのです。町の者には『仙崎の玉三郎』とか呼ばれて、半分ばかにされちょりますけどな」

「えっ、玉三郎さんというのは、本名ではないのですか？」

「はあ？　あはは違いますよ。あれは、私があまりにも男前じゃから、『下町の玉三郎』をもじってそう呼ぶのです」

（えっ——）と、浅見は驚いて、まじまじと大原の顔を見てしまった。色黒で、太い眉毛《まゆげ》の尻《しり》が下がって、どう見ても「玉三郎」のイメージと結びつかない。

「私はこう見えても四十七になります」

大原はやや真顔になって言った。

「じゃあ……」

浅見はゴクリと唾《つば》を飲み込んだ。

「ひょっとすると、大原さんは仙崎小学校時代、龍満智仁さんと同級生ではありませんでしたか？」

「タツミ……ああ、智クンのことですか。引揚者住宅におった」

「ええそうです」

浅見の胸は高鳴った。

「お父さんが外地から引き揚げてこられて、仙崎に住み着いて、智仁さんは戦後こちらで生まれたのですから、仙崎小学校に通っていたはずです。現在は四十六歳じゃなかったかな……」

「そうです、私より一級下でした。ふーん、そうすると、浅見さんは智クンの知り合いでしたか」

「ええ、まあちょっとした顔見知り程度ですが」

「そうじゃったですか。いやあ、それはどうも……智クンとは去年、会いました。お父さんが亡くなられて、西恵寺さんのお墓に納骨に来たとかいうちょりました。西惠寺の和尚さんの話じゃと、ことしも一周忌で、仙崎に来ちょったみたいじゃけど、会わんかったです。彼、元気にしちょりますか」

「いいえ、それが、じつは龍満智仁さんは殺されたのです」

「えーっ……」

道路の真ん中で、大原は立ちすくんだ。

「それ、ほんとですか？」

「ええ、本当です。こっちの新聞には出なかったのですね」

「出てませんな……いや、出ちょったのを見逃したのかもしれんが。そうですか、智クンが殺された……誰に、何でです？」

「それはまだ分かりません。目下警察が捜査をしているところです」

「そうですか……まさか浅見さん、あんたその事件のことで仙崎に見えたんと違うでしょうな」

窺《うかが》うような目になった。

「いいえ、僕は金子みすゞの事蹟《じせき》を取材するために来ました。ただ、たまたまここが龍満さんの郷里だったものですから、そっちも少し調べてみようかとは思っていますが」

「ふーん、そしたら、この仙崎の人間が事件に関係あるというのですか？」

「とんでもない、そんなことは考えていませんよ。龍満さんのルーツを一通り調べておきたいだけです。たしか、龍満さんのお父さんはこの土地の人ではなかったそうですね」

「違うはずです。それじゃけん引揚者住宅に住んじょられたんじゃが。元はどこの人か、市役所に行けば分かるでしょう」

大原は腕時計を見た。仕事を口実に逃げられるのかな――と心配したが、そうではなかった。

「駅前に喫茶店があります。ちょっとお茶でも飲みませんか」

すぐそこが仙崎駅であった。小さな、いまにもつぶれそうな喫茶店だったが、ほかにお客がいないのは好都合だ。二人はコーヒーを頼んだ。

「智仁クンが殺されるとは、信じられん話ですなあ。彼はどっちかっちゅうとおとなしい、真面目《まじめ》な人じゃったけえ。いったい何があったのですか？」

浅見は事件の事実関係だけを話した。マンションの駐車場でいきなり刺し殺されたという、きわめて凶悪で短絡的にさえ思えるような事件だ。

「警察は単純な喧嘩《けんか》が原因か、それとも怨恨《えんこん》がらみの事件か、両方の面から捜査を進めているようです」

「怨恨て、彼が恨みを買うような人間とは思えませんけどなあ。子供の頃はご両親の手伝いだけでなく、港や市場へ出て、アルバイトちゅうか、おとなたちに混じって働いていました。おふくろさんが、あまり丈夫でなかったこともあったかもしれんが、ほんとに親孝行な子でしたなあ」

「そのお母さんが亡くなって、仙崎を出て行かれたのだそうですね」

「そうですな。亡くなって三年か四年後じゃったと思いますけどな。小学校を卒業する前でした。それから後は、七回忌とか十三回忌とかに、おやじさんと一緒に法事で戻って来ちょったが、見るごとに立派になって、たしか薬品メーカーに勤めたのでしたか。将来は重役にでもなるんじゃろう思うちょったが……人の運命なんて、分からんもんじゃねえ。それにしてもひどい世の中になったもんじゃ」

「龍満さんのお宅と親しかった方を、どなたかご存じありませんか」

「そうじゃねえ……引揚者住宅の人じゃったら親しかったかと思うけど、いまは引揚者住宅もなくなってしもうたし、その頃の住人もどこへ行ったものか……。それと、智仁クンのおやじさんはちょっと変わったところがあって、あまり人付き合いはしてなかったんと違いますか。町の者のほうが敬遠しちょったのかもしれんが」

「敬遠するほどの、何か理由があったのでしょうか？」

「詳しいことは知りませんが、彼のおやじさんは憲兵上がりじゃったっちゅう話を聞いたことがあります」

「憲兵……」

「そうです、噂話《うわさ》じゃからあてにはならんけど、そう言うちょった。もう五十年以上も昔のことじゃし、ご本人も亡くなってしまわれたのじゃから構わんでしょうけど、同じ引揚げ軍人でも憲兵上がりちゅうのは何となく敬遠された時代じゃったのでしょう。ご本人もそれが分かっちょって、身を縮めるようにして生きちょられたんと違いますか」

「なるほど……」

そういう時代があったのかもしれない。

「龍満さんのお父さんは、ここではどんな仕事をしていたのでしょうか？」

「そりゃまあ、仙崎におれば仕事はなんぼでもあったでしょう。ほかの産業はいけんかったが、あの頃は食糧難時代で、魚はなんぼ獲《と》っても足らんような状態でした。水揚げの手伝いとか、行商みたいなことをしちょられたようです。奥さんはそれで体をこわしたのじゃろうと思いますよ」

西恵寺の住職の話と思い併せて、浅見の脳裏には戦後の混乱期の世情が、おぼろげながら浮かんでくる。食うものもなく、仕事もなく、身寄りもない憲兵上がりの男が、病弱の妻と生まれたばかりの子供を抱えて、必死に生きていた——しかし、と浅見はふと疑問に思った。

「その龍満さんのお父さんですが、その後、東京の製薬会社に勤めて重役にまでなられたのですが……」

「ああ、それはたぶん加賀先生の引きがあったのでしょう」

「加賀先生といいますと？」

「仙崎に加賀病院ちゅうのがありまして、その当時の院長先生の弟さんが、たまたま智仁クンのおやじさんと知り合いじゃったみたいですな。三十何年も昔のことで、よう憶《おぼ》えてはおらんですが、その関係で東京へ出て行ったっちゅうことじゃなかったでしょうか」

「知り合いというと、軍隊で一緒だったのでしょうか。それともまさか、加賀さんの弟さんも憲兵だったとか」

「いや、加賀先生のところは代々、みなさんお医者さんですよ。とくに院長先生の弟さんはその当時、すでに東京の大学病院の教授先生じゃったはずです。仙崎出身の有名人は、いまでこそ金子みすゞさんが入っておりますが、現役ちゅうことであれば加賀裕史郎《ゆうしろう》先生がナンバーワンじゃねえ。まもなく加賀先生の名を冠した、加賀医学研究所ちゅうのが、この長門に建設される運びです。八十歳のご高齢じゃが、日本の医学界の大御所ちゅうてもええでしょう」

「あ……」

浅見は思い出した。

「たしか、加賀裕史郎さんというのは、薬事審議会のメンバーを務めていらっしゃるのじゃなかったでしょうか」

「さあ、どうじゃったろうか。私は詳しいことは分からんけど、とにかく偉い人であることは間違いないですよ」

浅見は理由もなく胸騒ぎを感じた。

龍満智仁が淡路島へ渡るフェリーの上で、薬事審議会の模様を伝えるテレビニュースに見入っていたとき、画面にはその加賀裕史郎が映っていたのだ。

八十歳の高齢で審議会のメンバーだとすると、おそらく座長を務めていると考えられる。テレビカメラが捉《とら》える秒数も長かっただろうし、龍満の目にとまる可能性も高かったにちがいない。

しかも加賀は、仙崎でうらぶれていた父親を、東京の晴れ舞台に誘い出してくれた人物なのだから、龍満の関心を引いたとしても不思議はない。

「さて、行きますかな」

浅見が沈黙したのを潮時と思ったのか、大原はまた時計を見た。もっとも、仕事に戻る時刻が気になったのかもしれない。

「ひとつお訊きしたいのですが」

浅見は慌てて言った。

「龍満智仁さんには、子供の頃、親しくしていた女性——というか、女の子はいなかったのでしょうか」

「ガールフレンドちゅうことですか？　そうじゃねえ、その頃の子供は、いまと違うて幼稚じゃったから、あまりそういうのはなかったと思いますよ。それに智仁クンはただでさえ内気で、おやじさんのこともあったせいか、いつも控えめにしちょったです……何か、そういった女性がおってですか？」

「いえ、そういうわけじゃありません」

浅見は立ち上がって、「いろいろありがとうございました」とお辞儀をした。

3

九月九日、龍満智仁が父親の一周忌のとき長門で泊まった宿は「白谷ホテル」であると、浅見は龍満未亡人に聞いてきた。調べてみると、白谷ホテルは仙崎に来る途中、通過してきた湯本温泉にあった。八階建てのなかなかきれいなビルである。玄関ホールもロビーも広く、天井はむやみに高い。

見るからに宿泊代が高そうなので、浅見はいささか気が重かった。なるべく満室であることを祈りながら、フロント係に「お部屋、ありますか？」と訊《き》いてみた。

「はいございます。お一人様でお泊まりでございますね。どうぞこちらにご記帳くださいませ」

美人のフロント係のリズミカルな口調に誘われて、宿泊カードに記入した。いまさら宿泊料を確かめて、撤退するわけにいかなくなった。しかし聞いてみると、立派な佇《たたず》まいの割りには、目玉が飛び出るほどの金額ではなかった。それでも分不相応な宿であることに変わりはない。明日からしばらくは、粗食に耐えることになりそうだ。

フロント係に龍満智仁のことを訊いた。

「泊まったのは九月九日のはずですが」

宿泊した日付の記録を調べると、すぐに分かった。龍満は一人で泊まっている。

「そのときですが、龍満さんの部屋を女性が訪ねてきたとか、そういうことはありませんでしたか」

「さあ、こちらではちょっと……」

フロント係は可愛《かわい》く首を傾《かし》げて、

「お部屋係なら、少しは憶えているかもしれませんけど」

「あ、なるほど。じゃあ、その日のお部屋係の方にお話を聞けませんか」

「はい、承知しました」

記録を調べかけて、フロント係の表情が曇った。

「申し訳ございません。あいにく、そのときのお部屋係は、ひと月ほど前に退職しておりますけど」

「えっ、辞めたんですか……」

浅見は背筋がゾクッとした。龍満が殺されたのも、およそひと月前である。

「その方の名前ですが、石森さんといいませんか？」

「いえ、森といいます」

「森さん……」

石森と森――共通点がある。

「森なんとおっしゃるんですか？」

「森喜美恵といいます」

喜ぶに美しい恵み――と、メモ用紙に書いてくれた。

「この森さんですが、おいくつですか？」

「ちょうど四十歳だったと思います」

「いま、どちらに住んでいらっしゃるか分かりますか？」

「さあ、勤めているときは、ホテルの寮に住んでましたけど、いまはどちらにいるか存じません」

「調べてもらえませんか」

「…………」

フロント係の美しい顔に、警戒の色が表れた。怯《おび》えたような目で浅見を見上げた。

「少々お待ちいただけますか、ほかの者に聞いて参ります」

奥へ引っ込んで、しばらく間があってから、フロントマネージャーを連れてきた。

「まことに申し訳ございませんが、従業員のプライバシーにつきましては、申し上げることができませんのですが」

硬い口調だ。浅見は相手の警戒を和らげるように、満面に笑みを湛《たた》えて言った。

「じつは、龍満さんに頼まれまして、こちらに泊まったとき、森さんにたいへんお世話になったので、ぜひお礼を言って欲しいということなのです。お渡ししたい物もあります」

「あ、さようですか……」

表情が緩んだが、当惑げに首を傾げた。

「森はこちらを退職したあと、どこへ引っ越したものか分かりません。なにぶん連絡がございませんのでして」

「しかし、住民票を移したりしなければならないのではありませんか？」

「おっしゃるとおりです。それ以外にもいろいろ事務的なことも残っておりまして、連絡を待っておるところです」

「お聞きした感じだと、ずいぶん慌ただしくお辞めになったみたいですね」

「まあ、そのようなことでしょうか」

憂鬱《ゆううつ》そうなマネージャーの様子から、何かただごとでない事情があったらしいことは、うすうす感じられた。

「森さんがお辞めになったのは、どういう理由ですか？　引き抜きとか、そういうことでしょうか」

「いいえ、そのようなことはございません。ただ、こちらにも寮の同僚たちにも、詳しいことは何も言わずに、辞職願を置いて、突然出て行ってしまったようなわけでして」

「じゃあ、お給料の清算もしなかったのですか？」

「おっしゃるとおりです」

何か、よほど急ぐ事情があったのは間違いない。

「そうですか、困ったなあ……」

浅見は大げさに肩を落として見せた。せっかく東京から来たのに——という、相手の同情を引くポーズだ。

「もし森の行方をお探しになるのでしたら、森の友人にお聞きになれば、ひょっとすると分かるかもしれません」

「友人といいますと、同僚の方ではないのですか？」

「いえ、そうではありません。もともと森はこの町の生まれでして、現在は実家も親類もございませんが、小学校時代の友人は何人かおるようです。このあいだも、その一人が森を訪ねて見えておりました」

フロントマネージャーは手帳を出して、氏名と電話番号をメモ用紙に書き写した。

「市役所に勤めておる人ですので、そちらにお電話してみてください」

古川麻里という女性の名前であった。

浅見はいったん部屋に入って、すぐにその女性に電話してみた。

「はい、社会教育課です」と電話口に出た女性が、目指す古川麻里であった。

「森喜美恵さんのことで、少しお話をお聞きしたいのですが……」

浅見がそう言いかけると、

「えっ、喜美恵に何かあったんですか？」

と問い返された。明らかに「何かある」ことを予測していたかのような口ぶりだ。

「じつは、森さんを尋ねて東京から来たのですが、ホテルでは消息が分からないということなのです。フロントマネージャーは古川さんがご存じかもしれないということを言っていますが」

「あ、そうなんですか……」

落胆の気配が伝わってくる。

「いいえ、私も喜美恵の移転先は聞いていません。また大阪へ戻ったんじゃないかと思ってますけど」

「大阪ですか……」

「分かりませんけど、以前は大阪におったと言うてましたので」

「電話ではなんですから、もしご迷惑でなければ、ちょっとお目にかかってお話を聞かせていただけませんか」

「はあ、そうですねえ……」

しばらく逡巡《しゅんじゅん》してから、「そしたら、役所が終わったあと、少しだけでしたら」と言ってくれた。

約束した場所は市役所に近い喫茶店で、浅見が入って行くと、それらしい女性が、こっちを窺《うかが》うように立ち上がった。もう一人、連れの女性がいる。

「古川さんですね、浅見です」

「旅と歴史」の名刺を出すと、古川麻里も長門市役所社会教育課の名刺を出した。飾りけはないが理知的な顔だちをしている。隣の女性を「松村尚美さんです」と紹介した。

正体不明の男と会うための用心に連れて来たのかと思ったが、必ずしもそういうわけではなかった。

「私と一緒に喜美恵——森喜美恵さんと小学校、中学校を通じて同級でした。喜美恵と最後に話したのは彼女だったのです」

「話したていうても、電話で話しただけよ」

松村尚美が注釈を加えて言った。

「それより、麻里のほうは喜美恵に会うたやろう」

「ほう、お会いになったのですか」

浅見は古川麻里に視線を向けた。

「会ったといっても、赤崎神社の南条踊りのときに、ちょっと会っただけです」

「それはいつのことですか？」

「南条踊りは毎年九月十日です」

浅見はドキリとした。龍満は九月九日から十日にかけて白谷ホテルに一泊している。

ウェートレスがオーダーを待って佇《たたず》んでいた。三人ともコーヒーを頼んだ。

「南条踊りというのは、どういうものなのですか？」

浅見はあらためて訊いた。

「南条踊りは大寧寺《たいねいじ》さんと、このすぐ近くの赤崎神社に奉納される踊りです」

社会教育課に勤務するだけに、麻里は詳しいらしい。

大寧寺というのは湯本の温泉近くにあって、大内義隆《よしたか》の墓所として有名だ。陶隆房《すえたかふさ》の謀《む》叛《ほん》により山口を逃れた義隆は、この寺で最期を遂げ、西国の雄大内家は滅亡した。

その歴史を交えて、麻里は南条踊りのいわれを少し長く話した。県の無形民俗文化財に指定されているのだそうだ。

「そのとき、森さんとは何かお話ししましたか？」

コーヒーが運ばれて麻里の話が中断したのをきっかけに、浅見は訊いた。

「話したていうても、はじめ喜美恵を見たときには、あんまり変わってしまってたので、ほんとに彼女かどうか分からなかったのですけど、喜美恵のほうが気がついて、困ったような顔をして、それでも『しばらく』って言うて声をかけてくれました。それから、いま白谷ホテルに勤めているとか、そのうち会いに行くとか、短く話しただけで、私も役所の仕事で写真を撮りに行っていたし、彼女はお客さんと一緒でしたし、写真を一枚だけ撮ってすぐに別れました」

「お客さんというと、白谷ホテルのお客さんでしょうか？」

「ええ、喜美恵がそう言うてました。男の人でしたから、もしかするとご主人かと思うたんですけど、宿泊のお客さんをご案内してきたのだそうです」

「その男の人ですが、この人じゃありませんでしたか」

浅見はポケットから龍満の写真を取り出して見せた。

「あ、そうですそうです、この人です」

ひと目見て言って、驚いたように大きく目をみはった。

「あの、そしたら浅見さんは、この人を知っておられますの？」

「ええ、友人です」

「そうですか……」

麻里は尚美と顔を見合わせた。それから二人同時に浅見を見て、「どういう？……」と声を揃《そろ》えて言った。どういう友人なのか、どういう理由で森喜美恵を尋ねて来たのか――と、その顔は訊《き》いている。

「この男性は龍満智仁さんといって、昔、仙崎に住んでいました。小学校六年生まで仙崎小学校に通っていたのです。ですから、お二人の先輩ということになるのじゃありませんか？」

「ああ、そうだったんですか。でも、私らは仙崎ではなく、湯本で生まれましたので、小学校は深川《ふかわ》小学校でした」

「森喜美恵さんもそうですか？」

「ええ、そうですけど」

だとすると、龍満と喜美恵には接点がないことになる。

「古川さんが見かけたときですが、森さんとこの龍満さんとは、どんな感じでしたか。つまり、単なるホテルのお客さんという印象だったのか、それとも、もっと親しげな感じだったのかということですが」

「それはもちろん、親しい感じでした。ですからご主人かと思ったのです。でも、やっぱりどことなく遠慮がちなところもあったかもしれません。楽しそうでしたけど、腕を組むとか、そういうことはありませんでした。写真を撮ってあげたときも、なんだか迷惑そうな顔をしていました」

古川麻里は聡明《そうめい》そうな目を遠くに向けて、そのときの情景を思い出しながら言った。それから、ふと気がついたように、

「あの、その龍満さんという方が、もしかしたら喜美恵の行く先を知っているのと違いますか？」

友人なら、なぜ龍満に訊かないのか？——という、不審な表情だ。

「じつは……」

浅見は少し躊躇《ためら》ってから、言った。

「龍満智仁さんは亡くなったのです」

「まあ……」

女性二人は顔を見合わせた。

「それも、殺されたのですよ」

「えーっ……」

浅見は声をひそめたつもりだが、二人は悲鳴をあげた。ほかの客はもちろん、ウェートレスとマスターがこっちを睨《にら》んだ。

「どうして、誰が犯人ですの？」

麻里が小声になって訊いた。

「いや、それはまだ警察が捜査中です」

「まさか、喜美恵が……」

「ははは、それはありませんよ」

浅見は笑った。

「龍満さんは自宅近くの駐車場で、何者かに刃物で襲われたのです。犯行の様子からいって、犯人は男で、それもかなり腕力がありそうな人物と考えられています」

「そうなんですか……」

ひとまず安堵《あんど》したものの、その事件と喜美恵の失踪《しっそう》とが結びつかないとは断言できないことも確かだ。それを思うのか、二人の女性は浮かない顔である。

「松村さんはそのあと、白谷ホテルのほうに電話しているのですね？」

浅見は尚美に訊いた。

「ええ、そうですけど、あまり長くは話せんかったんです。忙しそうというか、私らと話したくなかったんと違いますか。あとで連絡するからて言うてましたけど、結局、それっきりになってしもうたんやから」

尚美は心外そうに唇を尖《とが》らせ、それを受けて麻里が言った。

「私が写真を届けに行ったときには、もうホテルを辞めてしまったあとでした」

「ホテルで聞いたところによると、森喜美恵さんは地元で生まれたのに、身寄りはまったくないのだそうですね」

「ええ、喜美恵のご両親は余所から湯本に来て、お母さんが旅館の仲居さんをして暮らしていましたから」

「お父さんは何をしていたのですか」

「私はよく知りませんけど、そういうことでしたら尚美のほうが詳しいです」

麻里はチラッと尚美を振り返った。

「尚美の家は喜美恵の家のすぐ近くだったのですから」

「そうやけど、喜美恵のお父さんのことはぜんぜん憶《おぼ》えてないんよ。まだ小さかったせいやろうか。うちの母やったら、何か知っちょるかもしれんけど」

「お母さんを紹介していただけますか」

浅見は言った。

「ええ、それは構いません。そしたらあとで電話しときます。行かれるんやったら、明日の朝十時頃、お店のほうへ行かれたらよろしいでしょう。うちの母は湯本でお蕎麦《そば》屋さんをしてますので。開店前のほうがええと思います」

「そうさせていただきます」

浅見は礼を言って、麻里に向き直った。

「ところでさっき古川さんは、森喜美恵さんの写真を撮ったとおっしゃったけど、その写真はいまでもありますか？」

「ええ、自宅に帰ればあります。その写真を届けにホテルへ行ったんですけど、そのときにはもう喜美恵はおりませんでした」

「その写真、貸していただけませんか。それと、少し焼き増ししてもいいでしょうか」

「ええ、構いません。もしなんでしたら、ネガごとお貸しします」

「あ、それはありがたい。じゃあ、早速お宅へお邪魔しましょう」

浅見は時計を見ながら立ち上がった。

古川麻里の家はここと同じ湊地区内にあるのだが、松村尚美は仙崎の蒲鉾《かまぼこ》屋だそうだ。丸に「松」のマークをつけたワゴン車で帰って行った。運転台に乗り込むと、すっかり気っぷのいいおかみさんであった。

麻里は夕餉《ゆうげ》の支度を気にしていたが、自宅に戻って玄関を開けると、中学生ぐらいの女の子が現れて「ママ、ご飯炊いとったよ」と怒鳴った。それから見知らぬお客に気がついて、照れたように笑った。

「ありがとう。いますぐご飯にするから」

母親は慌ただしく駆け込んで、写真とフィルムを持ってきた。そのあいだ、娘は不思議そうな目で、じっと浅見を見つめていた。

麻里は近くの写真屋を教えてくれた。

「急ぐんでしたら、いま頼むと明日の昼ぐらいまでに、プリントを仕上げてくれると思います」

浅見は礼を言って、その足で写真屋へ向かった。日本海に夕日が沈むらしい。暮れなずむ空は真っ赤に染まっていた。

4

浅見の部屋はホテルの四階であった。窓の真下を「深川《ふかわ》川」という谷のような川が流れている。

この辺りは中国山地から海までが近く、川は日本海へ向かって一気に流れ落ちるから、ほとんど河口までが急流である。

谷川を挟んで両岸が秋の色に染まりつつあった。盛りにはまだ早いが、時季になると紅葉を愛《め》でる客も多いらしい。東京では知られていないが、長門の「湯本温泉」といえば中国地方の温泉地としては規模の大きいほうなのだそうだ。

川には暗くなるまで釣り人がいた。瀬音が爽《さわ》やかで、温泉街にありがちな騒音はまったくない。のんびり過ごすにはまたとない環境だ。

少し遅い食事にしてもらったので、料理が旨《うま》かった。チェックインしてすぐ、お茶も飲まずに慌ただしく出て行った客に、仲居は、テーブルに料理を並べながら「ずいぶんお忙しいみたいですけど、お仕事ですの？」と訊いた。

「まあそうです。金子みすゞのことを取材に来ました」

「取材ちゅうと、マスコミ関係の方ですか。ハンサムやし、かっこええし、どうもそうじゃないかと思いましたけど」

「ははは、それはどうもありがとう。半分は仕事ですが、半分は遊びです。以前、大阪にいた頃、森さんという女性にこの温泉のことを聞いて、いつか来てみたかったのですよ。知ってますか森喜美恵さん。ここで仲居さんをやっていた女性だけど」

「ええ、知ってますよ。ほんのひと月ばかし前まで勤めちょられましたけど。そうですか、お客さんは喜美恵さんのお知り合いやったんですか」

「彼女、辞めてしまったんだそうですねえ。何かまずいことでもあったのかなあ？」

「いいえ、べつに何もありゃあしません。私らよりずっと若うて美人やったし、仕事もようできる人やったですけどねえ。みんなとも仲良うしちょられたし……それが急に出て行かれてしもうたんじゃから、分からんもんですわねえ」

「男のお客さんと一緒に、赤崎神社の南条踊りを見に行っていたことがあるそうだけど、仲居さんでもそんなふうに、お客さんを案内することがあるのですか」

「いいえ、めったにないんじゃないですか。私なんか三十年もこの仕事をしちょりますけど、そんなこと一度もありゃあしませんもの。けど、喜美恵さんは美人やったから、べつなのかもしれません」

「そうやってホテルを抜け出すこともできるのですか」

「それはまあ、私らの仕事は、朝と夕方からが忙しいだけで、昼間は休み時間みたいなもんですから、ちょこっと出掛けるくらいやったら、問題ありませんけど。それでも、お客さんとご一緒するっちゅうのは、ちょっと珍しいですわねえ」

しきりに首をひねっている。

浅見はビールを一本だけ頼んだ。

仲居はこまめに出入りして、出来立ての料理を運んでくれる。旅館によってはすべての料理をいっせいにテーブルに並べるところもあるが、近頃はちょっと気のきいた旅館なら、懐石料理とまではいかなくても、何度かに分けて料理を供するところが多くなった。そうでないと、ことに天麩羅《てんぷら》などは衣がへたへたとして、悪食《あくじき》を自認する浅見でさえ、箸《はし》をつけたくないことがある。

その天麩羅を運んで来たとき、仲居はいま聞いてきた話を伝えた。

「お客さんが言うちょられた、さっきの喜美恵さんが南条踊りにご案内したお客さんですけど、その日のお部屋係に喜美恵さんをご指名しちょられたそうです」

「ほう、そういうこともできるのですか」

「そらまあ、お馴染《なじ》みさんやったら、そういうこともありますけど、そのお客さんは初めてのお方やったそうですよって、喜美恵さんが大阪におった頃とか、どこかで知り合うた方じゃないやろか」

「なるほど」

そういうことか——と納得した。

翌日は九時過ぎにチェックアウトして、仙崎の西恵寺へ行った。住職に森喜美恵の写っている写真を見せると、「ああ、この女の人ですな、間違いない」と言った。

「そうじゃったですか。龍満さんの奥さんと違うたですかなあ」

「この女性は湯本温泉の白谷ホテルの仲居さんですが」

「ふーん、仲居さんなあ。けど、ただの仲居さんとお客さんちゅう感じと違うたが……」

「むしろ夫婦のようでしたか」

「そうじゃなあ……昨日も言うたが、夫婦みたいに仲はええが、ちょっと遠慮したようなところもありましたな。龍満さんは優しい目でこの女の人を見ちょったが」

「優しい目ですか……」

浅見はその情景を思い浮かべた。

夫婦のように仲がよくて、しかしある程度の距離を置いて、優しい目で相手を見つめている——。

もし自分がそういう目で女性を見つめるとしたら、どういう相手なのだろう——。

母親の雪江、兄嫁の和子《かずこ》、姪《めい》の智美《さとみ》、お手伝いの須美子……と同居人の顔ぶれを次々に思い描いた。

（どれも違うなあ――）

それからついでのように、ニューヨークにいる妹の佐和子のことを思った。四年も行ったきりで、日常生活の中ではほとんど忘れている存在だ。

（佐和子が東京に帰ってきたら、僕はどういう態度を取るだろう――）

照れくささと懐かしさと、それに少しばかりの愛《いとお》しさもあるかもしれない。

（そうか――）

浅見はふと思いついて、住職に訊《き》いた。

「どうでしょうか、龍満さんとその女性は兄妹《きょうだい》か従妹《いとこ》のような感じではありませんでしたか？」

「兄妹？……いや、龍満さんには妹さんはおらんはずですよ。お従妹さんがおるかどうかは知りませんけどな。しかし、なるほど、そうおっしゃられればそんな感じがせんこともなかったですかな」

龍満家も森家も、元々は長門の人間ではないということだ。両家のルーツを探れば、ひょっとすると、どこかに接点があるのかもしれない。

浅見は十時ジャストに湯本に戻り、松村尚美の母親がやっている蕎麦屋を訪ねた。橋のたもとにある、湯本ではただ一軒の日本蕎麦屋だというので、すぐに分かった。

店は「深川庵《あん》」という土地の名を冠した平凡な名だ。建物も間口《まぐち》三間《げん》ぐらいの、あまり金をかけてなさそうな、いかにもありふれた造りである。

表に「準備中」の看板が出ていたが、浅見は格子戸を開けた。

「すみません、まだやっておらんのですけども」

厨房《ちゅうぼう》との境にある暖簾《のれん》のあいだから、初老の女性が顔を覗《のぞ》かせて言った。

「浅見という者ですが、尚美さんからご連絡がありませんでしたか？」

「ああ、尚美の……どうぞ入ってください。尚美の母親でございます」

前掛けを外しながら店に出てきた。

「なんやら、森さんのお宅のことをお聞きになりたいんやそうですね」

「そうです。森喜美恵さんのご両親のことなどを教えていただきたいのです」

「そうですか。もうずいぶん昔のことで、よう憶えておらんかもしれませんが、まあお掛けになってください」

椅子《いす》を勧めて、お茶を淹《い》れてくれた。

「まず、森喜美恵さんのご両親は、どこからこの長門に来られたのですか？」

「たしか別府《べっぷ》やなかったかいねえ。よう分からんのじゃけど、ひょっとしたら、外地から引き揚げてきて、別府に行ってから、ここに来たんかもしれません。戦後、三、四年してからじゃないですか。私がまだ中学生の頃じゃったと思います」

「森さんのお父さんは、あまり仕事をしてなかったそうですね？」

「そうじゃあねぇ。森さんのご主人は体を壊しとられるとかで、外に出て働くっちゅうことはせんかったです。戦地でなんかあったんじゃないですか。けど、見た感じではどっこも悪いようには見えんかったですよ。私の家は隣じゃったもんで、ときどきお惣菜《そうざい》みたいなものを届けて上げたりしてましたけど、玄関まで出てきて、『どうもありがとう』て言うて笑うちょりましたもんな」

「しかし、若くして亡くなられたのではありませんか？」

「はい、たしか亡くなったのは、まだ四十になっちょっちゃなかったんじゃないですかねえ。私が結婚する、一年ばかり前でした」

「そうですか……」

何気なく聞き流しかけて、浅見は「あっ」と気がついた。

「失礼ですが、お嬢さんの尚美さんが生まれたのは、ご結婚後、どのくらいしてからですか？」

「ははは、いややわねえ……」

何を勘違いしたのか、尚美の母親は年甲斐《としがい》もなく顔を赤くした。

「婿さんがきてから、ちゃんと一年半経って生まれた子ですよ」

「そうしますと……」

浅見は言いにくいのを我慢して言った。

「尚美さんと同い年の喜美恵さんですが、森さんのお父さんが亡くなってから、どのくらい経って生まれたことになりますか」

「あっ……」

尚美の母親は口を押さえた。

「余計なことを言うてしもうたわねえ。そうなんよ、喜美恵さんは森さんのほんとの子じゃないんです。喜美恵さんのお母さんは、旅館の仲居さんをしちょって、そのときにできたんじゃないかっちゅうて、ずいぶん白い目で見られて、気の毒じゃったですよ。旦那《だんな》さんに死なれて、苦労しちょったんじゃけ、仕方のないことじゃったと思いますけどねえ」

「それで、喜美恵さんは誰の子だったのですか?」

「それが分からんのですよ。喜美恵さんのお母さんは、とうとう言わんかったんです。それからは赤ちゃんを抱えてずいぶん苦労しちょっちゃったわ。喜美恵さんも物心ついた頃、いろいろいじめがあったみたいじゃねえ。うちの尚美や、それと麻里さんいう学級委員やっちょるようなお友達が守ってあげちょったけど、辛かったと思いますわ。それでも、お母さんが一生懸命になって、喜美恵さんが中学を出ると萩のミッションの高校に上げて、これからっちゅうときに、喜美恵さんが家出してしもうたんです」

「ほう……」

浅見は思わず眉《まゆ》をひそめた。こういう悲劇的な話に弱い。

「それじゃ、お母さんは悲しんだでしょうねえ」

「そりゃあんた、大変な騒ぎじゃったわ。うちの娘のところにも来て、どこへ行ったか知

らんかっちゅうてオロオロして……けど、それから二年ばかりして分かったみたいやった
わねえ。大阪のたしか薬の会社で働いちょるとかいう話をしちょりましたよ」

「薬の会社……」

浅見は緊張した。

「何ていう会社か分かりませんか」

「さあ、何じゃったでしょうか……あまり有名でない、片仮名の名前じゃったと思います
けどね」

「グリーン製薬じゃありませんか」

「グリーン……ああ、そうじゃったかもしれません」

（どういうことだろう——）

単なる偶然ということはあるまい。龍満智仁の父親が仙崎の加賀病院の紹介でグリーン製薬に勤めるようになったのだとすれば、森喜美恵もその関係で大阪のグリーン製薬に入社したのかもしれない。

いずれにしても、龍満智仁と森喜美恵がグリーン製薬の社員同士だったと分かれば、二人に接点のあったことも納得がいく。

「喜美恵さんにしてみれば、お母さんにいつまでも苦労させられんと思うて家出したんじゃろかなあ。それからしばらくして、娘が面倒見てくれるちゅうてお母さんも大阪へ行ってしもうた。時候の挨拶《あいさつ》はくれちょったんじゃけど、それも途絶えて、元気でおってかど

うかも分からんのです」

「喜美恵さんは湯本に戻ってから、こちらに顔を出していないそうですが」

「そうですっちゃ。娘の話じゃと、三年近くも前から白谷ホテルさんに勤めちょったという話じゃったです。なんで挨拶に来んかったのか、よう分からんけど、娘には電話でそのうちに行くて言うちょったみたいじゃけどねえ」

「大阪の森さんのお宅の住所、いまでも分かりますか？」

「分かりますけど、いまはそこには住んじょらんみたいですよ。十年ほど前に年賀状を出したのが、転居先不明ちゅうて戻ってきました」

店を手伝っているらしい五十歳ぐらいのおばさんが二人、うち連れて入ってきた。尚美の母親と「おはようさん」と挨拶を交わして、奥へ行って、エプロン姿に着替えてきた。どうやらこの店は女性ばかりで運営しているらしい。仕込みの準備や店の片付けで、慌ただしいことになってきた。

それを汐《しお》に母親は立ち上がった。

「ちょっと待っちょってください」

奥へ入って、森家の大阪の住所を写し取ってきた。

「ここにはおらんと思いますけど」

もう一度断りを言いながら、メモを渡してくれた。

深川庵を辞去すると、浅見は市役所近くのＤＰ屋へ行って、昨日頼んだ写真の焼き増しを受け取った。その中の一枚を速達で淡路島の常隆寺へ送る。

「さてと……」

郵便局を出て空を仰いだ。これで目的の半分である「私用」はほとんど終わった。残るは肝心の「金子みすゞ」である。みすゞの生家跡や墓所、それに大原に案内された所はひととおりカメラに収めたが、これっぽっちでは出張費にもならない。

浅見は思いついて市役所の社会教育課を訪ねることにした。そこなら資料はふんだんに揃《そろ》っているにちがいない。

古川麻里は浅見の顔を見て、「あらっ」とにこやかに笑ってくれた。

「あれからどないしたか、気にかかっていたところです。尚美のお母さんに会いましたか？」

「会いました。お陰さまでいろいろなことがかなりはっきりしてきました。松村さんによろしくお伝えください」

浅見は礼を言って、

「ところで、本業のほうの金子みすゞのことを調べたいのですが、何か資料を見せていただけませんか」

「みすゞさんのことでしたら、矢崎節夫さんという方の著書をご覧になれば、ほとんどのことは分かりますけど」

「ああ、その本は東京でも手に入ります。僕はみすゞが育った仙崎の風物や歴史、それに彼女の詩に歌われている風景などを取材したいと思っているのです」

「でも、仙崎はみすゞさんが生まれ育った頃とは、すっかり変わってしまって、当時を偲ばせる風景なんて、ほとんどないんじゃないかしら。あるとすれば、青海島の風景だとか、日本海の水平線くらいですよ」

浅見は思わず笑いそうになったが、麻里は真顔であった。

「そうですか、そんなに変わってしまったんですか」

「それは変わりましたよ。みすゞさんの詩にもありますけど、昔はイワシだとかサバだとかが大漁で、明治大正の頃は、そこの仙崎湾でもクジラが獲れたんです」

「えっ、クジラがですか？」

「そうですよ。対岸の通《かよい》というところに漁港があって、仙崎港の漁師さんと競いあって捕鯨合戦みたいなことをしていたそうです。なんでしたら、市史をご覧になりますか」

古川麻里は市史を二冊持ってきた。一冊は「歴史編」、もう一冊は「民俗編」になっている、なかなか立派なものだ。

部屋の片隅にある応接セットのテーブルを借りて、パラパラとページを繰った。古川麻里が言ったとおり、仙崎湾にはクジラの群れが迷い込むことが多く、最近では昭和四十年代にも小型のクジラが一頭、発見された。

戦後史の冒頭に「復員・引揚げと仙崎港」という項目があるのに、浅見はふと目を止めた。斜め読みで概要に目を通してみると、当時の様子が生々しく書かれている。

それによると、仙崎港が受け入れた引揚者の総数はおよそ四十一万人に及ぶ。前半は主として朝鮮・満州から、後半は華北地方からの引揚者だったようだ。もちろんその中には軍人・軍属もいた。

引揚者のほとんどは上陸後一、二日で仙崎駅から郷里や、あるいは縁故を頼って全国へ散って行ったが、縁故のない人々はそのまま仙崎に滞留することになった。その数は二千人近くに達した。

引揚者はとりあえず病院や簡易施設などに寝泊まりしていたのだが、ようやく昭和二十五、六年に引揚者住宅が建設され、安住の場所を得ることができた。

その中に龍満家もあり、そこで龍満智仁は誕生したのだ。

浅見はそのことを思い、歴史の彼方にあるものとしか認識していない「戦争」が、じつはいまもその影を引いていることに、あらためて厳粛なものを感じた。

「いかがですか？　何か参考になるものが見つかりましたか？」

麻里に声をかけられて、浅見は慌ててページの先を開いた。

「やっぱり、通地区の捕鯨など、青海島関係が被写体としては面白そうですね」

ろくに理解もしないまま、とりつくろってそう言った。

「そうですね、みすゞさんが女学校の頃は、船で青海島に渡って高山に登ったのだそうです。橋を渡った対岸の王子山には詩碑もあります。通には鯨のお墓や鯨博物館、それに日本一のタイの養殖場もありますから、ぜひ行ってみてください」

麻里は弾むように言った。市の職員としては、長門市の観光の宣伝にでもなれば――と思っているのかもしれない。

第四章　大阪の女

1

大阪府守口《もりぐち》市は漬物で有名な「守口大根」の産地として知られていた。いまでは大阪市のベッドタウンと化し、また工場の進出などによって農地はほとんど皆無に近い。

京阪電車の守口市駅で降りて、プリンスホテルの前の道を五分ほど歩いた裏通りに、森母娘《おやこ》がかつて住んでいたアパートがあった。文字どおり「あった」のであって、現在は該当する住所地はサラ地になっている。針金で囲った百坪ばかりの土地に「〇〇建設所有地」の看板が立ててある。たぶんバブル最盛期に地上げされ、そのままになってしまったのだろう。

近くで古くからやっているらしい食肉店に寄って、そのアパートのことを聞いてみた。アパートがあったことは知っていたが、住人のことまでは憶《おぼ》えていないという。

「この辺りのアパートは人の出入りがはげしいもんで、三年もすれば、ガラッと変わってしまいますがな」

店の主人はそう言っている。

あとは市役所へ行って移転先を調べるしかなさそうだ。もっとも、市役所がかんたんに住所を教えてくれるものかどうかは自信がない。

どっちにしてもすでに夕刻であった。市役所行きは明日の朝にして、浅見は最寄りのビジネスホテルにチェックインした。一泊六千五百円という安さは魅力だが、おそろしく古く、狭い部屋であった。

部屋に落ち着くと、東京の龍満《たつみ》家に電話を入れた。龍満未亡人にグリーン製薬の社員名簿があるかどうか訊《き》いた。

「ええ、ありますけど」

「その名簿に森喜美恵という人がいるかどうか探してみてください。たぶん大阪支社に勤務していたと思います」

十分後にもう一度電話した。

「見当たりません。念のために東京本社のほうも調べてみましたけど」

「ありませんか……」

浅見はガックリした。

「あの、その森さんておっしゃる方、どういう方なんですか？　龍満と何か関係でもあるのでしょうか？」

「いえ、そういうわけではありませんが、ひょっとすると、淡路島のお寺に、ご土人が預けたお骨を受け取りに行ったのがその女性かもしれません。明日か明後日《あさって》になればそっちのほうもはっきりしますが」

　ひとまず電話を切ろうと、挨拶《あいさつ》を交わしてから、浅見は「あっ」と思いついた。

「ちょっと待ってください。その社員名簿ですが、年度はいつのものですか？」

「去年のものですけど」

「すみませんが、もう少し古いものはありませんか。たとえば、三年前とか五年前あたりのものは」

「ありますよ。龍満はそういうところは几帳面《きちようめん》で、みんな保存してあります。社員名簿は毎年発行していますから、三年前のも五年前のも二十年前のもあります」

「とりあえず、三年前のを見てください」

　また十分待って電話した。

「ありました」

　龍満未亡人の声が弾《はず》んでいた。

「大阪支社の経理部に所属しています。肩書は経理部経理課主任。住所は大阪府泉大津市《いずみおおつ》
――」

　細かい地番と電話番号まで出ていた。

　森喜美恵が白谷ホテルに勤め始めたのは三年ほど前のことだから、大阪での最後の住所地はそこと考えて間違いなさそうだ。ことによると、喜美恵が長門に移った後も、母親だけはそこに住みつづけているのかもしれない。

浅見はとりあえず電話をしてみた。

「この電話は現在使われておりません」という無機質なアナウンスが流れた。

その晩はホテルを出て、駅前のラーメン屋でもやしそばの大盛りを食べた。「捜査」が難航しそうな予感で、バスを使いベッドに入っても、なかなか眠れなかった。


なんばから南海電車でおよそ三十分。泉大津市は臨海工業地帯や関西国際空港に近く、大阪のベッドタウンとして急速に発展した町だ。企業の社宅やマンションなども多い。

グリーン製薬の社員名簿にあった森喜美恵の住所は、そういったマンションの一つ。七階建ての建物の五階である。それほど高級ではなく、建ってから十年以上は経っているものと思われる。それにしても、分譲マンションだとしたら、森母娘は経済的にある程度、恵まれていたにちがいない。経理課の主任という役職がどの程度のものか分からないが、それなりの収入はあったのだろう。

一階の郵便受けにも、507号室のドアの上にも、「森」の表札はなかった。呼び鈴を押すと中からチャイムが聞こえたが、応答も人の動く気配もない。

浅見は隣の室《へや》のチャイムを鳴らした。表札には「竹下」とある。

「はーい」と女性の声がして、いきなりドアが開いた。よく肥えた、いかにもおばさんという感じの女性だ。文字どおり、開けっぴろげな陽気な性格らしい。

「どちらさんですか？」

見かけない男に目を丸くした。

「お隣の森さんを訪ねて来たのですが、いらっしゃらないようで、ひょっとすると、引っ越されたのでしょうか？」

「ああ、森さんの……そうですよ、引っ越されたですよ。もう三年近くになるんとちがいますかしら」

「そうだったのですか、喜美恵さんが引っ越されたのは知っているのですが、お母さんはどちらへ行かれたのでしょうか？」

「あら……」

女性はびっくりした顔になった。

「喜美恵さんのお母さんは亡くなりはったですよ。お母さんが亡くなられたんで、ここを出て行かはったんやと思いますけど」

「えっ、亡くなったんですか……ちっとも知りませんでした」

驚きはしたが、考えてみれば意外とは言えないことだ。

「それで、いまは森さんはどこにいらっしゃるか、ご存じないですか？」

「ええ、それが分からしませんのや。長門のほうへ帰る言うてはったんですけど、その後連絡がなくなってしもうて」

「そうですか……」

浅見は思いついて訊いた。

「このマンションの部屋は分譲ですか？」

「いいえ、賃貸ですけど」

分譲ならローンの支払いが残っているなどして、そのルートから連絡先が掴《つか》めるかと思ったのだが、それもだめらしい。

「森さんが出て行かはってから、お隣のお部屋はなかなか入らんみたいです。誰かが幽霊が出るとかいう噂《うわさ》を広めたんやそうです。最初の頃は気色悪う思うたけど、いまは静かでかえってよろしいわ思ってますわ」

「幽霊——とは、どうしてですか？」

「あほみたいなことです。森さんのお母さんがここで亡くなりはったでしょう。そやからそんなあほな噂が立ったんやないかしら。不動産屋さんは困ってますわ」

「お母さんは病死ですか？」

「ええそうですよ。心臓マヒやったんとちがうかしら。誰も気いつかんかって、喜美恵さんが会社から戻って来はったときには、もう冷たくなってはったいうことです。いちおう行政解剖いうのですか、それはしはったみたいですけんど」

「お母さんはどんな方でしたか？」

「それは……あら、そちらさん、ご存じやないんですか？」

一瞬、疑いの目で見られたが、浅見は平然として答えた。

「ええ、お母さんにはいちど会ったことがあるだけで、よく知らないんです」

「ええ人でしたわよ。控えめで、優しくて、静かな方でした。お隣から物音ひとつ聞いたことがあらしません。そやから、亡くなりはったときも、ちっとも気いつかんかったんやないかしら」

喜美恵の母親の死が病死かどうかは、疑う余地があるのかもしれない。しかし、行政解剖をして、公的な結論が出ている以上は、それを信用するほかはないだろう。とはいえ、そういう死に方だったから、幽霊騒ぎも出たのかもしれない。

「森さんのお宅には、よくお客さんは見えたのでしょうか？」

「いいえ、ぜんぜん」

隣家の女性は首を横に振った。

「お隣さん同士になって六、七年になりますけど、お母さんが亡くなりはったときを別にすれば、お客さんらしい人が見えたのはほんの五、六度しかなかったんと違いますか。ご親戚《しんせき》もないとか言うてはったし、近所付き合いもあんまりせんと、うちぐらいなものやったんとちがうかしら。森さんはお母さんもどっちかいうたら引っ込みがちやったし、喜美恵さんも社交的やないでしょう。そやから、あまりお友達もおらんかったみたい。私はこんなふうにパッパラパーやから、けっこうお付き合いもあったけど……あの、おたくさんは喜美恵さんとは、どういう？……」

ここにきてはじめて、浅見の素性に疑問を抱いたらしい。年齢からいって恋人ではなさそうだし、東京弁の見かけない顔だし……と怪しむ表情だ。

「金子みすゞの同好会で知り合ったのです。東京や大阪で親睦会が開かれたときなど、何度かお会いしました。その後しばらく顔を見せないので、どうしておられるのかと思いまして」

「はあ、金子みすゞさんいうのはタレントさんですか？」

「いえ、詩人ですよ、昔に亡くなった。森さんの郷里の山口県長門市の人です」

「そうですか、ちっとも知らんもんで」

竹下夫人はつまらなそうな顔になった。

南海電車で大阪市街へ戻る途中、浅見の脳裏にはさまざまな想像が浮かんだ。

森喜美恵が大阪を去ったのは、母親の死がきっかけであったらしい。ことによると、グリーン製薬を退職したのも、それに長門市の湯本温泉に舞い戻ったのも、そのことと無縁ではないのかもしれない。

それにしても、なぜそうしたのかは少し奇異な感じがする。母親が亡くなったからといって、そうしなければならない理由というのは思い当たらない。しかも郷里に帰ったというのが不自然だ。

喜美恵が郷里にいい思いのないことは、高校二年で出奔してしまった一事だけを見ても分かる。その彼女がなぜまた、よりによって長門に戻ったのか――。

しかも、その後、旧い友人に見つかったのをきっかけのように、長門を去っているのも奇妙なことだ。

ひょっとすると、長門を去ったのは、龍満が殺された事件と関係があるのかもしれない

——と浅見は思った。

そう考えると、九月十日に龍満と一緒に南条踊りを見物したことにも、何か意味があるように感じてしまう。

いや、さらに穿《うが》って考えれば、白谷ホテルに勤めたこと自体、作為的だったのではないかという気がしてくる。

たとえば「待ち伏せ」といった想像も湧《わ》いてくる。なんだかジョロウグモが獲物を待ち受けるさまが思い浮かんだ。

（ばかばかしい——）と、すぐに思い捨てたものの、こういう直感のようなものが決してばかにできないことを、浅見は何度か経験している。

2

グリーン製薬大阪支社は大阪市の真ん中、道修町《どしょうまち》にある。この辺りは古くから薬品関係のメーカーや商社などが犇《ひし》めいているところだ。白いタイル貼《ば》りの壁に、グリーン製薬の社章である緑色の「G」をデザインしたマークがあった。

近くの公衆電話から電話して、「経理課の青木美佳《みか》さんを」と頼んだ。龍満未亡人に聞いた森喜美恵の同僚だった女性の名前だ。

「森喜美恵さんの知り合いの者で、浅見といいます」

そう名乗ると「あら、森さんの……」と驚いた声を発した。

「ちょっとお昼休みにでも、お目にかかれませんか」

あと一分で正午というタイミングを計って電話している。

「はあ、そうですね……」

青木美佳は逡巡《しゅんじゅん》したが、すぐに応じた。

「はい、そしたら近くのレストランで食事しながらでええですか？」

「もちろん結構です」

レストランの場所を聞いて、その入口で待つことになった。「ラフなブルゾン姿だからすぐ分かるでしょう」と言っておいた。

美佳のほうもひと目見て分かった。社員名簿によれば、喜美恵より四つ歳下のはずだ。少し茶がかかった長い髪を風になびかせ、浅見のほうを見据えるようにして、舗道を小走りにやって来た。

慌ただしく挨拶《あいさつ》を交わして、レストランに入った。昼時で混んでいたが、なんとか隅っこのほうに席が取れた。テーブルについて、改めて名刺を渡し挨拶した。「旅と歴史」の名刺を、美佳は珍しそうに眺めた。

ウェートレスがオーダーを取りに来ると、美佳は躊躇《ちゅうちょ》なく「オムライス」と頼んで、浅見もそれに倣った。

「あの、森さん、いまどうしてます？」

グラスの水を飲んで、美佳は訊《き》いた。

「行方不明です」

浅見はあっさり言った。

「えっ、やっぱり……」

驚きはしたが、納得した様子だ。

「それで、浅見さんは森さんとはどういうご関係ですか？」

「恋人です」

「えっ……」

「いや、そのつもりでいました」

浅見は苦笑してみせた。

「しかし、気がついたら森さんはいなくなっていたのです。それで、彼女と親しくしていた青木さんなら、行方をご存じじゃないかと思ったのですが、そのご様子だと、だめみたいですね」

「ええ、私も知りませんけど……じゃあ、浅見さんは森さんから私のこと、聞いてはったんですか？」

「聞いていました。社内で親しくしているのは青木さんだけだったみたいですね」

「そうなんですか、森さん、そう言うてはったんですか……」

美佳はかすかに頬《ほお》を緩めた。

名簿には八名の同僚女性社員がいた。その中から青木美佳を選択したのは、浅見の勘でしかない。歳下であまり離れてなくて——というだけのデータだが、こういう場合には妙に勘が働くのである。今回もどうやら的外れではなさそうだ。

それにしても、いつものことながら、自分の詐欺師的才能には自己嫌悪を感じる。

「森さんが会社を辞めた理由について、青木さんは何か聞いてますか？」

「いいえ、それがさっぱり分からへんのですよ。ただ、お母さんが亡くなりはって、それから何かが変わったみたいでした。私に、もしかしたら辞めるかもしれへん言うて、それからほんの三、四日して、いきなり辞表を出して、会社に来んようになってしまわれたんです。半月ばかり休んで、お給料と私物を取りに来て、それっきりでした。最後にここで会うたとき、いつかいろいろ話すことがある言うて、別れましたけど」

「青木さんの想像で結構ですが、彼女にはいったい、何があったのでしょう？」

「まったく分かりません。お母さんのことが大変だったいうことは分かりますけど、お葬式のときも、会社を辞めるいう感じはありませんでした。それが、三日ばかり休んでから出社したときには、もう様子が変わってました。何やら思いつめたみたいで、日頃から無駄口をきかん人でしたけど、すっかり無口になりはって、お母さんが亡くなったショックだけじゃなかったみたいです」

オムライスが運ばれて、しばらくは食べることに専念した。

「オムライスは大阪が発祥の地だと聞いたことがありますが、さすがに旨《うま》いですね」

粗食つづきだったせいではないけれど、浅見は心底そう思った。

「ほんまですか、それやったらよかった。ここのお店、とくに美味《おい》しいんです」

「あ、そうなんですか。道理で旨いです。それにこの巨大さがいいです。東京の三割、いや五割はボリュームアップしてますね」

スプーンでてっぺんのケチャップの載った辺りを突き崩しながら言った。

青木美佳は困ったような顔で笑いをこらえている。

「浅見さんて、色気より食い気ですか」

「は？……」

「恋人の森さんに逃げられた割には、あまり深刻がってないんですね」

「あ、いや、それはまあ……」

浅見は不意を突かれた。しまった――と思ったが、すぐに笑いだした。

「ははは、そうなんです、じつは恋人というのは真っ赤な嘘《うそ》なんです」

「えっ、嘘ですか？……」

青木美佳の笑った目が非難の眼差《まなざ》しに変わった。もしオムライスという継続性のある対象物がなければ、この場を立ち去ったかもしれない。

「青木さんを信頼できる方だと思ってお話しします」

浅見はフォークとスプーンをテーブルに置き、居住まいを正して言った。美佳は気圧《けお》されたように、背筋を反らして、テーブルからの距離を取った。

「東京本社の二人の社員の方があいついで殺害された事件のことは、当然、ご存じでしょうね？」

「ええ、もちろん知ってますけど」

「その中のお一人、龍満智仁さんが、事件の一週間ばかり前、山口県の長門市で森喜美恵さんと会っているのです」

「えっ、それ、どういうことなんですか？」

「分かりませんが、とにかく森さんが龍満さんと会っていたことは事実なのです」

浅見はポケットから、南条踊りのときの二人の写真を出して見せた。

「あ、ほんま、森さんやけど、じゃあ、この男の人が龍満さんなんですか？」

「そうです、龍満智仁さんです。その日付を見てください、九月十日になっているでしょう」

「ええ、たしかに」

「森さんは三年ほど前から長門市の湯本温泉のホテルに住み込みで勤めていたのです。しかしつい最近——つまり、龍満さんが殺されて間もなく、急にホテルを辞めて、いまは行方が分かりません」

「というと、事件とその、森さんがホテルを辞めたことと、関係でもあるんですか？」

「分かりません」

浅見は首を横に振った。

「分かりませんて……でも、この写真があるんやし、ぜんぜん関係がないとは思われへんのとちがいますか？　警察はどう思っているんかしら？」

「警察はたぶん、まだこのことを知りませんよ」

「えっ、知らんて……そしたら、浅見さんはなんで知ってはるんですか？」

「そうですね……僕は名探偵ですから」

真顔で言ったので、青木美佳はどう受け取ればいいのか、当惑していた。

「まあ、この話はゆっくりするとして、いまはオムライスを食べませんか」

浅見はそう提案して、自分もスプーンを取り直した。美佳もそれに倣《なら》ったが、食欲はかなり減退したにちがいない。まだ少し残っている状態で、スプーンとフォークを揃《そろ》えて皿の縁に置いている。

皿の上のものをきれいに平らげると、浅見はウェートレスを呼んで、食べ終えた食器を下げてもらい、コーヒーを二つ頼んだ。

それからおもむろに口の周りを拭《ぬぐ》って、言った。

「さっきの名探偵というのは冗談ですが、事件の謎《なぞ》を追いかけていることは事実です。しかも、目下のところ警察をかなり出し抜いているはずです」

「ほんまですか？」

「ほんとうです。その証拠に、警察はまだあなたのところに来ていないでしょう」

「そんな、私なんか事件のことは何も知りませんもん」

「事件のことは知らなくても、森さんのことはよく知っているでしょう。森さんのことを詳しく知りたければ、当然、あなたか、少なくともグリーン製薬大阪支社の経理課にやって来るはずです。つまり警察は、森さんが事件に関係していることも、まだ気づいていないのですよ」

浅見の三段論法を美佳が理解するのに、しばらく時間がかかった。

そのあいだにコーヒーが来て、しばらく会話が途絶えた。

「じゃあ、浅見さんは龍満さんたちが殺された事件のことを調べはって、それを雑誌に売り込むんですか」

コーヒーをブラックのままひと口飲んで、美佳は言った。

「いや、仕事とは関係ありません。僕の守備範囲は歴史探訪とか、旅行のガイドブックとか、政治家の提灯《ちょうちん》持ちの記事なんかです。事件のことを調べるのは、そうですねえ、いわば趣味のようなものです」

「でも、人の秘密を嗅《か》ぎ回るなんて、あまりいい趣味やないですわね」

美佳は皮肉な目を浅見に向けて、辛辣《しんらつ》なことを言った。

「そうですね、僕もそう思います」

浅見はあっさり認めた。

「ただ、人の生死に関わるようなことだとしたら、いいも悪いも言っていられません。現実に龍満智仁さんと田口信雄さんが殺されています。そのお二人やご家族の無念を晴らすためには、事件を解決して犯人を捕まえなければならないでしょう」

真摯《しんし》な口調に、美佳は視線を落とした。

「それはそうですけど……でも、そういうのは警察の仕事じゃないんですか」

「もちろん最終的にはそのとおりです。しかし、警察の捜査がつねに事件を百パーセント解決できているとは思いますか？　実際はそんなことはありえません。現に、さっきも言ったように、森喜美恵さんの存在を警察はまだ知らないんですから。いや、それらしい女性が事件の背景にいることを僕が教えてやったのに、少しも行動を起こそうとしなかったというのが実情です。もっとも、警察と違って僕は龍満さんに会ってますから、その点は有利なのですけどね」

「えっ、浅見さんは龍満さんとお知り合いなんですか？」

「知り合いというわけでもないのですが、一度だけ会ったことがあるのです」

明石のフェリー乗り場のコンビニストアで、ともに「ざるそば」を買い、短い言葉を交わした話をした。

「たったそれだけですか？」

美佳は信じられない顔になった。

「それだけでも、会っているのと会っていないのとでは天と地ほども違いますよ。どこがどうという説明は難しいけれど、言葉ではない言葉、伝えたいけれど伝えられないメッセージのようなものを感じるものです。それはいくら説明しても、警察の頑固な頭には絶対に通じませんね」

「じゃあ、浅見さんはメッセージを感じることができたというんですか？」

「ええ、感じましたよ」

「どういうメッセージだったんですか？」

「そうですね……」

浅見は当惑して、視線を美佳から外した。頭の固い警察に対してばかりでなく、第三者に自分の感得したあいまいなものを理解してもらうのは難しい。

「そのときは、何か言いたいことがありそうだと思っただけで、メッセージの意味までは分からなかったのですが、事件が起きた後に思い併せて、気がつきました。龍満さんは僕にこう言いたかったのじゃないかと思いますよ。『助けてくれ』とね」

「えっ、ほんとに？……」

「ほんとにそう思いました。あのとき、龍満さんはたしかにそう言いたかったにちがいありません」

「そやけど、初めて会った人にですか？」

「初めてか何度も会っているかは、あまり問題ではないと思います。一瞬の直感で、信頼できる相手かどうか、分かってしまうことがあるものです。たとえば、いまのあなたのように」

「えっ、私がですか？」

「そうですよ。正直言って、何人もいる森さんの元同僚の中からあなたを選んで電話したときには、確信はなかった。けれど、いまはあなたを信頼しています。あなたに会えてほんとうによかったと思っています」

「そんな、私なんか……何も知らんし、何もお役に立つことなんかできませんよ」

「いまはそうかもしれません。しかし、グリーン製薬時代の森さんをいちばんよく知っているのは、青木さんなのでしょう？」

「それはまあ、そうですね。私がグリーン製薬に入ったとき、面倒を見てくれはったのは森さんやったし、それから十一年間、ずっと私のすぐ上の上司でしたから」

「それで十分です。その間にいろんなことを話しているでしょう。たとえば郷里の長門のことやご両親のこと、少女時代のこと、結婚しない理由とか……」

「そういえば……」

と美佳の目が天井を向いた。

「森さんにはお父さんがいないみたいでした」

「ほう、そんなことまで話してましたか。じゃあ、よほどあなたには心を許していたんですね。そうなんです、森さんはいわゆる私生児として誕生したんです。事情を知っている人によると、彼女が長門の家を出た原因はそれじゃないかという話でした」

「あ、それは違うみたいですよ」

「えっ、違うって、森さんが言っていたのですか?」

「ええ、というても、ぜんぜん関係がないわけじゃないんですけど、家出したのは、高校へ行くのが辛かったからだって、そう言うてました」

「というと、いじめとか?」

「いえ、そうやなくて、学費が……森さんは私立の学校へ行ってはったでしょう。学費や寮費なんかもばかにならへんのに、お母さんが出してくれて、家は貧乏なはずなのに変やなあと思っていたそうなんです。そうしたら、あるとき、援助してくれる人のいることが分かって、それでショックを受けて家を出たんだそうですよ」

「つまり、その人が実の父親だったというわけですね」

「ええ、そうです」

浅見の脳裏には龍満家の仏壇に、龍満智仁の真新しい写真と並んでいた、父親の浩三の写真が浮かんだ。

「その人の名前は言いませんでしたか?」

「ええ、そこまでは……ただ、しつこく訊いたら、『うちらにとっては雲の上の人よ』と言うて、笑ってましたけど」

「雲の上の人……」

グリーン製薬の取締役なら、たしかに雲の上の人にはちがいない。

「たしか、森さんはあなたより四つ歳上でしたね」

「ええ」

「あなたが入社したのは、おいくつのときですか？」

「私は大学を卒《お》えて入りましたから、二十二歳かしら」

「そうすると、森さんは何年前の入社になりますか」

「入社したのは私より六年先輩です。森さんは大阪に出てきはって、二年ばかりのあいだは、喫茶店で働いていて、それからグリーン製薬に入社したんだそうです」

高校二年の夏に家出してきて、いきなりグリーン製薬に採用されるとは考えにくい。いや、それから二年ばかり喫茶店で働いていた身寄りのない女性が、経理課に採用されるというのも、ほとんどありえないケースではないだろうか。

「そうだ、ひょっとすると、森さんがグリーン製薬に入社したのは、その人の引きがあったからじゃないですかね」

「えっ、その人っていうと、森さんの本当のお父さんという意味ですか？　そんなはずはあらしません」

美佳は険しい顔になった。

「森さんはその人を憎んでましたから、そんなことは絶対にありえません」

まるで目の前にいる浅見を非難するような口ぶりだ。

「しかし、グリーン製薬のようなしっかりした会社の、しかも経理課に、森さんのような境遇の人がかんたんに入社できるとは思えませんけどね。入社試験だって難しいんじゃないですか？」

「それは、たしかに私のときなんかも難しくて、倍率もけっこう高かったですけど……そう言われればそうですね。何かのコネがあったのかもしれませんね」

美佳はその点はしぶしぶ認めたが、すぐに思い返したように言った。

「そやけど、コネがあったとしても、お父さんていうことは絶対にないと思います」

森喜美恵の名誉に関わる——と言わんばかりの口調に、浅見は苦笑した。

「青木さんは、会社の重役さんの名前はご存じですか？」

「は？　重役の名前ですか？」

意表を突く質問に戸惑った。

「それはまあ多少は知ってますけど、重役なんて、それこそ雲の上の人ですから、私たちには関係ないんです。それにほとんどの重役は東京本社のほうにいはりますから、あまり知らないと言うたほうがいいですね」

「十年以上前に在籍していた重役さんとなるとどうですか？」

「そんな昔のことはぜんぜん分からしません。そういう知識が多少なりともできたのは、ほんの五、六年前ぐらいですもの」

「じゃあ、龍満智仁さんのお父さんが、かつてグリーン製薬の重役さんだったことも知りませんね」

「えっ、そうなんですか？」

美佳はキョトンとした目になった。

「龍満さんのお父さんも、もちろん長門に住んでいたことがある人です。その頃、森さんのお母さんと親しくしていたとしても、不思議はないと思いますが」

「…………」

たったいまインプットされたばかりの新しいデータを、美佳は一所懸命、咀嚼《そしゃく》しようとしているかのように見えた。

「じゃあ、龍満さんのお父さんが、森さんのお父さん、ですか……」

美佳はしばらく間を置いて、「うそ……」と呟《つぶや》いた。

3

青木美佳とは昼休みのタイムオーバーぎりぎりまで話し込んで、レストランを出たところで別れた。

別れ際に、もし森喜美恵から連絡があったら、居場所を聞いて、ぜひ知らせて欲しいと頼んでおいた。

「ええ、必ずお知らせします」

美佳は頼もしげに頷《うなず》いた。

「浅見さんが言ってはったみたいに、一度会っただけでも信頼できるっていうこと、あるのかもしれませんね。こういうの、一目惚《ぼ》れっていうんかな」

言って、照れたように笑い、手を振って走り去った。

今度会うときは、どんな顔をすればいいのかな——と、浅見はわれ知らず赤くなって、慌てて周囲を見回し、見回した先に公衆電話があるのを見つけた。

淡路島の常隆寺に電話して、速達で送った写真が着いたかどうか訊いた。

「着きました、見ましたよ、あの女性に間違いありませんな」

小松住職は勢い込んで言った。

「しかし、どこでどないしはったんか知らんけど、よう見つけられましたなあ。さすが浅見名探偵やねえ」

「いえ、偶然ですよ」

浅見は謙遜《けんそん》して、また何かあったら連絡します——と電話を切った。

御堂筋《みどうすじ》はイチョウの葉がかすかに色づきはじめたようだ。よく晴れた日でも、大阪の空は霞《かす》んでいることが多いのだが、少し風があるせいか、今日は青空が眩《まぶ》しい。昼下がりの舗道は人影もまばらで、ホウッと気抜けするようなのどかさが漂う。

どこへ行くというあてもなく歩きながら、浅見の脳裏にはまだ会ったこともない森喜美恵という女性の、捉《とら》えどころのないイメージと、それに伴って、彼女を巡るストーリーが少しずつ形を成していった。

とりあえず、喜美恵と龍満父子の関係がはっきりしてきた——と思う。

森喜美恵がグリーン製薬に入社した際、龍満浩三が「紹介者」であったとしても、それほど不思議はない。むしろ、そう考えればいろいろな謎《なぞ》が解けてくる。

喜美恵が家出したのは十六、七歳。世の中の右も左も分からないような少女が単身、大阪に出て喫茶店で働くというのは、並大抵の決意ではなかったろう。喜美恵本人もそうだが、彼女の母親の心痛は想像に難くない。

やがて、住むところも勤め先も決まり、一段落ついた頃になって、喜美恵は母親に居場所を教えた。それでも母親は心配したことだろう。ふつうのＯＬならまだしも、喫茶店勤めというのも不安だったかもしれない。それやこれやを思うと心細く、頼れる人物に相談しないではいられなかったにちがいない。

頼れる人物とは、むろん龍満浩三である。浩三は自分が役員を務めるグリーン製薬に喜美恵を入社させ、母娘《おやこ》が一緒に住めるように取り計らう。

それまでに二年の歳月が流れていたとはいっても、喜美恵の浩三に対する憎しみは薄らぎはしなかったかもしれない。しかし喜美恵は結局、母親の懇望に従ってグリーン製薬に入った。

それから十八、九年のあいだ、心ならずも母親のために憎むべき相手の「好意」に甘んじ、じっと耐えた日々――文字どおり愛憎の狭間《はざま》で揺れ動いたであろう彼女の複雑な心理を、浅見は自分なりに想像した。

母親は「悲運」のうちに死んだ――と喜美恵は思ったにちがいない。母親が亡くなってしまえば、憎い「あいつ」の世話になった会社など未練はない。

そうして、長門の湯本温泉に潜んで、じっとジョロウグモのように獲物を待ちつづけていた——のか？

そこまで空想の世界でストーリーを辿《たど》ってきて、浅見は白けてしまった。筋書きのおぞましさもさることながら、何となく納得できない気分がするのである。

このストーリーが正しいとすると、龍満智仁を殺害したのは、森喜美恵ということになりそうだ。

それだと、警察が現在認識している、犯人は男——という「事実関係」にそぐわない。

しかし、そのことはまあいい。たとえば共犯関係があったことも考えられる。

そんなふうに、なんとかストーリーを肯定しようと思いながら、（そうかなあ——）と自分で疑ってしまう。ドラマチックなのはいいけれど、いかにも三文芝居じみて無理があるような気がしてならない。

何もかも物証主義でいこうとする警察に対して、浅見は自由奔放に仮説を立て、事件ストーリーを描くのを得意とするけれど、今回の「作品」はさっぱり自信が持てない。

考えてみると、これまでのデータだけでは、事件の全体像はおろか、一人の女性像を描くことさえもおぼつかないのかもしれない。十六、七歳で家を出てから、四十歳でまた失《しっ》踪《そう》するまでの森喜美恵の歩んだ道は、浅見のような人生経験の浅い「坊っちゃま」には、手に負えないほどの謎に満ちている。

そもそも、喜美恵の家出の動機は何だったのか。喫茶店にいたという空白の二年間には何があったのか。グリーン製薬に入社した経緯《いきさつ》とはどのようなものなのか。それらのことも、まだ想像の域を出ていない。

さらにいえば、母親の死の直後に喜美恵がグリーン製薬を退職したのはなぜなのかも分からない。

そうして湯本温泉にひっそりと舞い戻り、そして慌ただしく去った理由とは何なのだろう？　その最後の辺りでは、喜美恵はいっそうややこしい軌跡を描いている。

龍満浩三の一周忌には、龍満智仁とともに西恵寺での法事に付き合ったこと。この九月十日にも龍満とともに南条踊りを見物していること。とどのつまりは、龍満の事件後に淡路島の常隆寺へ出向いて、「石森里織」の偽名を名乗って骨壺《こつつぼ》を持ち去っている。

こうなると、犯人かどうかは別にして、少なくとも、彼女が龍満の事件と何らかの関わりをもつことだけは、間違いないだろう。

いったい、その骨壺なるものの正体は何なのか？「田口」を名乗った二人連れの男が常隆寺を訪ねたことからいっても、中身がただの「分骨」であるなどとは、もはや考えられない。

喜美恵の行方とともに、骨壺の行方にも抑えがたい興味が湧《わ》いてくる。

東京に戻ると、浅見はその足で真っ直ぐ龍満家を訪ねた。夕刻前で、まだ二人の子は帰宅していなかった。龍満夫人はキッチンで夕食の仕込みを始めたところだった。

「こうしてお料理なんかしてると、ああ、主人が生きてるときに、もっと美味《おい》しいものを作って上げればよかった——なんて思ったりするんですよ」

夫人はそう言って、頰を歪《ゆが》めるようにして笑った。

「これから先、何かと大変でしょう」

「ええ、落ち着いたらどこかに働きに出ませんとね。でも、主人は亡くなって、この家のローンだけはきれいにして行ってくれましたから」

無理に笑おうとして、涙ぐんだ。浅見も胸がつまった。

「主人はああいう派手な仕事をしていたわりには真面目《まじめ》な人で、借金もありませんでしたし、生命保険も貯金も少しはあるし、親子三人、何とかやっていけそうです」

男の子が一人帰ってきた。時分どきでもあるし、長居はできない。

「そろそろ失礼しますが、じつは長門に行ってきました。その報告に上がったのです」

「まあ、長門に……あの、龍満の事件のために、わざわざですか？」

「いや、本来の目的は別にありますが、ついでに事件のことも調べてきました。それで、電話でお訊《き》きした森喜美恵という女性についてですが」

「あ、そうそう、その方、どういう方でしょう？」

無意識にか、声をひそめた。息子に聞こえてはまずいと考えたのかもしれない。

「長門の人ですが、たぶん昔、龍満さんが長門に住んでいらっしゃった頃のお知り合いだと思います。もしかすると、その人からの手紙などがあるのではと思ったのですが、ご存じないですか」

「ええ、龍満のところにある書簡類は、すべて調べましたけど、そういう女の方の名前はありませんでした」

言ってから、またいちだんと声をひそめて訊いた。

「その方と龍満が、何か？……」

「いえ、そういうご心配はありません」

浅見は苦笑して手を横に振った。夫人はほっとしたように頷《うなず》いたが、それで完全に疑惑が晴れたかどうかは分からない。

「その後、警察は来ますか？」

と浅見は訊いた。

「いいえ、ぜんぜん」

夫人は不満そうに言った。

「捜査が進んでいるのかどうか……新聞にも何も出ませんし、このまま犯人は捕まらないんじゃないかしら」

「そんなことはありませんよ。事件はいずれ解決します」

思わず警察の弁護じみたことを言ってしまうのは、兄の存在があるからだろうか。しかし、本心を言えば、いまの状態だと警察の捜査には期待できそうにない。こっちがせっかく示唆《しさ》してあげたにもかかわらず、常隆寺へも出向いていないのだから、まったく張り合いがない。何をやっているのだか――と思いたくもなる。

龍満家を辞去して、板橋署へ向かった。張り合いがなくてもなんでも、善良な市民として捜査に協力する義務がある。

捜査本部の貼《は》り紙は、相変わらず「マンション駐車場殺人事件捜査本部」のままだ。栃木県警との合同捜査に踏み切った様子は見当たらない。

受付で名刺を出して、捜査担当者への面会を申し込んだ。使った名刺には肩書がない。

「フリーのライターです」と言うと、応対した制服の巡査は、露骨につまらなそうな顔になった。

「どういったご用件で？」

「捜査に関する情報を提供したいのです」

「はあ、どんな情報ですか？」

「それは担当の方に直接お話しします」

「いや、ここで一応、どのような内容かお聞きすることになっているのです。とくにマスコミ関係の方にはいろいろ気を遣うように指示されておりますので」

「どういう意味ですか？」

「あなたがそうだとは言いませんが、情報を持ち込むと言いながら、じつは逆に情報を探りに来る方がおりましてね」

「なるほど……じゃあ、龍満さんのお父さんのお骨に関して、耳寄りな情報があるとお伝

「お骨がどうしたのですか？」

「いや、それ以上は長い話になります。とりあえずそれだけでもお伝えください」

少なくとも、常隆寺の「分骨」の一件ぐらいは、足尾署のほうから警視庁を通じて伝えられてあるはずだと思った。

案の定、いったん奥へ引っ込んだ巡査は、戻ってくるなり「だめですね」と手を横に振った。

「そのことなら、すでに捜査本部のほうでも把握しているそうです。わざわざご足労いただいて恐縮でした」

「いや、その件で他にもいろいろあるのですよ」

浅見が追いかけるようにして言ったが、巡査は挙手の礼をしてさっさと席に戻った。あとはコンクリートの壁と同じような、冷たい顔をしている。

第五章　死生観

1

脳死を人の死と認定するか否かについて、学界および有識者による最終的な結論を決定する「脳死臨調」が、大詰めの段階を迎えていた。

テレビのニュース番組では、各局ともこの問題を報じている。新聞もそれなりに記事を掲載し、社説も掲げる。

「死と脳死とどう違うの？」

夕食のテーブルで、甥《おい》の雅人《まさと》が素朴な疑問を発した。中学校でも先生からその話題が出たという。あまり食事どきにふさわしい話題ではないが、子供たちのこういう疑問に対して、頭ごなしに「やめなさい」と言わないのが浅見家の主義だ。

父親の陽一郎が留守の場合には、この手の解説は叔父《おじ》である光彦坊っちゃまが代行することになっている。

「脳死とは文字どおり脳が死んだ——つまり脳の機能が停止したことを言うんだよ」

浅見はポークソテーにナイフを突き立てながら、なるべくおごそかに言った。

「一般に、人間が死ぬときには心臓が停止して、脳へ送られる血液がストップし、脳も機能しなくなるのだが、しかし、ごくまれに、先に脳の機能が停止して、心臓は動いている場合がある。たとえば脳内出血とか、交通事故などによる脳の破壊があった場合がそれだね。ところが、脳が壊死《えし》するまでの過程で、適切な処置を行なえば、心臓など他の器官の活動を維持することが、ある程度は可能だ。心臓が血液を送りだしているかぎり、ほかのほとんどの器官や臓器などが機能している。これを脳死状態と言って、ふつうの死と区別しているわけだ」

「だけど、脳が働かなかったら、心臓なんかも停まってしまうんじゃないんですか。心臓の不随意筋を動かすのも、交感神経とかいう脳からの命令によっているんでしょう？」

さすが秀才の兄の息子だけあって、生意気なくらいよく知っている。

「まあそうだね。ところが、現代の進んだ医学には、脳の命令の代わりに電気的な刺激を与えることで、心臓を動かす技術がある。もちろん肺にも呼吸をするように命令することができる。そのほかにもいろいろな生命維持装置が開発されていて、たとえ脳が死んでも肉体のかなりの部分は生きつづけることが可能なんだよ」

「それって植物人間でしょう？」

姪《めい》の智美《さとみ》が、悲しそうに眉《まゆ》をひそめて言った。

「脳死と植物人間とは少し違うようだ。植物人間の場合は脳の一部は機能しているのだが、脳死は百パーセント、機能が失われた状態となっている。しかし、脳の機能が百パーセント失われた状態を脳死とすると定義したからといって、本当に脳の隅々まで——細胞が一個も残らず死んでしまったと判定できるものかどうか、僕には分からない。外部からの検査や刺激に反応しなくても、脳のどこかではそれを感じているのかもしれないと思ってしまう。それに……」

浅見は少し言い淀《よど》んだ。非科学的とばかにされるかな——と思って躊躇《ためら》った。しかし賢い姪と甥は、真剣な眼差《まなざ》しを叔父さんの口許《くちもと》に集めていた。いや子供たちばかりでなく、彼らの母親の和子も、祖母の雪江未亡人も、それにお手伝いの須美子までが食事の手を止めてじっと耳をすませている。

「……心の問題をね、僕は考えるんだ」

「心の問題って？」

雅人が訊《き》いた。

「つまり、人間の心というやつは、脳だけのものなのだろうか、脳が死ぬと心は消えてしまうのだろうか——と、そんなことを考えるのさ」

「そうですよ」

須美子は、尊敬する坊っちゃまの意見に、手放しで賛意を表明した。

「私もそう思います。だって、悲しいことや嬉《うれ》しいことがあると、頭じゃなくて、胸のこの辺りがキュンと痛むんですもの」

「それは違うよ」

雅人が異議を唱える。

「胸が痛むのは、脳がショックを受けて、心臓なんかに刺激を与えるから、そう感じるだけだと思うな。ねえ叔父さん、そうでしょう?」

「たぶんそれが正しいのだと思う。だけど、心が脳だけに存在するかどうかは、いまのところ誰も解明できていないのじゃないかという気はするね。たとえば、脳に繋《つな》がっている神経の一本一本にも、心のかけらみたいなものが宿っているのかもしれないとか……そんなふうに思うのは、たぶん非科学的で間違っているのだろうけれどね」

一座はシーンとしてしまった。食器の音までが途絶えた。

「心は、無くならないと思うわ」

智美がポツリと言った。顔を見ると、うっすらと涙ぐんでいる。

「そうね、無くならないわ、きっと」

和子もわが娘の優しさに感動したのか、目を潤ませた。

「そうかなあ、ぼくは無くなるか無くならないか、いまの段階ではいちがいには言えないと思うけど」

雅人は科学性を重んじる子だ。

「そうだね、それが正しい考え方だと思う。ただ、その結論を見定めないで、脳死を人の死と決めてしまうのは、ひょっとすると間違いかもしれないだろう」

浅見は言った。

「ええ、それはぼくも同感です」

「わたくしも同感ですよ」

雪江が静かに言いだした。

「むかし、こんなことがあったの。光彦が可愛《かわい》がっていたタローね、憶《おぼ》えている？」

「もちろん憶えてますよ。秋田犬の混じった雑種だったけど、利口なやつだったなあ」

浅見は二十年以上経ったいまでも、タローのことを思い出すと、目頭がジンとなる。

「そのタローが死ぬとき、意識が無くなって、ひどく苦しそうな息づかいだけで、こんこんと三日三晩、横たわったきりだったのね。それで、あまり可哀相《かわいそう》だから、獣医さんに頼んで安楽死させることにしたのだけれど、最後の注射を打つ寸前、もしかすると、タローは安楽死を感じていて、『やめて、注射はしないで』と心の中で叫んでいるんじゃないかしら――って、そう思ったのよ。でも、それを口に出すことはできなくて、タローは死んでいったのだけれど、ずいぶん長いこと、わたくしの胸の奥には後悔のような、タローにすまないことをしたっていう気持ちがわだかまっていましたよ」

また全員がしんみりしてしまった。

「おやおや、なんだかお通夜みたいね、さ、ご飯をいただきましょう」

雪江が責任を感じたように、沈んだ空気を引き立てた。

「お祖母《ばあ》ちゃま、いまのお話、悲しすぎますよ」

雅人が抗議するように言った。

「そういうお話を聞くと、理論的に解明しようという気持ちが弱まってしまうな」

「ほほほ、そうだわねえ。でもね、科学者でも、そういう思いやりのある優しい心は持っていていただきたいものだわ」

「うん、それは分かります」

雅人が頷《うなず》いて、ようやくみんなの手が動き始めた。

食事がすんで、おとなだけが残ってお茶を飲んでいる中から、さっきのお話みたいに、和子が言った。

「だけど光彦さん、不思議に思うんですけれど、脳死は昔からあったんでしょう？　脳出血や交通事故が原因で脳死になるのだとしたら、脳死は昔からあったんでしょう？　それが最近になってこんなに話題になるというのは、なぜなのかしら？」

「それは臓器移植問題のせいです」

「というと？」

「臓器に障害のある患者や、その治療にあたる医師は、移植できる新鮮な臓器を渇望しています。そのもっとも典型的な例は生体肝移植ですが、肝臓ばかりでなく、心臓も腎臓《じんぞう》も生体からの移植がもっとも望ましいものであることは、いまでは常識といっていいでしょう。ところが、昔はそんな技術はなかったのですね。したがって、脳死も問題にする必要はなかったというわけです」

「あ、なるほど……そういうことなのね」

「それに、生命維持装置そのものがそれほど進んでいませんでしたから、脳の死と心臓の死はほとんど同時と考えられていたし、そもそも心臓が動いているのに脳が死んだ——つまり脳死状態などという概念自体がまったくなかったのだと思いますよ」

「そうですよねえ。どんなときだって、心臓が動いているか、脈を打っているかが生死の分かれ目だと思っていましたもの」

「ところが、医学が進歩して臓器移植が可能になった。ということは、要するに臓器の需要が生じたということです。世の中には需要と供給の原理がありますから、当然、新鮮な臓器、生きている臓器の供給が必要になってきたというわけです。手始めに、二つある腎臓の移植手術から実施されて、肝臓の一部を肉親同士のあいだで移植する、生体肝移植も行なわれるようになった。しかし、心臓なんかは一個しかないし、一部を取り替えるというわけにもいきませんよね。どうしても第三者の、それもなるべく新鮮な、できれば生きた状態の臓器が欲しい。だからといって生きている人間から臓器を取り出すわけにはいかない。そこで脳死問題がクローズアップされてきたのです」

「それではご都合主義じゃありませんか」

雪江が不愉快そうに言った。

「臓器移植のために必要だから、脳が死んだことにして、生きのいい臓器を取り出してしまおうなんて……」

「それなんですよ、お母さん」

次男坊は我が意を得たり——とばかりに言った。

「いま『脳が死んだことにして』って言ったでしょう。僕はそれを恐れているんです。学問や法律では、『脳が死んだことにして』なんてことは誰も言ってません。あくまでも脳が完全に機能を停止したのを確認して、脳死と定める——というのが建前です。だけど、おそらく脳死が一般化して、脳死による臓器移植が日常的に行なわれるようになれば、必ずその問題が現実のものになりますよ。患者や医師は一刻も早く手術を行ないたい。だったら、どうせ死ぬことが分かっているのだし、脳が多少機能していたっていいじゃないか——と考えたくなるに決まってます。もちろん、そうならないために、法律は脳死認定にいくつかの条件をつけていますけど、そんなものは現場の裁量でどうにでもなるのが、いつの時代、どんな世界でも常識というものです。もっと恐ろしいのは、脳死を意図的に作りだすことさえありうるということだと、僕は思っていますけどね」

「脳死を意図的に作りだすって、それ、殺人という意味ですの？」

刑事局長の妻が、非難する目になって言った。

「そうです」

「おおいやだこと」

と雪江は嘆かわしそうに首を振った。

「光彦はどうしてそういう、悪いほうへ悪いほうへと頭が回るのかしらねえ」

「そう言いますけどお母さん、外国では現実に、臓器移植を目的とする殺人事件が起きているという噂《うわさ》さえあるのですよ。国内では臓器移植が受けられないために、日本人が外国で高い金を払って臓器の提供者を待つという、そういう状況があれば、臓器の売買を目的とした犯罪が発生するでしょうし、それが殺人事件にまでエスカレートするのは、むしろ当然の帰結だと思いますよ。もし日本で脳死認定が解禁になれば、同じようなことが起きないという保証はありません。つまり、脳死どころか、まだ健康な人間を脳死状態にしてしまうような犯罪だって起こりうるということです」

「でも光彦さん、お医者さまはそんなひどいことをしませんよ、絶対」

和子がクレームをつけた。

「つまり、医師の倫理ということですね。本当にそうでしょうか。医師の倫理は絶対的なものだと思いますか？　もちろん、大多数の医者はまともな倫理の持ち主でしょうね。それは確かに、われわれ一般人と同じパーセントでまともだと思います。しかし、同じパーセントで悪いやつもいるのですよ。特別な技術や権利や地位を与えられているだけに、ときには一般人より始末が悪い。中には神にでもなったようなつもりでいる医師だって少なくないでしょう。その連中が象牙《ぞうげ》の塔や白い巨塔の密室の中で何をやっても、われわれの目には届かないし、どうすることもできないじゃないですか」

喋《しゃべ》っているうちに、浅見はだんだん腹が立ってきた。元来はこんなふうにあからさまな正義感に燃える男ではないつもりなのだが、ときどきボルテージが上がってしまう。

「ばかねえ光彦、和子さんに当たったってどうするの」

雪江が窘《たしな》めた。気がつくと、兄嫁はびっくりした目で義弟を見つめている。

「あ、いや、義姉さんに当たってなんかいませんよ。いやだなあ。ははは、すみません、きつい口調になっちゃったですか。僕は単純人間だからなあ」

「でも、そういう坊っちゃまもご立派だと思います」

須美子が遠慮がちに言った。

「単純なところがかい？」

「違いますよ、そういう意味じゃありませんよ。坊っちゃまの真っ直《す》ぐなところがご立派だって……」

むきになって抗議する。

「ははは、いや、どうもありがとう」

浅見は照れて、小さく頭を下げた。

「でも、光彦さんの言ったこと、最悪のケースではあっても、ありえないことではないのかもしれませんわね」

和子は深刻な顔である。

「ものすごい大金持ちで、どうしても臓器移植が必要になったら、どんなに大金を積んででも臓器を買おうとするでしょうね。たとえば何億とかいう。そうしたら、そのお金目当てに犯罪を犯す人間が出てきても不思議ではありませんわ」

「いやだわねえ……」

雪江がため息をついた。

「そういう犯罪じみたことは論外だけれど、そうじゃなくても、人間はそんなふうに、人さまが亡くなるのをあてにしてまで、生きなければならないものかしら」

「それは死生観の問題ですね。諦観《ていかん》といってもいいのかな。人間いかに生くべきか、あるいはいかに死すべきか」

「あなたはどう考えるの？」

「僕は潔《いさぎよ》く死にますね。そうだ、いまから言っておきますけど、もし僕が臓器移植を必要とするような難病に罹《かか》ったとしても、絶対に手術はしないでください。まして他人の脳死を待つような真似はとんでもない話です」

「そうだわね、光彦はそう言うと思っていましたよ。和子さんはどうかしら？」

「わたくしも同じです。智美や雅人がそうなったときでも、同じ気持ちでいるつもりです。つらいけれど諦《あきら》め、耐えなければならないことだと思います。事故や戦争で亡くなることを思えば、ずっと幸せですもの」

「やめてくださいよ、そんな縁起でもない悲しいことをおっしゃらないでください」

須美子はもう半泣きで言った。

「いいのよ須美ちゃん、こういうことは話しあっておいたほうがいいの。いざというときになってからジタバタしないようにね」

雪江は須美子を諭した。次男坊と嫁の気持ちを確かめることができて、概《おおむ》ね満足そうであった。

その夜遅く帰宅した陽一郎も、和子からその話を聞いて「そうか、それはいい」と言った——ということを、翌日、浅見は兄嫁の口から聞いた。移植手術を受けることのできる患者は、膨大な数の中のほんのひと握りでしかない。となれば、ごく少ないドナー（臓器提供者）を奪い合うような事態も考えられるだろう。

「人さまのことはともかく、わが家だけでもそういう覚悟を決めておくのはいいことだと思う」

そう述懐したそうだ。

2

首相に答申された脳死臨調の結論は、脳死を人の死と認定するという多数意見と、人の死と認めることに慎重であるべきだとする少数意見を、両論併記する形のものであった。とはいえ、全体の趨勢《すうせい》としても、脳死認定にゴーサインを出したと見られても仕方がないものだったろう。

それを受けて、超党派の国会議員が活動を開始した。行政改革や綱紀刷新などには冷淡な議員連中が、こういう問題になるとなぜか猛烈に熱心になる。賛成意見と反対意見が交錯し、侃々諤々《かんかんがくがく》の議論が沸騰した。

その一方では、学者、有識者、文化人、宗教家といった人々の意見も新聞を賑《にぎ》わせた。明らかに世論リードの政治的な意図が感じられるものもあった。

まるでタイミングを合わせるように、心臓に先天的な欠陥のある少女が、数千万円というカンパを集めてニュージーランドに渡ったものの、移植手術を待機中、惜しくも亡くなり遺体となって帰国するという出来事もあった。民放各社は朝のワイドショーなどで、競ってこのニュースを「悲劇的に」報じた。

臓器移植法案に対しては、当初は国民の多くが無関心だったが、こういう生々しいニュースに触れて、急速に脳死問題に対する関心が高まった。テレビカメラが街頭に出て、賛成・反対の街の声を拾って歩く。

「もう本来なら死んでいる人を、機械や道具を使って、無理やり生かしておくのはおかしい。それより脳死を人の死と認定して、臓器をほかの人に役立てたほうが有意義ではないか」

「自分の身近な人を考えたとき、まだ心臓が動いていて、体も温かいのに、死んだものと決めて臓器を取り出すなんてことは、とてもできません」

「事実上死んでいる人間に、集中治療室なんかで、高い装置や薬を使っていつまでも治療を続けるのは、極端にいえば無駄ですよ。医者や病院を儲《もう》けさせているだけだ。それよりも早いとこ脳死認定して、臓器移植を待っている患者を救ったほうが、健康保険の膨大な赤字を解消するためにもいい」

総じて、賛成意見は男性に多く、反対または消極的な意見は女性に目立った。マスコミの論調は慎重だが、わずかながら脳死を人の死として認める方向へ傾斜しているように思えた。

それにしても、浅見から見ると不思議なのは、浅見家で交わされたような、「他人の死をあてにしてまで生きるべきか」という論議が、いっこうに聞こえてこない点だ。ひょっとすると、そういう考え方は臓器提供を待っている患者を慮《おもんぱか》っての、マスコミにとってのタブーとして、あえて触れないようにしているのかもしれない——とさえ思える。

衆議院の厚生委員会では医学関係者らを参考人として招聘《しょうへい》、脳死問題に対する最終意見を求めた。

その一人として、積極的賛成論を陳述したのが加賀裕史郎であった。

医学博士、前医師連盟会長の経歴を持つ加賀は、医療現場に従事する者の立場から、多くの患者を救済するために、一刻も早く脳死を人の死と認定する法的根拠を制定していただきたいと熱弁をふるった。

艶《つや》やかな肌をした顔は、とても八十歳という高齢には思えない。声にも張りがあり、しかも饒舌《じょうぜつ》なくらいよく喋った。質問した委員のほうが辟易《へきえき》して、途中で制止するほどであった。

「先生の脳死にかける情熱のほどは、よく分かりました」

と皮肉混じりに称賛する委員もいた。

よくも悪くも、三人の参考人の中では加賀がもっとも迫力があった。議員の不勉強な消極論や慎重論に対しては、さながら獅子吼《ししく》するように食ってかかる。

「このような論議をしているあいだにも、移植を待てずに死んでゆく患者がいることを考えてごらんなさい」

教室で学生を叱《しか》りつける姿そのままだ。実際、議員の中には加賀の講義を受けた者も一人いた。まして臨調に参加した医学界出身者の中には、加賀の影響を受けた人間がかなり多かったのだから、臨調全体の意向が加賀の意思に引っ張られたことは否めない事実だろう。

もともと衆院の厚生委員会の構成メンバーには、脳死を人の死とする臨調答申を受け入れる空気が漂っていた。厚生省および大蔵省の意向も、ほぼその線でまとまっていて、代議士への根回しはかなり浸透しつつある。何といっても、膨大な健保の赤字がその背景にはあった。

唯一の問題は世論である。世論は必ずしも臨調の意見とは一致していない。脳死を人の死とするかどうかを問うた最近の世論調査では、賛成・反対がほぼ拮抗《きっこう》し、まだまだ国民のコンセンサスを完全に得るところまではいっていない。

この世論をバックに、革新系議員は反対意見を強調する。連立与党の中にも、女性票を地盤にするような議員はどうしても及び腰にならざるをえない。慎重論や態度を保留する日和見《ひよりみ》の連中を加えると、賛成派が過半数を確保できてはいない。このまま一気に採決に持ち込める目安がつかない状態で、審議はしばしば中断した。

何よりも不可解なのは、政府首脳——とくに首相の態度があいまいなことだ。総理自身はもとより、周辺からも臓器移植法案に賛成なのか反対なのか、脳死を人の死と認めるのかどうかといった意見はまったく出てきていなかった。文字どおり国民の生死に関わる重要法案に対して、一国の総理が沈黙したままでいるのは、与党内部にも異論があり、それを強行突破しようとする勢力のあることを窺《うかが》わせる。

それにもかかわらず、マスコミの論調の多くは、はっきりと脳死認定やむなし——の意見に傾きつつあった。とくに医学界の趨勢は圧倒的にその方向に結集している。反対、あるいは慎重論は大勢の前に封殺されたような観があった。

何か大きな力がさまざまな世界に働いて、ゆっくりと、しかし確実に世論を変化させていることを、浅見は感じていた。

3

十一月に入ってまもなく、浅見は栃木県足尾町を訪れた。渡良瀬川渓谷の紅葉は早くも散りはじめ、冬の気配が感じられる。

敬遠されるかな——と危惧《きぐ》した高沢部長刑事は、案に相違して浅見を見ると笑顔になった。

「やあ、そろそろ現れるような気がしてましたよ。いちど電話したんだけど、こっちが名乗ったら、いきなり、いまは留守ですと邪険に切られちゃいましてね。あれは奥さんですか？」

「ははは、僕は独身ですよ。たぶんおふくろかお手伝いじゃないですかね。どっちも警察アレルギーでして」

どうもすみませんと頭を下げた。

「ふーん、お母さんが警察アレルギーとは、どういうことですかね」

言外に「刑事局長さんの」という皮肉が込められている。

「いや、それはあれです。僕が余計なことをして、警察に迷惑をかけるのを警戒しているのですよ」

「なるほど、それがつまり、浅見さんの弱点でもあるわけですな」

高沢は初めて浅見に対して優越感を抱いたように、小気味よさそうに笑った。

「それはともかく、僕に電話していただいたというのは、用件は何だったのですか？」

浅見は催促した。

「まあ、大したことじゃないんですがね、浅見さんが犯人像を想定して、『この町の土地鑑がある古い住人』と言ってたじゃないですか。例の、第一発見者の秋野さんていうおじいさんにそんな話をしたら、それだったら、鉱山があった頃の従業員はどうだと言われて、その名簿を貸してくれたんですよ。だけど借りたのはいいけど、始末に困って、早いとこ浅見さんに引き取ってもらおうと思いましてね」

高沢は浅見をロッカーに案内した。

「あのじいさんが意外な人物でしてね。ほら、役場で町の歴史の本をもらったでしょう。

あそこに古河鉱業に対する閉山反対の決議文があったけど、あれの起草者の中心的な人物があのじいさんだったのです。そんなもんだから、足尾銅山の歴史に関する資料は、山のように保存してありました」

ロッカーを開けると、二つの段ボール箱に分けて、たしかに始末に困るほどの書類が詰まっていた。数年度分ごとに綴《と》じ込みをして、その数はおよそ三十程度はありそうだ。カビで黒ずんだりして相当傷んだものもある。古いものは明治の年号がついている。

「これ、調べますか？」

高沢は浅見を振り返って訊《き》いた。

「警察では調べないんですか？」

「ざっと目は通しましたがね、主任さんはこんなものはどうしようもないと結論を出しましたよ。一人一人追跡調査するったって、大変な騒ぎですからね、ま、たしかに主任の言うとおりでしょう。一応、閉山直前の昭和四十五年頃の分についてはコピーを取っておきました。もし浅見さんが不要だと言うのなら、じいさんに返却しますけど」

「いや、ぜひお借りしたい。差し支えなければ、この場で車に積んで持って帰ります」

「いいですよ。何なら手伝いましょう」

高沢は気軽に名簿運びを手伝った。

「どうですか、その後、捜査の進展は」

トランクに段ボール箱を仕舞いながら、浅見は玄関の「捜査本部」の貼《は》り紙を見て、訊いた。

高沢は面白くもなさそうに黙って首を横に振ってから、「めし、食いに行きませんか」と言った。

車を警察に置いて、町の中の路地を歩いて行った。人家が密集しているわりには活気のない街並みである。ひょっとすると空き家も多いのかもしれない。

役場の方角から、正午を知らせるオルゴールのメロディが聞こえてきた。聞いたことのないメロディだが、高沢は歌詞を知っているらしく、低い声で歌っている。もっとも、音痴なのか、オルゴールとは音程がかなりずれているように思えた。

「何の歌ですか？」

「ああ、これは『足尾の四季』という、町歌みたいなもんですよ。『ススキおののく山の峰　脱硫塔《だつりゅうとう》の影黒く　月中天に秋深し』というのが三番なんですけどね、脱硫塔っていうのが、いかにも足尾らしい」

「なかなかいい歌ですが、相当古いものなのでしょうね」

「でしょうな。私はこの町の人間でないもんで、詳しいことは知りませんが、四番の冬の歌詞の最後に『幌馬車《ほろばしゃ》急ぐ暮の町』というのがありますから、大正か明治の頃に作った歌じゃないんですかねえ」

足尾という町が、好むと好まざるとにかかわらず、銅山とともに繁栄し、衰退してきた歴史を、その歌もまたしのばせる。宇宙時代の世の中に、歌詞に幌馬車が出てくるような歌のメロディが流れているのを聞くと、そこはかとない哀愁を感じた。

町で一軒の蕎麦屋《そば》というのに入った。

「汚い店だけど、けっこう旨《うま》いんです」

のれんを潜《くぐ》る前に高沢が囁《ささや》いた。

古色蒼然《そうぜん》とした店であった。年代もののテレビが、霞《かす》んだ映像で「笑っていいとも！」を映している。昼どきだというのに、店には作業員らしい服装の若い客が二人しかいなかった。二人とも高沢とは顔見知りらしく、蕎麦をすすりながら、ペコリと頭を下げた。

無愛想なおばさんが顔を出して、「何にします？」と訊いた。高沢は浅見には何も訊かずに「山菜蕎麦」を二つ注文した。

「春の山菜の時季と、秋のきのこの時季には、これにかぎるのです」

と言い、声をひそめて「これ以外はろくなもんじゃない」と笑った。

「捜査は難航しております」

おばさんが置いて行った、なまぬるいお茶を飲んでから、高沢は言った。

「目撃情報も出てこないし、聞き込みの成果もまったく上がらない。手掛かり一つないのだから参りましたよ。会社内での調査でも、怨恨《えんこん》関係は浮かんでこないし、取り引き関係、競合会社の関係からも何も出てこない。被害者の奥さんもまったく思い当たることがないって言ってます。じゃあいったい、どういう動機で田口さんは殺されなきゃならなかったんですかねえ」

テレビの音に紛れるように、抑えた声で喋《しゃべ》っているのだが、他の客に聞こえはしまいかと、浅見のほうがヒヤヒヤした。

「田口家はたしか、茨城県の藤代《ふじしろ》町というところでしたね」

「そうです。私も行きましたが、川に囲まれたような、寂しいところでしたよ」

「家族は奥さんと子供二人でしたか」

「よく憶《おぼ》えてますなあ」

「偶然でしょうけど、龍満さんのところと同じですね」

「そう。どっちもね、気の毒ですよ。これからどうやって暮らしてゆくのか。龍満さんのほうは警視庁の管轄だからよく知らないが、田口さんのほうは経済的にも大変なんじゃないですかねえ」

蕎麦が運ばれた。高沢が貶《けな》した割りには、蕎麦そのものの出来はいい。これなら山菜の季節でなくても旨そうだ。

「旨いですね」

浅見はお世辞抜きで言った。

「うん、旨いでしょう」

高沢も満足げであった。

高沢から田口家の話を聞かされたこともあるけれど、浅見はいずれ一度は田口家を訪れるつもりでいた。地図でみると、藤代町というのは取手市の隣。ここからはかなり遠い。しかし時間は十分あった。

足尾から日光に出て、日光宇都宮道路で東北自動車道へ。東北道を南下し、川口ジャンクションから外環状線を経由して三郷《みさと》へ。三郷から常磐自動車道に乗り継いで谷和原《やわら》ICで一般道に出ておよそ十五キロ。

走行距離は長いが、ほとんどが高速道路だから、夕刻前には藤代町に着いた。

藤代町は国道6号（水戸街道）に面したかつての宿場町である。小貝《こかい》川という小さいながらも一級河川が湾曲するのに囲まれたような低地で、藤代の地名もかつては「縁代《ふちしろ》」だったといわれる。

田口家のある「高須《たかす》」という地区は、ほんの少し前まではほとんどが農地だったところだ。近年になって東京方面へ通勤するサラリーマンのベッドタウンとして急速に宅地化が進み、川岸近くまで新しい家が建ち並んだ。田口家もまだ建ててから間もない、建売住宅であった。

田口夫人は丸顔短髪で、本来はたぶん陽気な人柄かと思わせるタイプだが、さすがに憔《しょう》悴《すい》しきった顔で現れた。

肩書のない浅見の名刺を見て、警戒するような目になった。

「グリーン製薬の龍満課長の友人です」

浅見がそう言うと、いくらか安堵《あんど》したらしい。「どうぞお入りください」と、ドアを大きく開けてくれた。家の空気には線香の匂《にお》いがかすかに漂っている。浅見は「お線香を上げさせてください」と頼んだ。

居間のサイドボードの上にほんとうに小さな仏壇が載っている。仏壇の田口の写真は、家族と一緒に撮ったスナップの一部を、大きく引き伸ばしたもので、ピントがぼけているけれど、笑った田口はいい顔をしていた。

「優しそうなご主人ですね」

浅見が言うと、夫人はすぐに涙ぐんだ。

「はい、家族想いの優しい人でした。ああいう主人をどうして……」

あとは言葉にならない。無念さがひしひしと感じられて、胸を打つ。

居間の奥のドアが開いて、十歳ぐらいの少年が「ママ、ちょっと」と顔を覗《のぞ》かせた。パジャマ姿で顔色が異常に青黒い。

夫人は「ごめんなさい」と急いで立って行って、少年を覆い隠すようにして隣室へ消えた。ドアの向こうからしばらく、少年の声とそれを宥《なだ》めるような夫人の声が洩《も》れていた。

やがて居間に戻ってきた夫人の表情はこの上なく暗く、沈痛そのものに見えた。

「ご病気ですか？」

浅見が訊《き》くのに、「ええ……」と首を左右に力なく振るようにして応えた。それ以上は話したくもない――という様子だった。

「いまのお子さんが下のお子さんですか？」

「ええ、上の子は中学へ行ってますけど。あの子がねえ……」

老婆のように嗄《しわが》れた声になった。

夫人はたぶん、浅見といくつも歳が違わないはずである。新しい家に住むまでの苦労もあったろうに、突然の夫の死に遭遇して、約束されていたはずの平穏な暮らしどころか、二人の子供を抱えて、しばらくは苦しい生活が続くことを考えると、胸も塞《ふさ》がる思いなのだろう。

「龍満さんの奥さんが心配してました。田口さんのところは、まだお子さんも小さいし、これからが大変でしょうと」

「ええ、そのとおりです。主人はよく働いてくれましたけど、この家のローンがあって、それに、あの子のこともあり、家計は大変でした。私には言ってませんでしたが、主人には借金があったことも、亡くなってから分かりました。家族のためにずいぶん無理していたんだなって、感謝はしていますけど、これから先のことを思うと、目の前が真っ暗になります」

こういう救いのない話には浅見はまったく弱い。救いの手を差し伸べたくても、自分にはどうすることもできないもどかしさが、とにかくつらい。

「失礼ですが、ご主人は生命保険などは、加入していなかったのですか？」

「ありましたけど、少しだけでした。主人が保険を嫌ってまして、あんなものは保険会社を儲《もう》けさせるだけで、保険会社が潰《つぶ》れてしまえば、あてにならないとか。それで私は、保険会社も倒産することがあるっていうことを知ったんです」

「えっ、そうなんですか？　僕もぜんぜん知りませんでした」

「そうなんですって。だから、保険なんかあてにしなくていい、ちゃんと稼いでやるからって。息子にも来年になったらオーストラリアへ行こうなんて、大きなことを言ったりして……」

また思い出して涙ぐみ、慌ててハンカチを使った。

「ほう、オーストラリアですか」

「気休めなんですのよ、息子を力づけて喜ばすためのね。そんなこと、できっこありませんもの」

「そんな無責任な嘘《うそ》をつくようなご主人だったのですか？」

「えっ？　いえ、そんなことはありませんけど、いくら何でもオーストラリア行きは、絶対に無理じゃありませんか、うちみたいな貧乏な家には……」

夫人はいらだつような口調であった。亡くなって、借金のあることまで分かってしまったいまとなっては、夫の呑気《のんき》な強がりが虚《むな》しく悲しく、いらだちも怒りもこみ上げてくる気持ちも分からないではない。しかし、たかがオーストラリアへ行くぐらいならば、「絶対に無理」というほど不可能ではあるまい。何もそこまで拗《す》ねなくても——と思わないでもなかった。

「ところで、龍満課長の事件のことについて、ご主人は何かおっしゃってませんでしたか？」

「ええ、そのことは警察にも訊かれましたけど、とくにこれといって……ただ、『ひどいことをするもんだ。人のいのちを何だと思っているんだろう』って、憤慨していましたけど」

「ご主人の事件の前の日ですが、何か変わった様子はありませんでしたか？」

「変わった様子っていうこともありませんけど、ほら、さっき言いましたでしょう、オーストラリアへ行くって。そう言ってはしゃいでいたくらいのものです」

「えっ、その日なんですか、オーストラリアの話をされたのは？」

「ええ、そうですよ。そんな陽気なことを言った次の日にあんなことになるなんて……きっと虫が知らせたんでしょうね」

夫人はしんみりとなったが、ただの虫の知らせとは、浅見には思えなかった。

田口がオーストラリア行きの話をして家族を喜ばせた前日、龍満未亡人が田口に電話して、常隆寺へ骨壺《こつつぼ》を取りに行ったかどうかを確かめている。田口にしてみれば、自分の名前を騙《かた》られたという、気色の悪い話だ。陽気になるどころか、気分が滅入《めい》ってしまうのが、むしろふつうだろう。

それにもかかわらず、田口が妙にはしゃいでいたという背景には、何かがあったのではないだろうか。

「ちょっとお聞きしたいのですが、そのオーストラリアの話をする前の晩は、ご主人の様子はどんなでしたか？」

「は？　前の晩ですか？……」

「ええ、前の晩からその日の朝にかけてでもいいのです。つまり、ご主人が朝、出勤されるときの様子です」

「ああ、そういえば、あまり元気がなかったっていうか、なんだか考え事をしてるみたいでしたわね。そうそう、前の晩の帰りも遅かったし、機嫌が悪いっていうんじゃないんですけど、元気がないなって思って……ですからね、景気よくオーストラリアの話をしたのが、とても対照的で、そのときはとても楽しかったんです」

龍満未亡人から電話をもらってから、翌日の朝までのあいだは、田口は何か深刻な問題に直面していたのだ。それは自分の名刺を使われた奇妙な出来事に対する憂鬱《ゆううつ》というよりは、その出来事の意味に何かしら思い当たることがあったのではないか。

もしそうだとしたら——という疑惑が浅見の脳裏に浮かんだ。

(田口は龍満が殺された理由に気づいたのかもしれない——)

それまでは警察が言うとおり、龍満が殺されたのは単なる通り魔的な事件だと思っていた田口が、骨壺の一件を知った瞬間、事件の背後にあるものに勘づいたということは考えられる。

田口家を出てすぐ、浅見は龍満家に電話した。龍満夫人は浅見の声を聞くと、若やいだ声を出した。

「あら、たったいま娘と浅見さんのことを話していたところですのよ。娘が浅見さんの名前を知っているんですって。ほんとうは探偵さんなんですってね」

「いや、僕はただのルポライターですよ。それはともかく、ちょっとお聞きしたいのですが、奥さんはご主人が淡路島の常隆寺にお骨を納めにいらっしゃったことを、田口さん以外の誰かに話しましたか？」

「いいえ、話したのは、ほかには、うちの子供たちぐらいかしら。それも、パパが淡路島へ行ったということぐらいです。主人がお骨を納めに行ったのを、私が知らないなんて、なんだかおかしな話ですもの、ご近所には話せませんわ」

「なるほど。分かりました、どうもありがとうございました」

まだ何か話したそうな夫人の口を封じるように、浅見は少し邪険に電話を切った。

龍満の「納骨」のことを知っていたのは田口だけだった――。

だから田口は、常隆寺に出向いて自分の名前を騙《かた》った人物が誰か、すぐに分かったにちがいない。むろん、田口が龍満夫人に聞いた話を伝えた人物である。一人か複数かはともかく、ごく限られた相手だ。

その晩、田口はまんじりともしないで考えたことだろう。その奇妙な話と、龍満が殺された事件との繋《つな》がりを、あれこれ考え、悩みもしたのだろう。そうして翌朝を迎え、田口は決断して、一つの方向を選んだ。

その結果、誰とどのような「話し合い」が行なわれたのかは想像する以外にない。しかし田口にとって明るい未来が約束される展開となったことはたしかだ。そしてその晩、田口は家族にオーストラリア旅行を約束した。

妻の目から見れば「真面目《まじめ》で優しい」夫であった田口も、社会の荒波の中ではそれとは別の顔を持っていたかもしれない。製薬会社のプロパーという職業は、したたかさがなければ務まらないものだろう。死んでから明らかになったという田口の借金も、どういう性格のものか疑ってみる必要がある。

田口もいっぱし、目端のきいたワルのつもりだったのかもしれない。それにしても、家族とのオーストラリア旅行を夢見るほど、田口を有頂天にさせた「話し合い」こそが、明くる日の悲劇のプロローグだったことを、田口は少しも疑わなかったのだろうか。

とはいえ、話し合いのあった次の日、周到な計画のもとに、手掛かり一つ残さず、一人の人間を葬り去った犯人の果断ともいうべきやり口には、憎悪よりも驚嘆を感じる。龍満の事件といい、犯人はよほどの手練《てだれ》――おそらく殺しのプロ――であり、それも単独犯ではなく、複数の人間による犯行であることも間違いはなさそうだ。

だが、そういう彼らにも予測しなかった手抜かりはあったのだ。

(名刺か――)

これまで浅見は、常隆寺に渡された名刺のことを軽視していた。名刺などというものはいまはどこでも手軽に作れる。早い話、ワープロでも印刷できないことはない。それだけに田口信雄の名刺は適当に作られたものだとばかり思い込んでいた。

しかし、こうして田口を消さなければならないほどの重要性があったとすると、その名刺は「本物」だったと考えていい。

おそらく犯人は、小松住職に「名刺を」と求められたとき、とっさに田口の名刺を差し出してしまったにちがいない。淡路島の山の中の寺である。よもやそこから足がつくことになるとは、思いもしなかったのか、まったくの軽率か。

いずれにしても、浅見という風来坊が常隆寺を訪れさえしなければ、何事もなかったはずだ。そのことが、彼らの予測を超えた唯一最大の不幸といえる。

浅見は小松住職に電話して、田口信雄の名刺を厳重に保管しておくよう頼んだ。

「すでにご住職の指紋をつけてしまったと思いますが、それ以上は汚さないように、名刺の両端を持つようにして扱ってください」

「分かりました。けど、なんやらおもろいことになってきましたな」

さすがにお坊さんだけあって、度胸が据わっている。

「そんなら、あの名刺はどこへ仕舞っておいたらよろしいかな。金庫みたいなところはかえって物騒やし、いっそのこと、それこそ骨壺にでも仕舞うておきましょうか。骨壺やったら、なんぼでもあるし」

浅見は思わず「あっ」と言った。

「それですね、それがいいです」

「ははは、名案でっしゃろ。龍満はんの骨壺は上等な壺やから、ほかの骨壺の中では目立ってしまうけど、うちにあるのはどれも似たようなふつうの白い壺ばっかしで、区別がつきません。木は森に隠せいいますよってな」

たしかに隠し場所として、骨壺ほど適切なものはないかもしれない。それに寺や骨壺は一種の聖域になっている。龍満が「分骨」を装った意図はそこにあったのか——。

4

足尾署から運んだ「足尾銅山従業員名簿」の、カビ臭い膨大な資料は、浅見のデスクを占領してしまった。

借りて来はしたものの、こうして積み上げた書類の山を見ると、やめておけばよかった——と後悔の念も湧《わ》いてくる。警察がいち早く捜査対象からはずした気持ちが分かるような気にもなる。

とりあえずパラパラとページを繰ってみた。印刷ではなく、原本はインクかボールペンか、古いやつは筆で書いたと思われるものをコピーしている。何代にもわたって、そのときそのときの担当者が記録しているのだろうけれど、どれもなかなかの達筆だ。

それにしても、この名簿を見たからといって、警察でさえも敬遠した「追跡調査」を、個人である浅見にできるはずもない。浅見のような好奇心旺盛《おうせい》というか、要するに物好きな人間でなければ、手を出す気にもなれない代物《しろもの》かもしれない。まったく浅見ときたひには、自分でも呆《あき》れるほど、思いつめたことには拘《こだわ》りつづける男だ。

名簿は所長以下の管理職員の項目と、坑内従事者とを区分けしてある。閉山が近づくにつれて人員数は歴然と減少している。戦後でも最盛期には百ページを超えるものが三分冊もある。従業員数はおよそ一万人ほどであったらしい。

浅見は特別な興味を持って終戦の前後を繙《ひもと》いた。終戦直前には、名簿の中に中国人名と朝鮮人名の多いことが目を引く。朝鮮人名のほとんどを「金本」とか「金村」といった具合に日本人名に書き替えている。そのことが、当時の弾圧や強制の歴史をしのばせて、胸の痛む思いがする。

終戦と同時に、外国人従業員は名簿上からまたたくまに消えてゆく。解放され、自由を求めて母国へと旅立った人々の姿が目に浮かぶようだ。彼らのうちの何人か、あるいは何百人かは、あの仙崎港から故国へ向かう船に乗ったのだろう。

この名簿に記録されていることが、戦後の混乱を記録した長門市史と、決して無関係ではないことも思った。

そうしてまた一枚ページを繰って、浅見の目はその一箇所に釘付《くぎづ》けになった。

足尾銅山診療所顧問　加賀裕史郎

驚くべき発見であった。浅見はしばらく呆然《ぼうぜん》として、その文字の上を何度も視線でなぞった。五十二年前、なんと加賀裕史郎は足尾にいたのだ。

加賀が足尾銅山に在籍したのは、昭和十八（一九四三）年七月から昭和二十年十月までとなっている。ただし、診療所「顧問」という肩書から見て、常駐ではなかったのかもしれない。名簿上で所長の前に位置しているのは、格としては所長の上位だったことを意味するのだろう。当時の加賀はまだ二十七、八歳である。にもかかわらずそのような厚遇を受けるというのは、よほどのエリートだったことの証明といえる。

加賀裕史郎はかつて足尾にいた――。

この降って湧いたような事実が、浅見の頭に重くのしかかった。

かといって、そのことに何か特別な意味があるというわけではない。加賀が半世紀以上も昔にどこに住み、どんな仕事をしていようと、それはそれだけのことだ。

（しかし――）と、浅見はひっかかる。

なぜ足尾なのか――。そして、それと同じような比重で、なぜ長門なのか――が、頭の中の黒い闇《やみ》の奥でかすかな光を点滅させるのである。

龍満智仁が生まれ、森喜美恵が生まれた長門と、田口信雄が殺されていた足尾――そのいずれにも加賀裕史郎がいた。

それはそれだけのことで、特別な意味はないのか。

足尾と長門という二つの土地を結ぶものは、中国人・朝鮮人労働者たちの汗と涙が印《しる》された歴史以外には何もないのか。

いままで思いもしなかった、加賀裕史郎という人物の辿《たど》った「歴史」に対する興味が、浅見の中で急速に膨らんだ。

長門市仙崎に生まれたことと、薬事審議会や脳死臨調の主要メンバーであること——この二つのいわば八十年の歳月を隔てた「点」でしかなかった、加賀裕史郎の軌跡に、終戦前後の足尾という中間点が加わって、「線」の様相が見えてきた。

何の気なしに通りすぎてきたけれど、加賀裕史郎の過去の姿を、おぼろげながら浅見は垣間見《かいまみ》ているのだ。その一つ、「仙崎の玉三郎」こと大原の話によると、龍満智仁の父親・浩三をグリーン製薬に紹介したのは加賀であったということだ。

いったい、加賀と龍満浩三は、いつ、どこで、どのようにして知り合ったのだろう？

龍満浩三が中国大陸で陸軍の憲兵中尉だった頃、加賀裕史郎はおそらく東京の大学病院かどこかにいて、顧問として足尾銅山の診療所の面倒を見ていたと考えられる。

だとすると、龍満浩三と加賀裕史郎の接点は、戦後の仙崎にあった――ということになる。それにしても、大陸からの尾羽《おは》打ち枯らした引揚者である龍満浩三と、医学界のエリート教授である加賀裕史郎が、どのようなきっかけで知り合ったのか、興味というより不思議な気がする。

浅見は例によって毎朝新聞の黒須に頼んで、毎朝のデータベースで加賀裕史郎の経歴を調べてもらった。

加賀裕史郎　一九一六年山口県長門市に生まれる。三八年東京大学医学部を卒業した後ドイツのコッホ研究所に派遣される。戦後四七年からT大医学部助教授、五八年教授、六八年学部長を経て八一年副学部長兼T大病院院長。八八年日本医師連盟会長、九四年同顧問

いかにもエリート医学者らしい輝かしい経歴だ。落ちこぼれ次男坊の浅見の目には眩《まぶ》しいばかりである。

しかし、加賀の経歴の中に足尾銅山顧問の文字がどこにも見当たらないことに、浅見は奇異なものを感じた。そればかりでなく、一九三八年にドイツに派遣されたあと、四七年にT大医学部に勤務するまでのあいだがスッポリと欠落しているのも妙だ。ドイツから帰国したのはいつなのか。その後、何をしていたのか。

このデータには示されていないが、四三年に足尾銅山診療所の顧問になったことは浅見はすでに知っている。それまでの五年間、ずっとドイツにいたとも思えない。

さらにいえば足尾を去った四五年からの二年間はどこで何をしていたのだろう。

戦中、戦後の混乱期——という見方もできるけれど、だからといって、たとえば足尾銅山顧問であったことは事実なのだし、それを記載したからといって、何か不都合があるとは思えない。

それとも、「足尾銅山顧問」と記載しては具合の悪い事情でもあるのだろうか。

(ひょっとすると、「顧問」と記載することが具合が悪いのかな?——)

浅見はふと思った。

「顧問」という言葉は副業的な意味合いを持っている。足尾銅山勤務が「顧問」だったということは、他に本業があることを意味するのではないだろうか。

いくらエリートとはいえ、まだ二十七歳の医学者が「顧問です」とふんぞり返って、楽をしていられるほど、当時の世相はのんびりしたものではない。「一億国民火の玉だ」と威勢のいいスローガンを叫んで、日本中が老いも若きも子供まで、戦争に駆り立てられている時代である。

加賀裕史郎も国策に沿って、それなりに働いたにちがいない。しかも民間企業ではなく、国の施政に関わるような場所に従事していたと考えられる。そうでもなければ、当時の彼の年齢からいって、召集されるか、軍に徴用されるかしていたはずだ。しかし彼の経歴には軍医であったとの記述もない。

国からドイツのコッホ研究所に派遣されるほどのエリート医師ならば、当然、何か重要なポストを与えられていたと考えるのが、ごく当たり前の常識ではないか。

だが、その「ポスト」をなぜか公表していないのだ。

（そうか――）と浅見は思った。

「顧問」であることを公表することによって、では「本業」は何か？　を問われることになるのは具合が悪い。それがあるために、加賀はその当時の経歴をあいまいにしたとは考えられないだろうか。

そう考えると、そのブランクの期間にやっていた加賀の「本業」は何なのかが、ますます興味の対象になってくる。

少壮気鋭のエリート医学者が、国の施策に則した「本業」に従事して、しかもそれが公表を憚《はばか》るような性質のものであるとしたら、それはいったい何か？——

想像が深まるとともに、浅見はしだいに不気味な予感が漂い始めるのを感じた。このセンを追いかけて行くと、得体の知れぬ暗黒の世界へと迷い込みそうな予感だ。

ことによると、龍満智仁も田口信雄も、その暗黒の世界に踏み迷ったために、ああして非業の最期を遂げることになったのかもしれない。

（どうする？——）

浅見は自分に問いかけた。しかし実際は問うまでもないことは分かりきっている。いつの場合だって、浅見は途中から引き返すような真似のできない男なのだ。

帰宅の遅い兄を廊下でつかまえて、「話があるんだけど」と言った。

「そうか、あとで書斎に来い」

刑事局長は弟の顔つきを見て、何も聞かずに即座に応じた。

「加賀裕史郎の経歴を調べてもらいたいのですが」

風呂《ふろ》上がりの浴衣《ゆかた》姿に寛《くつろ》いだ陽一郎を、追いかけるようにして書斎に入るやいなや、浅見は言った。

「加賀裕史郎？　というと、前医師連盟会長の加賀氏か」

「そう、薬事審議会の臨床試験倫理問題特別部会の座長でもあります」

「ふーん、その加賀氏がどうかしたのか」

「これを見てください」

浅見は例の加賀の経歴書を拡げた。

「一九三八年から四七年までの経歴が欠落しているでしょう。この間に加賀氏は何をしていたのかを知りたいのです」

「なるほど……」

陽一郎はじっと経歴書を見て、視線を天井に向けて、しばらく考えてから言った。

「これは僕個人の想像の域を出ないから、ここだけの話にしてもらいたいが、たぶん軍の関係だろうね。常識的に考えられるのは、戸山の陸軍軍医学校あたりかな」

「軍医学校……それだったら、何も伏せる必要はないじゃないですか」

「ああ、そうだね、それだけだったらね。ところが、そこには『防疫研究室』なるものも置かれていた」

「何なのですか、それは？」

「例の731部隊だ」

「ああ、細菌戦のあれですか」

悪名高い「731」部隊のことは、「悪魔の飽食シリーズ（森村誠一著、角川文庫）」などでよく知られている。戦時中、中国大陸で毒ガス兵器や細菌兵器を開発するために行なった人体実験で、多くの中国人を虐殺したといわれる。

「防疫研究室というのは、731部隊のいわば分室のようなものであったらしい。一九八九年の七月に、新宿区戸山の元陸軍軍医学校跡から、およそ七十体におよぶ人骨が発見された。それが731部隊の犠牲者ではないかという説があった」

「本当ですか？」

「いや、本当かどうかは分からない。厚生省も新宿区も、調査を拒否したまま、処理されたのじゃないかな」

「警察は何もしなかったのですか？」

「一応は牛込署で調査はしたが、どの人骨もすべて二十年以上は経過しているため、警察の捜査にはなじまないという結論だ」

「なじむとか、なじまないとか……とにかく人骨が大量に出たのでしょう？」

「しかし、一定以上の年数を経たものに対しては、そういう扱いになる。たとえば、小塚原の処刑場跡で人骨が出たとしても、やはり捜査の対象にはならないだろう。さらにいえば、ネアンデルタール人の骨を警察が調べるわけがない」

「それはそうですけど……」

浅見は絶句した。

「まあ、そんな冗談はともかくとしてだ」

兄は弟を宥《なだ》めるような口調になった。

「戸山の人骨については、いろいろな説があった。旧731部隊の隊員同士でも、意見が異なった。ある元隊員は『実験で殺した中国人捕虜を解剖した。臓器を切り分けた後、近くの飛行場から日本に送ると聞いた』と証言したが、同部隊の元軍医少佐は、『わざわざ日本に送ることはありえない』と、はっきり否定しているのだ」

「しかし、どこからどうやって送りこまれたにしても、そこに死体があったことは事実じゃないですか」

言いながら、浅見は（あっ——）と思いついた。言葉にはしなかったが、表情に出たらしい。

「ん？　なんだ、どうしたんだい？」

「いや、ちょっと思いついたことがあったもんで……」

「思いついたとは、何を？」

「現実にそこに死体が七十体もあって、中国から送られたものでないとしたら、日本国内のどこかから送られたということになるんじゃないですか」

「ああ、それで？」

「当時、日本のあちこちで、中国人や朝鮮人が強制労働に従事させられていましたね。たとえば、炭鉱だとか、銅山だとか、松代大本営とか。そこで死んだ人たちを集めたとは考えられませんか」

「それはまあ、ありえないことではないかもしれないが、しかし、それに何か意味があるのかね」

「栃木県の足尾銅山に、戦時中、大勢の中国人、朝鮮人が強制連行され、坑内労働に従事しているけれど、過酷な労働条件だったことから、中国人だけでも百何十人という殉難者を出してます」

「うん、それで？」

「その足尾銅山診療所に、終戦を挟んで三年間、加賀裕史郎氏が顧問として勤務していたんですよ」

「ほう……」

何でも知っているような陽一郎が、驚きで目を丸くした。

「ちょっと待って」

浅見は自室に戻って名簿を持ってきた。加賀裕史郎の名前を見ると、陽一郎はいっそう驚いた。

「おい、こんな物がどうしてきみのところにあるんだ」

「いや……」

兄の射るような視線をまともに受けて、浅見は狼狽《ろうばい》した。

「足尾銅山史を書いているんです。その過程でこの名簿を調べていたら、加賀の名前にぶつかって……」

「それで加賀氏に興味を抱いたというわけかい？」

「まあそうです。加賀裕史郎は時の人ですからね。その名前を見つけて、ちょっとびっくりしただけです」

「本当にそれだけか？」

「ん？」

「きみの目的はそれだけかね」

「そうですよ」

「ふん、それだけのことで、加賀氏の経歴を調べ、疑問を持つものかね」

「まあそうです。だけど、何でも調べてみるもんですね。加賀の経歴に欠落した部分があるのが分かったし、その理由もうすうす分かってきました」

「どう分かったんだい？」

「要するに、加賀は足尾銅山時代のことは知られたくないんですよ、きっと。足尾時代によほどひどいことをやったにちがいない」

「…………」

浅見は兄の反応をしばらく待ったが、陽一郎は沈黙を守った。

「いままではぜんぜん分からなかったけど、兄さんに戸山陸軍軍医学校のことと防疫研究室の話を聞いて、何となく事情が飲み込めてきました。どうやら戸山から人骨が大量に出たことと、足尾銅山で中国人労働者が大量に死亡したこととが結びつきそうですね」

「おい……」

陽一郎は喉《のど》に何かからまった、老人のような声を出して、弟を制した。

「その話はやめておけ」

「どうしてですか。想像するのは自由だし、それに、もしその想像が当たっているとすれば、加賀には真相を話す義務があります」

「分かったから、その話はもうやめろよ。それより、いま書いている足尾銅山史というのは、どこで出版するんだい」

「えっ、ああ、それはあれですよ、いつもの『旅と歴史』です」

「ふーん、どういう書き方をしているのか、原稿を見せてくれないか」

「いいですよ、出来上がったら見せます」

「いや、いま書いているところまででいいから、見せたまえ」

「だめだめ、見せられるほどじゃないし、それに、まだワープロからプリントアウトしていないし」

「じゃあ、ワープロの画面で見よう」

陽一郎はスッと立ち上がった。

浅見は坐《すわ》ったまま、苦笑して言った。

「分かりましたよ兄さん、嘘《うそ》ですよ」

「ふん、そうだろうな」

陽一郎は皮肉な目で弟を見ながら、椅子《いす》に腰を下ろした。

「何を企《たくら》んでいる？」

「べつに」

「隠すことはないだろう。私もきみに加賀氏の経歴を教えたじゃないか」

「それはそうだけど……とにかく何でもないんです。少なくともいまのところは」

「いまのところは、か……まあいいだろう、これ以上は訊くまい。被疑者を調べるようなわけにはいかないからな。しかし光彦」

兄は気づかわしそうな目になった。

「もしいまの話、731部隊がらみのことに首を突っ込んでいるのだとしたら、いますぐ止めろよ。その話はすでに何人もの作家や学者たちが手がけて、語り尽くされたようなものだ。いまさら生半可な知識でつついてみたところで、一顧だにされない」

「分かってますよ、そんなこと。第一、僕にはそんな大それた考えも能力もないし」

「じゃあ、きみが追いかけているのは、別のことか」

「何も追いかけてなんかいませんて」

「どうしてそう隠すんだ？」

陽一郎はいっそう憂いを深くした表情で言った。

「どうも危険だな。きみがそんなふうに隠したがるときには、何か企んでいる証拠だ。加賀裕史郎氏と足尾と、何があるんだ？」

「心配しなくても大丈夫。僕は臆病《おくびょう》ですからね、無茶なことはしませんよ。とにかく兄さん、ありがとう。参考になりました」

浅見は頭を下げて腰を上げた。

「お休みなさい」

とドアを出る弟の後ろ姿が消えた後も、刑事局長がしばらくじっと視線を動かさなかったことを、浅見は知らない。

第六章　繁栄の系譜

1

　十一月十二日、都内Qホテル太平の間で「加賀裕史郎先生の傘寿《さんじゅ》とグリーン製薬株式会社創立五十周年を祝う会」が催された。招待客には国会議員、厚生省事務次官、大学学長、銀行頭取、保険会社社長、医師連盟理事、薬品工業会理事等々、政界、財界、学界、医薬業界のお歴々が顔を揃《そろ》え、参会者は延べ二千人を超えた。

　注目されたのは、加賀裕史郎とグリーン製薬が合同しての「祝う会」であった点で、むろんこれはグリーン製薬側のお膳立《ぜんだ》てになるものだ。グリーン製薬にしてみれば、いまや医薬業界全体に君臨する加賀前日本医師連盟会長・顧問との、緊密な関係をアピールする狙《ねら》いがあったことはいうまでもない。

　グリーン製薬会長の真藤誠一は、冒頭の挨拶《あいさつ》の中で次のように述べた。

「加賀先生にはわが社創立当初より多大なご尽力を賜り、先生なくしては今日のわが社の繁栄はありえなかったのであります。戦後の混乱期にいちはやく再生日本の旗手として、わが社が産声を上げることができましたのは、ひとえに加賀先生のご指導の賜物《たまもの》でありまして、そのご恩のほどは永遠にわが社創業の歴史に刻まれつづけるものであります」

日本の株式上場製薬会社の中では大日本製薬がもっとも古く、創立百周年を迎えているが、戦後創立第一号はグリーン製薬であった。たしかに真藤会長の言ったとおり、食う物もないような時代に会社を設立できたのは、加賀裕史郎のなみなみならぬ尽力があったればこそというのは間違いない。

したがって、グリーン製薬五十周年よりも、むしろ加賀裕史郎の傘寿を祝う色合いのみが濃いパーティになった。加賀につぎつぎに贈られる祝辞の中で、とくに目立ったのは移植学会理事のものだ。

「加賀先生のお蔭《かげ》をもちまして、臓器移植法案成立のめどがついたも同然であります」

現在、法案作りが最終段階を迎えたばかりのところとあって、これはいささか早すぎる発言だったが、会場からはヤンヤの喝采《かっさい》が浴びせられた。

これに関連して――と、グリーン製薬の江尻《えじり》社長が急遽《きゅうきょ》ステージに上って、このほど開発された免疫抑制剤が、中国をはじめ東南アジア各国市場でほぼ独占的なシェアを獲得したことを発表した。免疫抑制剤そのものは使用量も高が知れているし、経済的メリットは大したものではない。しかし企業のイメージアップという面では大きく貢献する効果はある。その証拠に、集まった記者たちはあまり深い事情も知らないまま、江尻社長のコメントをちゃんとメモしていた。

その報道陣の中に浅見光彦もまぎれ込んでいた。踏み台ほどの小型の脚立を立てて、その上に乗って望遠レンズで加賀裕史郎の姿を追いつづけた。加賀に接近する人々の顔もカメラに収めている。

客の多くは男で、それも各業界の幹部クラスという顔ぶれが目立つ。やや若い層は医師や官僚といったところか。女性もその年代がほとんどで、若い女性はコンパニオンばかりといってよかった。

ファインダーの中でアップで見ると、加賀が八十歳とは思えないほど若いことに驚かされる。顔の色艶《いろつや》もいいし、目の輝き、喋《しゃべ》り方、身振り手振りの忙しいこと、どれを取っても「現役」の迫力を感じさせる。

パーティには加賀の一族も参加していた。長男も次男も、ともに医学博士で、長男はすでにK大学外科部長を務めている。長女はグリーン製薬常務、次女は厚生省エリートの夫人に納まり、十五人いる孫の中の男二人は医者の卵、女二人は政治家と銀行家の子息に嫁いでいる。曾孫《ひまご》もすでに二人。それぞれが新たに創りだす人脈は際限なく広がり、まさに加賀一族の繁栄は数代先まで約束されているような勢いだ。

接近する客の中には、代議士や厚生省事務次官など、写真やテレビで知っている顔もあった。彼らが一様に加賀に対して腰の低いのは、単にお祝いの意味だけとは思えない。加賀が業界はおろか政官界にまで、強い影響力を発揮していることが推察できる。

浅見はなんとか加賀に接近して、直接コメントを求めたいと思ったが、加賀の周囲はたえず数人の客が囲み、ボディガードとおぼしき男も目を光らせていて、チャンスは巡ってきそうになかった。

宴たけなわの頃、ホテルの従業員が祝電を運んできて、司会者がステージ上でその紹介をした。最初のは厚生大臣からのもので、これは型通りに加賀の傘寿を祝うメッセージであった。

「次に加賀先生のご出身地でありますところの、山口県長門市の市長さんでいらっしゃる湯本聡一《そういち》様より頂戴《ちょうだい》した祝電です。『加賀裕史郎先生の傘寿を心よりお祝い申し上げ、いっそうのご活躍を祈念いたしますとともに、加賀医学研究所の実現を、一日千秋の思いでご期待申し上げております』ということであります」

ワーッと拍手が湧《わ》いた。司会者は「加賀医学研究所」についての補足説明を施したが、それは蛇足というべきで、加賀が自分の名を冠した施設を、いわば故郷に錦《にしき》を飾るつもりで長門市に建設することを計画し、関係団体などから寄付を募っていることは、この場にいる者なら誰でも知っている。ほとんどが好き好んで寄付するわけではないから、なかばやけっぱちのように歓声を上げた。

司会者が電報の束の中から、目ぼしいものを選び出して、「もうお一方ご紹介させていただきます」と言った。

「この祝電は栃木県知事の石森……様より頂きました。『加賀裕史郎先生の傘寿おめでとうございます。先生は足尾銅山時代から本県とは長いお付き合いで、県民の一人として、本日の慶事はまことに喜ばしく、謹んでお祝い申し上げるしだいです』とのことですが、先生、足尾銅山時代といわれますと、どのような？……」

加賀に水を向けた司会者の視線を、加賀は不愉快そうに右手で払いのけた。「やめろ」という意思表示なのだが、司会者は意味が分からず、「は？」と首を突き出した恰好《かっこう》で、当惑ぎみに立ち往生している。

加賀は側近の男に耳打ちをし、側近が司会者のところに飛んで行って、何かを囁《ささや》いた。司会者は不得要領な顔で、尻切《しりき》れとんぼの挨拶をした。

「以上で祝電のご紹介を終わります。どうぞひきつづきご歓談のほうを……」

その間の加賀を、浅見は表情の細かな動き一つまで見落とさなかった。不快感と嫌悪感と、それにかすかな恐怖の色が、たしかに加賀の顔には浮かんだと思った。

（それにしても――）と、浅見はふと疑問を抱いた。

栃木県知事がなぜ足尾銅山時代の加賀を知っているのだろう？――

加賀の経歴の中から足尾銅山時代の部分が欠落していることは、すでにこれまで調べたとおりだ。おそらく、例の名簿以外では、足尾銅山との関わりを示す記録はないと考えられる。

（ん？　石森と言ったか――）

何気なく聞いていた司会者の言葉が、耳朶《じだ》に蘇《よみがえ》った。

浅見はステージを下りた司会者のところに急いで、何となくしおれた様子で引き下がろうとする背後から声をかけた。

「すみませんが、栃木県知事さんのお名前は何とおっしゃるのか、教えてください」

司会者はつまらなそうに祝電を拡げた。

「えーと、石森……何と読むんですかねえ、里に織るって書くんですが」

「さおり……ですか」

「そうですかね？　それだと、まるで女性みたいですが」

司会者は首を傾げている。

「ちょっと拝見」

浅見は軽く会釈して、司会者の手から電報を受け取った。慶祝用のいささか大げさすぎるカバーに納まった電報だ。

その祝電を、脇《わき》から出た手がさらうように取った。浅見が振り向くと、さっきの加賀の側近と思われる男だ。四十歳前後だろうか。長身でがっしりしたタイプは、秘書というよりはボディガードを思わせる。

「この電報は戴《いただ》いてよろしいですね」

ドスの利いた声で司会者に言い、浅見の顔をジロリと睨《にら》みつけた。

「どうぞどうぞ」

司会者は残りの祝電の束をすべて差し出した。それを受け取ると、男は浅見に向き直って、「あなたは？」と訊《き》いた。

「取材の者です」

「どちらの社です？」

「いえ、僕はフリーの人も入ってたかな？　それで、何をしていたんです？」

「ふーん、フリーです」

「栃木県知事さんの名前が分からなかったもんで、お聞きしていました。石森里織さんとおっしゃるのだそうですね。女性みたいな名前だと、いま司会者の方と話していたところです」

「そうですか」

疑わしい目を、スッと外して、黙って行ってしまった。

しばらく遅れて、客の一人が司会者に近づいてきた。「さっきの電報だけど、栃木県知事の名前は石森じゃないですよ」と言っている。

「あ、そうなんですか。しかし電文にはたしかに石森里織さんと書いてあったのですがねえ。そうですよね？」

司会者は浅見に同意を求めた。

「ええ、僕も確認しました」

「それはおかしいな。ちょっと見せてくれませんか」

客は言ったが、すでに加賀の秘書に電報が渡ってしまったと聞いて、あっさり諦《あきら》めたらしい。人込みを縫うようにして、元いた方向へ戻って行った。

浅見はひそかに興奮した。

「石森里織」がついに現れた——。

祝電の意図は明らかに加賀への威嚇である。「おまえさんの過去を知っているよ」という意思表示は、加賀にしてみれば、いやがらせの域を超えているにちがいない。

それにしても「栃木県知事」の名を使うとは、なかなかのアイデアだと思った。この手の祝電のほとんどは紹介されないまま、宛先人《あてさき》の手に渡される。現に司会者は、祝電の分厚い束の中から三通だけを選んで紹介している。大臣と市長と知事なら、誰もが納得する選択であったろう。

しかも内容はべつに怪しげなものではなかった。足尾時代の「秘密」を知らなければ、さりげなく聞き流してしまうだろう。とはいっても、これだけ大勢の記者たちがいるのだから、中には(足尾銅山時代とは?)と興味を抱く人間も出てくるかもしれない。それだけに、加賀をヒヤリとさせるには十分すぎるくらいの効果はあったはずだ。

浅見はそれからもずっと加賀を観察しつづけていた。ところが加賀に接近する報道関係者らしき者は現れる様子がなかった。

むろん、加賀の身辺にはボディガードがいて、接近する者がいれば排除する仕組みになっているのだろうけれど、それらしい騒ぎも起きない。誰一人として「足尾銅山時代」に興味を抱かないのだろうか。

これは驚くべきことだった。ここにいる報道関係者は、いわゆる「御用記者」であって、加賀の提灯《ちょうちん》持ち記事を書くしか能のない連中なのか。

入れかわり立ちかわり挨拶《あいさつ》する客たちに、満面の笑みを浮かべ、得意げに振る舞う加賀裕史郎を眺めていて、浅見はだんだん腹が立ってきた。加賀に対してもだが、ただ漫然とパーティに参加しているつもりとしか思えない、記者連中の鈍感さに腹が立った。

浅見は脚立を下りて、真一文字に加賀めがけて歩み寄った。距離は三十メートル、かなりアルコールの回った客たちが、声高に歓談しているあいだを突っ切るように進む。

寸前でボディガードが気づいたが、そのときは浅見は加賀の目の前にいた。

「先生、足尾銅山時代というのは、いつごろのことなのでしょうか？」

カメラを首から下げ、メモ帳とシャープペンシルを構えた恰好は、いちおう取材記者らしくサマになっている。

加賀の顔から笑いが消えて、醜悪な老人の素顔が残った。

「なんだね、きみは」

甲高い声で言って、ボディガードに目配せをした。

「あんた、困るよ」

ボディガードが浅見の腕を摑《つか》んだ。

浅見は構わず肉薄した。

「やはり、戦中の強制労働時代のことなのでしょうか？」

加賀は浅見の目前、一メートル足らずのところにいた。口を真一文字に結んで、こっちを睨みつけている。

「龍満浩三さんとは、どういうお知り合いだったのですか？」

ボディガードに腕を預けたままで、上半身をさらに近づけたとき、加賀は手を伸ばして浅見の胸を突いた。八十歳の老人とは思えない迫力だ。

「知らんよ、そんなものは」

反転して、背後にいる人々のあいだをすり抜けるようにして去った。

浅見は後ろ姿にカメラを向けた。

「やめろ！」

ボディガードがそのカメラに手をかけ、引っ張った。掴まれた腕にもいっそう力がこめられたが、浅見には加賀を撮る気も追う意志もなかった。加賀の動揺をこの目で確かめただけで十分だった。

しかしボディガードにしてみれば、そのままでは済ませられないことだったにちがいない。浅見の腕を放さずに、もう一方の手でカメラを掴んで、犬の首輪を引きずるような恰好でドアに向かった。周囲に客たちがいなければ、その場で首を絞めかねない形相だった。それでも、さすがにただならぬ様子に気づいて、何人かの客は眉《まゆ》をひそめて二人の後を見送った。

会場を出て、受付のテーブルのある脇まで行くと、ボディガードはようやく浅見を解放した。この辺りも間欠的に人の往来があるから、あまり手荒なことはしないだろう。

「あんた、名前は？」

ボディガードは刑事の口調で誰何《すいか》した。実際、警察官上がりかもしれない。

「あなたのお名前は？」

浅見は負けずに訊いた。

「自分は……いや、こっちのことはいい。あんたはどこの誰なのか、そうだ、名刺をもらっておこうか」

「名刺は持ってきていません。名前は田口信雄です」

「田口……なに？」

ボディガードは一瞬ひるんだが、それを覆い隠すように険しい表情を作った。

「ふざけたことを言うな」

「なぜですか？　田口じゃいけませんか」

「この……」

野郎――と出かかった声を飲み込んだ。近くを招待客が通りかかった。

「何を企《たくら》んでいる？」

「べつに、ただ真相を知りたいだけです」

「真相？　何の真相だ」

「なぜ死ななければならなかったか」

「なにっ……」

ボディガードの目の光が急に弱くなって、素性の知れぬ薄気味悪い物を見るように、眉をひそめた。

「死んだって……あんた、誰のことを言ってるんだ？」

「田口信雄、龍満智仁、それから、名もない多くの者たち……」

喋《しゃべ》っているうちに、浅見は心底、怒りがこみ上げてきた。明石のフェリー乗り場で会った龍満の顔や、写真でしか知らない田口、それに旧陸軍軍医学校跡地から出た無数の骨たちの幻影が脳裏に浮かんだ。

ボディガードはわずかに後ずさった。

「あんた、何を言ってるのか知らんが、とにかく帰ってもらおうか」

「分かりました」

浅見は一礼して会場に向かいかけた。

「おい、出口はあっちだ」

「分かってますよ。忘れ物を取りに行くだけです」

会場内に置いてきた脚立を取って戻ってくると、ボディガードは携帯電話を使って、どこかと連絡を取っている。

浅見は素知らぬ顔で彼の前を通過した。

ソアラを駐《と》めてある地下駐車場へ行きかけたが、思い直して玄関へ出ることにした。思ったとおり、ドアのガラスに尾行の男が映っている。

浅見は玄関前からタクシーに乗った。

尾行の男はタクシーのナンバーを控えていた。後で照会して、客をどこで降ろしたか調べるつもりなのだろう。浅見は街をひと回りして、尾行のないのを確かめてからホテルの近くに引き返し、そこで車を降りて、地下駐車場に入った。

2

帰宅すると須美子が待ち構えていた。

「坊っちゃま、お電話がありましたよ。青木さんておっしゃる方から」

「青木……どこの青木さん？」

「女性の方ですけど」

知ってるくせに――という顔だ。どうも相手が女性となると、番犬以上に猜疑《さいぎ》心が強くなるのが、彼女の唯一の欠点だ。

「イントネーションが関西の方みたいでしたけど」

「あっ、青木美佳さんか。そう、電話してくれたのか……で、用件は？」

「お電話くださいっておっしゃってました。これが電話番号です」

まるで不潔な物を摘《つま》むようにして、メモを差し出した。

「ありがとう」

浅見は須美子のデリケートな感情を無視して、電話に向かった。ベルを六度鳴らしてから、ようやく受話器がはずれた。

「はい」と、表情のない声が聞こえた。

「もしもし、青木さんのお宅ですか？」

「あの、どちらさんですか？」

用心深い問い方だ。

「浅見です、東京の浅見といいます」

「あっ、浅見さん。ごめんなさい、ときどきいたずら電話があるもんやから」

霧が晴れて、朝日が覗《のぞ》いたような明るい声になった。

「お電話いただいたそうで」

「ええ、すみません、夜分にお電話なんかして」

「いや、僕のほうはいっこうに構いません。たったいま戻ってきたところです」

「でも、さっきの女の方……あの、お手伝いの方ですか？」

「は？　ああ、まあそうです」

「なんだかお気を悪うしてはったみたいで。あ、そうそう、あの方が言うてはりましたけど、浅見さんは、坊っちゃまなんですね。坊っちゃまはまだお出かけです、言うてはりました」

おかしそうに笑いを堪《こら》えている。

「そんなことより、ご用件は何ですか？」

浅見は憮然《ぶぜん》として言った。

「すみません。あの、森喜美恵さんから連絡がありました」

「えっ、いつですか？」

「そちらにお電話する、ほんの少し前です。九時頃やったかしら」

「彼女、どこにいるんですか？」

「それは分かりません」

「なんだ、訊《き》かなかったんですか」

「そんなふうに怒らんといてください。私かて訊いたんですけど、教えてくれへんかったのですもん」

「あ、いや、怒ってるわけじゃありません。すみません、つい焦って……それで、森さんとはどんなことを話したんですか？」

「森さんはこっちの会社の様子なんかを訊いてはったくらいで、ほとんど何も言うてませんでしたけど、私は浅見さんから聞いた、龍満さんの事件のこと、森さんが関係してはるんやないのいうことを話しました」

「ほう、それで、どうでしたか？」

「彼女、ちょっとびっくりしてはったみたいでした。浅見さんの言うてはったことがほんまか間違うてるかは言わんかったけど、浅見さんが龍満さんや田口さんの事件を調べてはることを話したら、森さんはすごく真剣な声で、その人どういう人って訊かれました。そやから、これこれこういう人で、若くてハンサムでかっこいい人や言うて、浅見さんの住所も電話番号も教えました。それでよかったんでしょうか」

「もちろん、もちろん結構ですとも。いや、若くてハンサムは余計ですけどね。じゃあ、森さんは僕に電話してくれるんですね」

「さあ、それは分かりません。たぶん、電話するんやないか、思いますけど」

「分かりました、じゃあ、そのつもりで電話を待つことにします。どうもありがとうございました」

受話器を置いて、浅見は本当にそのまま電話の前に坐《すわ》り込んだ。

しかし、森喜美恵からの電話が入ったのは、それから数日後のことであった。

その間に浅見は、所轄の滝野川警察署の鑑識課に頼んで、カメラの指紋を採取してもらった。滝野川署とはいろいろな因縁で親しい関係にある。先方も刑事局長の弟と承知しているから、本心はともかく、いやな顔はしない。もっとも、浅見の目的に疑惑を抱いたことは間違いない。「誰の指紋ですか?」「何かの犯罪のからみじゃないんですか?」としつこく訊かれた。

その結果、浅見自身の指紋とは異なる指紋が、いくつか採取できた。ほかに考えようがないから、例のボディガードの指紋に違いない。

その一方で、浅見は常隆寺の小松住職宛《あて》に、パーティ会場で撮ったボディガードの写真を送るとともに、保管してある名刺を送ってくれるよう頼んだ。小松は手紙を受け取ると同時に、折り返し電話で、「この写真の男に間違いない」と言ってきた。あとは送られてくる名刺の指紋を照合して、証拠固めをする作業だけだ。

そしてその夜、「金子みすゞ」のレポート原稿を書いているところに須美子が「坊っちゃま、お電話」と呼びにきた。例によってご機嫌が悪いから、女性からの電話であることは分かった。

「タツミさんておっしゃってます」

そう言うので、龍満未亡人からだとばかり思って受話器を取ると、「森といいます」と関西訛《なま》りの声が聞こえた。

「あっ……」

浅見は一瞬、息を呑《の》んだ。

「お待ちしてました。よく電話してくれましたね」

「ええ、どないしよう思いましたけど、美佳――青木美佳さんから、信頼できる人やないかしら言われて、いちど、お電話だけでもさせてもらおう思うて」

「それはありがとうございます。しかしどうでしょう、電話ではなんですから、お会いできませんか」

「いえ、それはだめです。信頼できるいうても、そこまでは……それに、私みたいな者と会えば、あなたにも危険なことが起こるかもしれません」

「しかし、森さん独りではもっと危険でしょう。それに、あの程度のことでは効果があるかどうか分かりませんよ」

「は？　あの程度のこと言いますと？」

「ほら、このあいだのパーティの電報です。栃木県知事からの」

「あっ……」

森喜美恵は驚愕《きょうがく》の声を発した。

「そうやったんですか、そしたら、もしかすると、あの人が浅見さんやったんですか」

「えっ？」

それには浅見のほうが驚かされた。

「僕のことを知っているんですか？」

「ええ、見てましたから。加賀……前医師会長のところにインタビューに行きはって、つまみ出された。あれが浅見さんやったんでしょう？」

「そうですけど……じゃあ、あのとき森さんも会場にいたんですか？」

「はい、いてました。お客さんみたいな顔をして、しっかり見物させてもらいました」

「驚いたなあ。しかし、そんなことをして、素性がバレるおそれはなかったんですか？　会場にはグリーン製薬の社員だって大勢きていたでしょう。顔を見られたらどうするつもりだったんですか？」

「大丈夫ですよ。ああいうパーティには大阪支社からはおエライさんしか出て行かへんし、私みたいな経理課でひっそりしとった人間なんか、誰も知りません。それに、女はうまく化けますよって」

森喜美恵は小さく笑った。自分よりよっぽど胆《きも》の据わった女性だ――と、浅見は感心した。

「森さんはいま、どこにいるんですか？」

「さあ、それは言えません」

「しかし、僕に電話してくれたからには、何か目的があるのでしょう？」

「それも分かりません。とりあえずお電話させてもろうただけで、この先どないするんか、決めてません。けど、あのパーティでの浅見さんを見てますんで、美佳の言うてたことはほんまやいうことは分かりました」

「ということは、僕を信用はしてくれたのですね」

「ええ、頼りになるお人や思います。あのとき、会長のところに足尾銅山のことを問いただしに行きはったのは、あんだけ大勢の記者たちがおる中で、浅見さん一人やったんですもん」

「そのことですが、あなたが足尾銅山時代の加賀氏のことを知ったのは、どうしてなのですか？」

「さあ、なんででやろかしら」

喜美恵は面白そうにはぐらかした。

「やはり、龍満智仁さんから聞いたのですか？」

「さあ」

「あの骨壺《こつつぼ》に、その秘密が隠されているのですか？」

「…………」

返事はないが、電話の向こうの驚きの気配は伝わってくる。

「その秘密を脅しのタネに使って、いったい何をしようとしているのですか？」

「…………」

「まさか恐喝をしようというわけではないでしょうが、とにかく、あなたが何を考え、何をしようとしているにしても、非常に危険であることだけは認識したほうがいいですよ。現実に、龍満さんも、それに田口さんも殺されたのですからね」

「…………」

あまりにも長い無言状態に、浅見は不安になった。

「もしもし、もしもし、森さん、そこにいるんですか？」

「おりますわよ」

暗く沈んだ声が答えた。浅見は針にかかった獲物を放すまいとして、喋《しゃべ》った。

「常隆寺にあなたが骨壺を取りに行った直後、田口さんの名前を騙《かた》った男が、やはり骨壺の受け取りに行っているんです。いまもその骨壺を狙って、あなたを探しているはずです。龍満さんたちを殺したのも、その男と考えていいでしょう。きわめて危険です。一刻も早く警察に届けるべきだと思いますが」

「浅見さん」と、喜美恵は憂鬱《ゆううつ》そうな声で訊いた。

「浅見さんはなんでそんなに詳しゅう知ってはるんですか？　骨壺のこともそうやけど、足尾銅山のことかて、私のことを言う前に、浅見さんがなんで知ってはるんか、そのほうが不思議やわ」

「それは調べたからですよ」

「そうかて、警察でも知らんようなことをどないして調べはったんですの？　そもそも、私のことを知ってはるいうんも不思議やわ。どうやって調べられたんか……石森里織いうんが私やいうことがなんで分かったんか、ぜんぶ不思議としか思えません」

「もっといろんなことを知ってますよ。あなたの生い立ちのことから、大阪の守口時代、泉大津時代。それから、お父さんのことだとか……」

「やめてください！」

甲高く鋭い声が耳朶《じだ》を打って、いきなりガチャンと電話を切られた。

（しまった――）と思った。

すこし刺激が強すぎたらしい。こっちの優位性を誇示して、彼女の信頼を取り込もうとしたのはいいが、いささか性急だったかもしれない。

それにしても、父親のことを持ち出したとたんの、喜美恵の強烈な反応の仕方には驚かされた。父親の問題に関して、森喜美恵にはよほどのコンプレックスがあることは、これではっきりした。

受話器を抱えて、ずいぶん長いことボーッと突っ立っていたらしい。須美子がキッチンのドアから心配そうな顔で、こっちをじっと見つめているのに気づいて、浅見は慌てて受話器を置いた。

「坊っちゃま、なんだかお気の毒……」

須美子は泣きだしそうな顔で言った。

「おいおい、それはどういう意味だい？」

「だって、邪険にされたのでしょう？」

「ははは、勘違いするなよ」

笑ったが、説明するのも億劫《おっくう》なので、早々に自室に引き揚げた。

喜美恵があのパーティ会場にいたということは、さすがの浅見も予想していなかった。しかし考えてみると、自分の出した電報の効果を確かめる意味からいえば、彼女がそうしたのも頷《うなず》ける。

いったい森喜美恵の「狙《ねら》い」は何なのだろう？

さっきの電話の様子からいって、龍満と田口が殺された事件の背後に、加賀裕史郎の存在がある――と喜美恵が考えているらしいことは分かる。しかも、その殺人事件は、どうやら例の骨壺の「秘密」を巡って発生したものであるらしいことも、しだいにはっきりしてきた。

しかし、かりにそうだとして、喜美恵の企《たくら》みがいまひとつ分からない。もしその骨壺に隠された「秘密」によって、犯罪者たちの尻尾《しっぽ》を摑《つか》んでいるのなら、警察に彼らを告発しそうなものだ。それをしない以上、やはり彼女の目的は加賀に対する恐喝であるとしか考えられない。

浅見は、田口信雄が彼の妻や子に「オーストラリア旅行」を約束したことを思い浮かべた。借金で苦労していた田口が、にわかに陽気になってオーストラリア旅行を言い出したのは、それに見合う金の入る目処《めど》があったからにちがいない。そして次の日、田口は殺された。

森喜美恵が田口の轍《てつ》を踏まないという保証はない。そのことは彼女自身、十分承知しているはずだ。だから必要以上に用心深く行動している。「信頼できる」と思いながら、浅見との接触を避けるほどだ。その危険を冒してまで、喜美恵はいったい何をしようとしているのだろう？

ここに至っても、浅見は森喜美恵に対して「恐喝者」というダーティなイメージを抱く気分になれずにいる。彼がフェミニストだからということがあるにしても、これまでに得た喜美恵に関するデータからは、そういうイメージが湧《わ》いてこない。

浅見はワープロの画面に、事件の「成り立ち」を打ち込んでみた。

事件の発端は――と考えて、とりあえず九月十日の「南条踊り」を設定した。

九月十日、龍満智仁と森喜美恵は長門市の赤崎神社で古川麻里に目撃されている。そのときか、少なくともそのときまでに、彼らのあいだで「骨壺」のことが話し合われたと考えられる。

翌九月十一日、龍満と明石海峡フェリー乗り場で会った。その日、龍満は常隆寺に骨壺を納めに行っている。

九月十六日、龍満は自宅前の駐車場で刺殺される。

その数日後、森喜美恵は白谷ホテルを退職し、行方をくらます。

九月二十四日、田口信雄が龍満の初七日に訪れ、龍満夫人から骨壺の話を聞く。

九月二十五日、森喜美恵が常隆寺を訪れ骨壺を持ち去る。

九月三十日、「田口」を名乗る二人連れが常隆寺を訪れたが、遅きに失した。

十月一日、常隆寺の小松住職が右の話を電話で報告してくる。そのことをすぐに龍満夫人に伝え、真偽のほどを確かめる。龍満夫人はすぐ田口に電話して、その事実がなかったことを確認する。

十月二日、田口は自宅で「オーストラリア旅行」の話をしてはしゃぐ。

十月三日、田口は殺害された。

十月六日朝、田口は足尾町の谷川で死体となって発見される。

以上が事件に関連する人々の動きを、時系列で追ってみたものだ。

この中で特筆すべきは、

森喜美恵が骨壺を受け取りに行ったこと。

それに遅れて「田口」を名乗る男も常隆寺へ行ったこと。

そして、龍満夫人からその話を聞いた直後といっていいタイミングで、田口が殺されたという事実である。

これらのことは、骨壺が重大な秘密を秘めたものであることを物語っている。喜美恵はそのことを知っていたのだろうし、偽田口もそう考えていたと思われる。

また、田口が龍満夫人から聞いた「骨壺」の話を伝えた相手が「偽田口」であったことも分かる。どういう意図で伝えたのか、単なる世間話だったのかはともかく、その相手は骨壺の中身が何であったのか、龍満がなぜその骨壺を隠そうとしたのかを察知したにちがいない。

その時点では田口はその重要性に気づいていなかった。ところが、龍満夫人から、常隆寺に骨壺を取りに行ったかと詰問され、自分が話した「相手」の目的に思い当たったか、あるいは疑惑を抱いた。もちろん、「相手」が龍満の事件に関わっているという疑惑である。

その疑惑を警察に告発すべきか、それとも恐喝のネタとして取引きをすべきか否か悩んだ末、翌日、田口は「相手」にその疑惑をぶつけ、取引きをしようと持ちかけた。彼の思惑どおり交渉は成立したかのごとく思えた。彼が家族に発表した「オーストラリア旅行」はその成果であったのだろう。

そして田口は殺された。いちおう用心はしていたはずの彼ですら、よもや――と思うほど、迅速にして果断の処置だった。

3

三日後、浅見は足尾署の高沢部長刑事と平塚亭で落ち合った。浅見の家からほど近い、平塚神社という源 義家《みなもとのよしいえ》を祀《まつ》った神社の境内にある、団子の旨《うま》い茶店風の店である。この一角は戦災にも焼けず、バブルのカラ騒ぎも素通りして、古い家並みが残り、シイやケヤキの巨木が天空高く生い茂っている。

「へえー、東京にもこういうところがあるのですなあ」

高沢は平塚亭の都会ばなれした素朴な佇《たたず》まいに感心しながら、昼飯代わりだと弁解して、名物の団子と大福を二皿ずつ食った。

浅見はこれまでの「捜査」の経緯を説明した。もっとも、話したのは田口が殺害された事件に関してはっきりしている事実関係だけで、「石森里織」と名乗った女性が森喜美恵であることなどには触れなかった。

龍満智仁が骨壺を常隆寺に納めたこと。

龍満夫人がその話を田口に話したこと。

借金で悩んでいた田口が、死の前日、異常なはしゃぎようで、家族にオーストラリア旅行の話をしたこと……。

「つまり、その間に田口は何者かを恐喝していたということですね」

高沢はさすがに理解が早い。

「そう考えていいと思います」

「その相手は分かっているのですか？」

「それはまだはっきりしていませんが、常隆寺に骨壺《こつつぼ》を受け取りに行った二人のうちの一人はこの男です」

浅見はボディガードの写真を示して、断定的に言った。ただし、常隆寺の小松住職から送られてきた名刺からは、カメラに付いていた指紋と一致する指紋は採取されなかった。数個の指紋が付いた形跡は認められるものの、はっきり印されていたのは一個だけで、どうやら小松のものと思われる。

「何者ですか？」

高沢は写真に見入って、訊いた。

「名前は知りません。おそらく加賀裕史郎氏の秘書かボディガードだと思います。詳しいことは警察で調べてください」

「加賀、といいますと？」

「前の日本医師連盟会長で、現在は顧問をしている加賀裕史郎氏です」

「ほうっ、医師連盟会長ですか……それならグリーン製薬と繫《つな》がりますな。しかし、相手としてはやりにくい相手です」

「素人の僕が言うのもなんですが、当面、前医師連盟会長本人は関係ないものとして、この写真の男を対象に捜査に取りかかるべきでしょう」

「分かりました。ところでその骨壺なるものですが、それが恐喝のネタになるとすると、中に何が入っているのかが問題ですね」

「そうでしょうね」

「そいつはいったい、どこにあるんですかね？　石森とかいう謎《なぞ》の女は……」

高沢は上目遣いに浅見を見た。

「浅見さん、その女の行方なんかも、知ってるんじゃないですか？」

「いや、知りませんよ、そんなこと」

浅見は大きく手を横に振った。いきなり森喜美恵の行方を訊《き》かれたから、自信をもって否定できたが、素性のほうを訊かれたら、こんなにはっきりとシラを切れたかどうか、あぶないところだった。

帰宅すると間もなく、青木美佳から電話があった。驚いたことに、森喜美恵が大阪に美佳を訪ねてきたというのである。

「浅見さん、森さんになんぞきついことでも言うたんですか？」

美佳は非難めいた口調で言った。

「いや、そんなことはないと思いますが」

「そんならよろしいけど、森さんの話やと、なんやら気まずい雰囲気で電話を切ったいうて、すごく悔やんでいるみたいでした」

「そうですか……それじゃ、僕に舌足らずのところがあったのかもしれません。東京弁はきついところがありますから。それで、森さんの居所は分かりましたか？」

「あきまへん。やっぱりどうしても教えてくれへんかったんです。教えると私に迷惑がかかる言うて」

「なるほど……連絡先が分かれば、ひとこと謝りたいのですけどね」

「それは森さんのほうがそない言うてはりましたよ。せっかく力になってくれてはる人なのに、悪いことしてしもうた言うて。それでお礼のしるしに私の分ともう一つ、浅見さんに渡してほしいいうて、お茶碗《ちゃわん》をいただきました。ただし、浅見さんのお宅に送ったらあかんいうんです」

「ほう、それはなぜですかね？」

「彼女、おかしなこと言うてました。浅見さんがほんまに自分のことを分かってくださってはるんやったら、きっと大阪までこの茶碗を取りに来はるにちがいない……どういう意味でっしゃろか？」

「さあ……」

浅見にもその意味が分からなかった。

電話を切った後もしばらくは、その謎が頭の中を占めていた。森喜美恵にこっちの誠意を試されているようで、いくぶん不愉快な気持ちもしないではなかった。

たかが茶碗一つに釣られて、大阪まで出かけてゆくのも馬鹿らしいが、しかし喉《のど》に刺さった小骨のように気にはなる、こっちの「捜査」が一段落したら、遊びがてら行ってみるのも悪くはないかな──と、その程度には思った。青木美佳のちょっとキュートな表情と、別れ際に「一目惚《ひとめぼ》れっていうんかな」と笑った陽気な声が蘇《よみがえ》る。

その日、高沢は捜査本部に戻って、浅見から聞いたデータを会議で報告している。単なるタレ込みと異なり、情報提供者が浅見刑事局長の弟だし、指紋の裏付けと小松住職が顔写真を確認していることなど、信憑《しんぴょう》性の高さを疑うわけにいかない。

捜査本部ではその翌日から数人の刑事を上京させ、内偵を始めた。

問題の「ボディガード」は岡溝孝志《おかみぞたかし》・四十三歳。日本医師連盟本部の総務付職員という肩書だが、事実上は加賀裕史郎の私設秘書のような人物である。前の職業は浅見の推測どおり、警視庁の警察官で、十数年前、被疑者に対して暴行を加えた事件で諭旨免職になっている。柔剣道ともに四段の猛者《もさ》で、責任感が強く、職務に忠実な優秀な警察官だったのだが、性格が粗暴、短気で、在職中はしばしば悶着《もんちゃく》を起こしたという。

家族は妻と二人の男子があり、近所の評判ではたいへんな子煩悩《こぼんのう》ということだ。息子二人とも中学の野球部に入っていて、休みになると岡溝は朝から晩まで息子の応援やら練習の相手やらを務め、将来はプロ野球選手に育てるなどと、隣近所に吹聴《ふいちょう》して回っている。

そういうプロフィールを見るかぎりでは殺人などという凶悪な事件を犯すような人間には思えない。そのこともあるし、同じ警察のメシを食った者同士としては、気の重い相手であった。

岡溝孝志に対する事情聴取は三日目から任意で始められた。

岡溝は淡路島行きの件については、あっさり認めた。捜査側の意図をいち早く見抜いたこともあるのだろう。小松住職に面が割れていることもあるし、隠しても証拠を握られていると察知したのかもしれない。

「ええ、常隆寺には行きましたよ。あのお寺に、亡くなった龍満さんが骨壺を預けたという話を、田口さんから聞きましてね、それがどうも、ただの骨壺じゃないらしいというのです。それで、いったい何なのか見てやろうと思ったわけです」

「しかし、なんだって田口さんの名前を騙《かた》ったりしたんです？」

「それは龍満さんと無関係の人間が行ったんじゃ、住職さんも信用してくれないと思いましたからね。龍満さんの部下なら問題ないでしょう。ちょうど田口さんの名刺も持ち合わせていたことだし、それを使ったのです。ところが、骨壺はひと足お先に女の人が持ち去ったあとでした」

「骨壺の中身は何だと思いますか？」

「さあ、それは知りません。龍満さんの奥さんも知らない話だというのだから、きわめて怪しい物に決まってます。ひょっとしたら、奥さんにも言えない隠し財産かもしれない。そうそう、骨壺を持ち去った女性に訊いたらいかがですか？　彼女が誰なのか、あそこの住職さんが知ってるのでしょう？」

自分たちが、女性の行方を摑《つか》めずにさんざん苦労しているだけに、どうせその女性は見つからないであろう——と、高をくったような口ぶりだ。

「ところで、あなたと一緒に淡路島へ行ったのは誰ですか？」

「は？　淡路島へは一人で行きましたよ」

「そんなはずはないでしょう。常隆寺の住職さんが二人連れだったと言っていますよ」

刑事はここぞとばかりに攻めた。

「それはおかしいですね。当人の私が一人で行ったって言うのだから、一人に決まっているでしょう。住職さんの勘違いですよ、それは」

岡溝は強硬に否定する。いくらなんでも見え透いた嘘《うそ》を言うとは思えない。念のために常隆寺に問い合わせてみると、住職のほうにも確信はないらしい。「たしか、車の中で連れの人が待っているように見えたのですがなあ」と頼りない。

「ほら、言ったとおりでしょうが」

元警察官の岡溝は、警察の捜査の限界を熟知しているから、刑事の取り調べに対しても平然としたものだ。

刑事は訊問《じんもん》の矛先を変えた。

「あなたが最後に田口さんと会ったのはいつ、どこでですか？」

「さあ、いつでしたかねえ……九月の末頃じゃなかったかな。加賀先生のお供でＴ大学病院に行ってるとき、仕事で来ていた田口さんとバッタリ顔を合わせて、しばらく無駄話をしたんです。そのときに、龍満さんが骨壺《こつつぼ》を淡路島のお寺に運んだ話を聞いたのだと思いますよ」

「その後は会ってないのですね？」

「ええ、会ってません」

「十月三日はどうですか？」

「いいえ、会ってませんよ。十月三日がどうかしたのですか？」

「田口さんが殺害された日です」

「えっ、なんだ、私を容疑者扱いしているんですか。ひどいなそれは」

「その日の夜、どこにいました？」

「ふーん、アリバイですか。驚いたなあ……えーと、十月三日の夜ですか」

岡溝はわざとらしく手帳を開いた。

「十月三日は夕方から宇都宮《うつのみや》市のPホテルで、脳死問題の懇談会があって、私も加賀先生のお供で行きました」

「ほう、宇都宮ですか。田口さんの死体が発見された現場は足尾町ですが」

「えっ？　ああ、なるほど、同じ栃木県でしたか。しかし、だからといって、べつにどうということはないでしょう」

「いちおう、その夜の行動を教えてくれませんか」

「いいですよ。その日、加賀先生は昼のあいだに新幹線で行かれて、私は午後五時頃に医師連盟会館を出て、先生をお迎えに行きました。宇都宮のホテルに着いたのは八時頃だったと思います。あとは懇談会場で先生のお側《そば》にずっといました。懇談会は午後九時頃お開きになったのかな？　それから加賀先生を世田谷のお宅までお送りして、私も家に帰りました。加賀先生のお宅に着いたのが十一時半頃、帰宅したのはかれこれ一時頃じゃなかったですかね」

岡溝の家は世田谷《せたがや》とは正反対の、東京を東北に出はずれた埼玉県川口市にある。宇都宮からの時間距離としては、妥当なところだったが、警察は岡溝の供述のウラを取った。その結果、岡溝の行動は彼が言ったとおりでほぼ間違いがなかった。Pホテルを九時頃に出発したことも、正面玄関の車寄せで、ホテルの従業員や見送りに出た懇談会の主催者などが目撃している。車を運転していたのは、たしかに岡溝だったそうだ。

また、午後十一時半過ぎに、加賀家に車が着いて、加賀裕史郎が運転手に見送られ、門の中に入って行ったことも、加賀家の隣家の主人が目撃していた。その後、岡溝が川口の自宅に帰着したのも、どうやら午前一時前頃で間違いないらしい。岡溝の家のすぐ前にラーメン屋がある。車を駐車場に置いた後、岡溝がラーメン屋で、夜食のラーメンを食べたのがその頃だったのだそうだ。

捜査員の中に、加賀の車が東京から宇都宮へ向かう途中か、あるいはPホテルから東京へ向かう途中、足尾町の現場に立ち寄って、死体を遺棄したのではないか——という説が出た。たとえば車のトランクに田口の死体があれば、そうやって運んだかもしれないというのである。

しかし、それはどちらのケースも時間的に無理という結論だった。東京——宇都宮間は、東北自動車道を使えば三時間の距離だが、足尾経由となると四時間近くはかかる。

延べ三日間にわたる事情聴取も、岡溝に翻弄《ほんろう》された恰好《かっこう》であった。

「じつは、岡溝に対する調べに入る際、龍満の事件がらみのこともあるので、いちおう板橋署の捜査本部に仁義を通したんですがね」

高沢は浅見への報告の最後に言った。

「そうしたところ、岡溝のことは、わりと早い段階で、板橋署でも目をつけて調べていたのだそうです。といっても、殺された龍満と付き合いのある、大勢の人間の一人として名前が浮かんだのだそうですから、まあ、通り一遍の調べということになりますかなあ。ただし、事件当時、現場付近で目撃された、不審な乗用車の中年男と岡溝の歳恰好が似ていることだとか、事件の何日か前、T大学病院の入口付近で、龍満と岡溝が何やら深刻な様子で話しているのを、同病院の薬局の職員が目撃していたとかいう情報もあって、それなりに熱を入れて取り調べてはいたようです。ところが、調べてみると岡溝には事件当時のアリバイがあった」

「えっ、岡溝にアリバイがあったのですか？」

浅見は復唱して確認した。

「ええ、板橋署ではそう言ってます」

「どういうアリバイですか？」

「相手は警視庁ですからねえ、疑って訊《き》くわけにはいかなかったが、なんでも大学の先生方と一緒だったそうです。もともと岡溝と龍満さんとのあいだに利害関係があるとは考えられないのだし、まあアリバイの信憑《しんぴょう》性も高いということなのでしょう」

捜査の仕組みや、捜査対象に対する訊問の技術的なことは、もちろん専門家である警察のほうが巧みだとは思うけれど、高沢からそういった話を聞くと、浅見はなんだか隔靴《かっか》搔痒《そうよう》のように物足りないものを感じる。

「名刺のことを訊いてみましたか？」

浅見は漠然とした不満を、具体的な言葉に変えて言った。

「もちろん……いや、名刺の何を訊くのですか？」

「岡溝が田口さんから名刺を貰《もら》ったのはいつ頃のことか、です」

「はあ、それが何か？」

「岡溝は田口さんとはかなり古くからの知り合いのはずです。名刺なんてものは、いつまでもポケットに入れておかないのがふつうではないでしょうか。それを岡溝はなぜ所持していたのか、ちょっと疑問に思ったものですから」

「なるほど……たしかにそんな名刺をいつまでも持っているというのは、おかしいですが……しかし、持っていてはならないということもありませんよ」

「それならそれでいいですから、いちおう、その件を供述調書に作っておいたらいかがでしょうか」

「はあ？　調書にですか……」

「後で前言を翻《ひるがえ》さないようにしておいたほうがいいと思いますが」

「それはまあ、そのとおりですが……」

はたしてその必要があるかな——と首をひねったが、高沢は浅見の注文どおり、岡溝に名刺の件を尋ね、調書を作成した。

驚いたことに、その質問は岡溝にとっても意表をつくものであったらしい。それまでは何を訊かれても平然としていた岡溝が、こっちの意図を量りかねて、怪訝《けげん》そうな——見ようによっては不安そうな表情を見せた。

「田口さんに初めて会って、名刺をもらったのはいつだったか、はっきりは憶《おぼ》えていませんね。五、六年前じゃなかったですかね。田口さんがT大学病院に新薬の売り込みか何かで来て、たまたま加賀先生のところにいた私を医者かなんかと間違えたんじゃなかったかな。先生の周囲にはほかにも大勢、お弟子さんたちがいましたからね。お弟子さんといったって、皆さん大学の先生だとか、病院の部長だとか、錚々《そうそう》たる方々ばかりですから、間違えられてびっくりしたのを憶えていますよ。しかし、それがきっかけで、ときどき顔を合わせると、親しく話もする間柄になりました。田口さんにしてみれば、私みたいな人間でも、加賀先生へのルートとして重要な存在だと思っていたのかもしれませんがね」

たかが名刺のことを聞いただけなのに、岡溝は必要以上に饒舌《じょうぜつ》に喋《しゃべ》った。

その話は平塚亭で団子を食べながら高沢から聞いた。

「岡溝は嘘《うそ》をついてますね」

浅見は即座に明言した。

「えっ？　嘘ですか。いや、それはたぶん嘘だと思うけど、はっきり嘘と断定できるかどうかは分かりませんよ」

「いや、はっきり嘘ですよ。名刺の肩書を見ましたか？　田口さんの肩書は課長代理になっているでしょう。それは龍満さんが亡くなって、それまで係長だった田口さんが、急遽《きゅうきょ》課長代理に昇格したものです。たぶんその名刺が出来たのは、事件の数日前のことでしょう。五、六年前にその名刺を貰うことはできません」

「あっそうか、あの野郎、なめた真似しやがって……」

高沢の顔に朱が射《さ》した。

「そうだったんですか、それで浅見さんは調書を取れと言ったわけですか。よーし、とりあえず偽証で引っ張ってやるか」

「いや、それはよしたほうがいいでしょう。どうせまた、何のかのと言い逃れするに決まってます。ついこのあいだ貰ったのを勘違いしていたとか」

「しかし、これは突破口にはなりますよ」

「そうかもしれませんが……それよりも、岡溝に警戒されないように尾行でもして、共犯者を捜すほうが賢明ではないでしょうか」

「共犯者？……といいますと？」

「つまり、その名刺の本来の持ち主です」

「えっ、その人物が共犯者ですか？」

「おそらく」

浅見は頷いた。

「常隆寺であの名刺を使ったとき、岡溝に名刺を渡した人物がいたはずです」

「しかし、そのときは岡溝は一人で常隆寺へ行ったと言ってますが」

「それも嘘ですよ。小松住職が見間違えるはずがありません。あれこれ言われると、だんだん自信が持てなくなるものですが、最初に小松住職が言っていたように、もう一人の人物が車の中で待っていたことは間違いないでしょう」

「うーん、なるほど……そいつは何者ですかね？」

「それは分かりません」

「それにしたって、何なのですかね、動機は？　やっぱり骨壺ですかね」

「事件の大本の動機はそうですが、田口さんを殺害した直接の動機は違いますよ。なぜなら、田口さんは壺の中身を知らなかったのですからね」

「あ、そうか、そうですよね。じゃあ、田口さん殺しの動機は何だったんだろう？」

「田口さんは、龍満さんが殺された事件の謎《なぞ》に思い当たったのでしょう。常隆寺に骨壺を取りに行ったやつが犯人だ——とね。それで悩んだ末、恐喝をすることにしたのです」

「恐喝をするっていったって、犯人はすぐに特定できたんですか?」

「できたのでしょうね。手掛かりはもちろん新しい名刺です。名刺を渡した相手は、まだごく僅《わず》かだったから、田口さんにはピンときたにちがいない。といっても、田口さんは骨《こっ》壺《つぼ》の中身が何なのか知らないのですから、それだけのことで、ただちに犯人を窮地に追い詰められたものかどうかは分かりません。しかし、神経過敏になっている犯人にしてみれば、たったそれだけのことでも、嗅《か》ぎ回られたり、突っつかれたりすれば、危険きわまりないと思えたのでしょう。一刻の猶予もなく田口さんを殺害したのは、犯人がいかに脅威を感じたかを物語っています」

「たしかに……ん? 待ってくださいよ、田口さんがごく最近、名刺を渡した相手が犯人だとすると、龍満さんを殺《や》ったのは岡溝ではなかったということですか?」

「いや、実行犯は岡溝の可能性が強いでしょう。しかし岡溝には大本の動機——つまり、骨壺の中に隠された秘密についての知識はなかった。したがって、背後で教唆した真犯人がいるはずです」

「うーん……それにしても、その骨壺の中に隠されている秘密が殺人の動機になるっていうのだと、よほど重大な秘密ってことなんでしょうなあ」

「ええ、それは間違いないでしょうね」

「なんだか浅見さんは、骨壺の中身を知っているような気がしてならないんだけど」

高沢は刑事の目になって、疑わしそうに浅見を見つめた。

4

岡溝は職業上の身分は医師連盟職員ということになっており、給与も医師連盟から出ているが、デスクワークはほとんどない。実際の仕事は加賀の秘書兼運転手兼ボディガードのようなもので、朝自宅を出ると真っ直ぐ加賀を迎えに行くこともあるし、いったん医師連盟会館に行って待機していることもある。

加賀は定期的に、副学長を務めるT大学や付属病院に行く。また、脳死臨調や移植学会の集まりなど、公の場所に出席する機会が多い。その場合には、それぞれの出先で待機して、移動するときにはほとんど密着する。岡溝の行動はすべて加賀のスケジュール次第といったところのようだ。

加賀は年齢の割りにはエネルギッシュに働くが、それでも、しょっちゅう動き回っていることはない。ウィークデーでも公務のない日は、日がな自宅で過ごす。岡溝には十分すぎるくらいの空き時間があった。空いた時間は医師連盟会館の中のデスクにいるか、そうでなければ電話を携帯して街を歩いたり、喫茶店で暇をつぶすことが多い。

尾行する捜査員にとって、車を追尾するのも大変だが、街の雑踏を追いかけるのも楽ではない。

岡溝はかなり早い時点で刑事の尾行を察知した様子であった。自分も刑事の経験があるから、捜査員の行動や習性について、ちゃんと承知している。車の運転はまじめにやっているようだが、散策しているときなど、わざと街角で立ち止まったり、急にビルの中に入ったりして、捜査員を戸惑わせた。

そのくせ、捜査員を撒《ま》こうという意思はないらしい。見失ったかと思っていると、刑事のすぐ目の前に現れて、ニヤリと不敵な笑いを浮かべながらこっちを見る。刑事の中の何人かは、岡溝とすっかり「顔馴染《なじ》み」になってしまった者もいるほどだ。

見破られても馬鹿にされても、刑事は命令どおりに尾行を続けた。これにはさすがの岡溝も相当参ったようだ。とくに、自宅の近辺に刑事が出没するのは頭にくるらしい。いきなり刑事に近づいて、「いいかげんにしろ」と怒鳴ったりもした。

日を追うにつれて、岡溝の表情に余裕がなくなった。明らかにいらついていることが窺《うかが》える。誰にしたって、四六時中、警察に徹底的にマークされればノイローゼにもなるにちがいない。

刑事の尾行を気にしたのは岡溝ばかりではなかった。岡溝が出入りするT大学や病院などでも、岡溝の身辺調査が入っていることをうすうす勘づいた気配だ。そのことがまた岡溝の苛立《いらだ》ちの原因にもなっているのかもしれない。

警察として、もっとも恐れたのは、岡溝が抗議を申し入れてくることであった。ことに日本医師連盟などを通じて公式に抗議してくるようだと、ちょっと面倒なことになる。加賀裕史郎という実力者が圧力をかけてくることも考えられる。そういう事態になったら、即刻、尾行は中止する申し合わせができていた。

ところが、事態は意外な方向へ進展した。岡溝がとつぜん休職したのである。最初は単なる休日かと思っていたのだが、自宅から一歩も外へ出ない日が丸一週間続いた。医師連盟会館に置いてあった車は、気がつくと別の人間が運転して、加賀の送り迎えなどもしている。

（解雇されたのか？――）

そう考えて、医師連盟会館のほうに友人を装って電話してみると、「病気で休んでいます」ということである。病気というにしては、病院通いをしている様子もない。妻が買い物に出かけたり、二人の息子が通学する様子も平常と変わらないように見える。

十日目になって、ついに痺《しび》れを切らした高沢ともう一人の刑事が、岡溝家を訪問した。あえて家族が留守のときを狙《ねら》った。

岡溝は見間違えるほど窶《やつ》れ果てて現れた。眼は落ち窪《くぼ》み、頬《ほお》の肉はげっそりと削《そ》げ落ちている。

「ご病気だそうですね」

あまりの変貌《へんぼう》ぶりに驚いた高沢がなかば本心で同情して訊くと、「おたくたちのせいだよ」と笑った。

「こうしつこく付け回されたんじゃ、仕事にならない。周りのみなさんに迷惑がかかるからね」

すぐに笑いが消えて、深刻な顔になった。かといって怒るというわけでもなかった。何となく冷めたような表情である。

後で浅見にその報告をした高沢は、「世の中に疲れたみたいな顔をしてました」という言い方をした。

「世の中に疲れた——ですか」

浅見はその言葉を反芻《はんすう》した。

「それで、結局、出向いたわれわれも気勢を削がれた恰好で、大した事情聴取もできずに引き揚げたんですけどね」

「岡溝が休職したのは、自主的にそうしたのでしょうか？　それとも、誰か、たとえば加賀氏なんかに命令されて自宅待機することになったのでしょうか？」

「私の感じからいうと、後のほうじゃないかと思いました。岡溝って男は並大抵のことじゃめげそうにない強靭《きょうじん》なタイプですからね。本人はそうではなくて、あくまでも自分の判断で休んでいるんだと言ってますが、それにしちゃ、あの消耗ぶりはふつうじゃない。相当に参ってましたよ。誰かによっぽどきついことを言われたんじゃないですかなあ」

「心配ですね……」

浅見は憂鬱《ゆううつ》になって、吐息のような声を洩《も》らした。

「心配っていいますと？」

「そんなに消耗しているのだと、岡溝はそのままどうにかなってしまいませんか」

「どうにかなるっていうと、本当の病気になって死んじまうとか、ですか？　ははは、まさかそんなことはないでしょう」

　高沢は笑い飛ばしたが、浅見の憂鬱は収まらなかった。岡溝をそこまで深刻な状況に追い込んだのは自分の責任だという思いがある。むろんそれが一つの目的ではあったのだけれど、こういう形になることを望んだわけではない。浅見の直感には、きわめてよくない方向へ向かっているような、不吉な気配が触れてくるのだ。

「そういうわけで、捜査本部としては、いったん岡溝のマークを解こうということになりましてね」

　高沢が結論を言った。

「せっかくの浅見さんの提案でしたが、ほとんど成果のないままに終わり、残念ではありますが」

「そうですか、やむをえませんね」

　浅見も頷《うなず》いた。いまは岡溝を追い詰めることより、むしろ、警察がマークを解くことによって、岡溝が精神的に回復してくれることを願う気持ちのほうが勝っている。

「二つだけ調べていただきたいことがあるのですが」

　浅見は言った。

「一つは田口さんが会社から支給された新しい名刺の使われ方です。つまり、何枚の名刺がどのように使われたかということ」

「ああ、それだったら現在、別班で進めています。なかなか大変な作業だけど、そろそろ結果が出るんじゃないですかね」

「もう一つは、宇都宮市で行われた懇談会の出席者のリストが欲しいのですが」

「分かりました。そっちのほうは簡単に入手できますよ。今日中にもファックスで送るようにしましょう」

約束どおり、夕刻にはファックスが送られてきた。懇談会の出席者は三十五人。そのすべてが加賀の息のかかった人々で、脳死臨調のメンバーや移植学会の理事として、浅見が名前を知っている者も含まれていた。


高沢と会った二日後、浅見は岡溝を訪問した。インターホンには夫人が出た。「どちらさまでしょう?」と警戒心をあらわにした声で言った。

「石森里織という者です。先日、Qホテルで電報をお出ししたとおっしゃっていただければ、お分かりになると思いますが」

しばらく玄関前で待たされて、ドアが開いたと思うと、岡溝本人が現れた。高沢に聞いたとおりの窶れた顔である。眩《まぶ》しそうに晩秋の空を仰いでから、浅見の顔に焦点を合わせて、「ああ、あんたか」と言った。それからしばらく考えて、「ちょっと待ってくれ」と
ジャンパーを引っかけてきた。

「その辺まで行ってくる」

背後の夫人に声を残して、浅見に顎《あご》をしゃくるようにして歩きだした。

川口市はかつては「キューポラのある街」という吉永小百合《さゆり》主演の映画でも知られたように、鋳物工場の多いところだった。いまは完全に東京郊外の住宅中心の街になって、マンションの数も多い。

岡溝の家の住所は川口市の北のはずれ近くだが、この辺りでも田園はほとんど消え、閑静な住宅地に変わりつつある。

岡溝家から歩いて五分ばかりのところにある中学校のグラウンドで、野球の練習に励む少年たちの声がひびいていた。

黙々と歩いていた岡溝が立ち止まり、金網越しに練習風景を眺めた。浅見もそれを真似るような恰好《かっこう》で、金網にへばりついた。

「ピッチャーをやってるのが長男だ。センターが次男。あいつら二人でもってるようなチームだな」

「将来が楽しみですね」

「ああ、楽しみだ」

岡溝は笑った顔をチラッと振り向けた。

「あんた、何者だい？　お巡りじゃないみたいだし」

「浅見といいます。ルポライターをやっています」

「ふーん、ブンヤさんみたいなもんか」

「まあ、そんなところですね」

「で、目的は何だ？　何しに来た？」

「自首を勧めに来ました」

「ほうっ……」

岡溝は驚きの声を洩らし、あらためて、まじまじと浅見の顔を見つめた。

「面白いことを言うな。おれが何で自首しなきゃならないんだい？」

「龍満智仁さんと田口信雄さん殺害事件の犯人としてです」

「へえーっ、なんのこっちゃ、それは？」

「いま言ったとおりです」

「ばかばかしい。いったいどこからそんな話を思いついたんだい？　第一、おれが何だって龍満さんたちを殺《や》らにゃならんのだ。動機は何だ、動機は？」

「動機は、守るためでしょう」

「守る？　守るとは、何を、何から守るっていうんだい？」

「骨壺《こつつぼ》に納められた秘密から、加賀裕史郎氏と彼の思想に糾合する人たちの組織を守ることです」

「加賀先生の思想と組織？　そんなものは、おれは知らんよ」

「知らないはずはないでしょう。加賀氏の人脈は医学界の隅々まで浸透しています。あなただって、加賀氏の威勢のほどはその目で見ているではないですか。脳死臨調も臓器移植学会も薬事審議会倫理委員会も、すべて加賀氏を中心に回っている。大本を辿《たど》れば、加賀氏と同じ系譜の思想に毒された医学者たちが、日本の医学界を動かし引っ張ろうとしているのですよ」

「そんな難しいことを言われたって、おれなんかに分かるはずがないだろう。だいたい、その思想っていうのは何なんだ？」

「ひと言で言えば、加賀氏は危険人物だということです」

「ばか言っちゃいけない、加賀先生は偉大な方だよ。日本の医学の発展のために、すごい貢献をしていらっしゃる。あんただって言ったじゃないか、加賀先生の人脈は隅々まで浸透しているって。加賀先生の教え子の、そのまた教え子が日本中の大学や病院の第一線で活躍しているんだからね。それに、おれにとっては恩人でもあるしな。危険人物だなんて、冗談でも言ってもらいたくないね」

「それはたしかに、医学の知識と医療の技術という面では偉大かもしれません。しかし、倫理の面からいえば加賀氏は犯罪者ですよ。過去に彼が犯した犯罪は悪魔の所業に近い。その犯罪者が、医学の倫理を論じたりリードしたりすることは許されるべきではないのです。そうは思いませんか？」

「待てよあんた、加賀先生が犯罪者だなどと、何を証拠にそんなことを言うんだ」

「証拠は……」

浅見は言葉に詰まった。証拠は何もない。情況証拠にしても、そんなものはおまえさんの思い込みにすぎない——と一蹴《いっしゅう》されればそれまでである。

「証拠は、二つあります」

浅見は平然を装って言った。

「一つは問題の骨壺です。その中に隠された秘密こそが、加賀氏の旧悪を暴露する資料なのですよ」

岡溝が何か反論しようとするのを抑えつけるように、すぐに言葉を繋《つな》いだ。

「第二の証拠は……あなたに殺人を命じたことです」

「冗談を言うな！」

岡溝が怒鳴ったとき、金網のすぐ近くまで白球が転がってきた。外野手の少年が二人、猛烈な勢いで走ってくる。一人が金網に激突してボールを掴み、ピッチャー方向に投げてから振り返った。

「やあパパ」

息を切らして言って手を上げた。岡溝もそれに応え「おうっ」と拳《こぶし》を上げた。少年は弾むような足取りで去って行った。

「いいお子さんですね」

「ああ、いい息子だ」

二人は長いこと黙って、センターの定位置についた少年の動きを目で追い続けた。

「そうか……あなたは息子さんたちも守らなければならないんですね」

浅見はしみじみとした口調で言った。

「ああ、そうだ、守らなければならない」

岡溝は三度四度と頷いた。そのことが、辛うじて岡溝を支えているのだ――と浅見は思った。

「残念ながら、警察は甘くはありません」

「ん？　ああ、それはそうだ」

「これまでは足尾町の事件を追う栃木県警が単独で捜査を進めてきましたが、まもなく警視庁と合同捜査本部を設けて、龍満さんの事件と一緒に捜査することになります。骨壺に入っている秘密が明るみに出れば、犯行動機ははっきりします。岡溝さんには直接の動機はないけれど、さっき言ったように、加賀氏とその一統を守る使命があったことは事実でしょう。ただ、龍満さんを殺したのは、ひょっとするとあなたの本意ではなかったかもしれないと僕は思っています。あれははずみだったと――いや、そう思いたいのです。奥さんや息子さんたちと、それに普段着のあなたを見ていると、そんな事件があったことなど、まるで悪夢のような気がします」

浅見は口を閉ざしたが、岡溝は何も言わなかった。グラウンド風景をぼんやり眺めている。

ピッチャーがボールを投げ、カーンという金属バットの小気味いい音がひびき、ランナーが、野手が走る。

浅見は黙って頭を下げ、その場を立ち去りかけた。

「あんた、浅見さん……」

　岡溝が呼び止めた。

「その骨壺の中にある秘密っていうのは、そいつは何なのか、見せてもらえないかな」

「いまはまだ見せるわけにいきません」

「いや、もちろんいますぐでなくてもいいが、そいつを見ないとね。警察の教育を受けた人間は、この目で実際に見た物でないと、信用しない癖があるんだな。つまり、証拠第一主義っていうやつだ」

　片頬を歪《ゆが》めて笑った。

「骨壺はいまだに行方不明です。僕もそこに何が入っているのか、見ていません。警察がいまだに行動を起こさないのは、そのためです」

「えっ、なんだって？……」

　岡溝は非難の色を浮かべた眼で、浅見を睨《にら》んだ。浅見は表情を変えずに言った。

「ただし、想像はつきます。骨壺の中にはたぶん、遺骨と、それから犯罪を立証するに足るだけの証拠資料が入っているはずです」

「遺骨？　遺骨とは、誰のかね？」

「昭和十八年から二十年にかけて、足尾銅山では百数十人の中国人労働者が死にました。そして、平成元年、新宿区の戸山から七十数体の遺骨が発掘されました。そこはかつての陸軍軍医学校の跡地で、例の７３１部隊と深い関わりのあった防疫研究室があったところです。中国大陸で『マルタ』と呼ばれた人体実験用の験体が、日本国内でも調達されていたのではないか、その骨壺の資料が事実を明らかにしてくれるのではないかと思っています」

「それが足尾銅山だったっていうのか……しかし、だからどうしたと？」

「当時、足尾銅山の医療施設と、戸山の防疫研究室と、両方に籍を置いて活躍したのが加賀裕史郎氏だったのですよ」

「…………」

岡溝はポカーンと口を開けて、少し間抜けな顔になった。

「さっき岡溝さんが言ったように、加賀氏は偉大な研究をなし遂げてきたと思います。しかし、それは多くの人命を犠牲にする人体実験――それも生きたままの人体を使った実験によるものだったのです。そんなことは通常では考えられないことです。医学者や科学者の中には、研究のために、医学の進歩のために、あるいは自分の業績を高めるために、モルモットではなく実際に人間の肉体を使った実験をしたいという欲望があります。たとえばジェンナーがわが子を試験台にして種痘の研究を行なったのも、その一つの例といえるでしょう。しかし、ジェンナーの場合は、わが子という血を分けた肉親を験体に使った。それは自分を犠牲にするのと同じ覚悟のもとに行なったことです。７３１は違った。加賀氏はそうではなかった。罪もない健康な人間を、しかも死なせることが分かっていて、研究のための実験台に使ったのです。そうして加賀氏の輝かしい偉大な業績が生まれた。いや、加賀氏ばかりではないのです。当時の医学者のかなりの人間が731部隊に関係していいます。生体実験を計画しデータを蓄積して、彼らが言うところの『医学の進歩』に貢献したのです。日本の優れた病理学や外科手術の技術が、その流れの中で培われたことは事実でしょう」

浅見はゆっくりと、しかし流暢《りゅうちょう》に喋《しゃべ》った。考えをまとめてきたわけではないけれど、思ったままを話した。

「当時の医学者の多くはすでに物故しています。しかし、加賀氏のように現在もなお医学界に隠然《いんぜん》とした力を発揮する者もいる。それればかりでなく、かつての指導者たちの薫陶《くんとう》を受け、その流れを汲《く》む医学者は、指導的立場で日本の医学界を引っ張っています。医師ばかりでなく、グリーン製薬のような企業もまた、731部隊の残党によって創設されたことを思うと、日本の医薬業界の倫理を疑わないわけにいかない。少なくとも、当時の犯罪に手を染めた人間の系譜が断ち切られるまでは、医学の倫理を声高に語る資格はない。脳死や臓器移植といった、人間のいのちに関わる倫理を、まるで神にでも成り代わったように裁定する権利はない。ましてそのリーダーに犯罪者本人がいることは許すわけにいかない——と骨壺《こつつぼ》は語っているのだと思います。あのパーティに送られてきた電報はその最初のメッセージ……いやそうではない」

浅見は言葉を止め、岡溝の顔を真っ直《す》ぐに見据えた。

「最初のメッセージは龍満さん——それもおそらく龍満さんのお父さんの浩三さんが発し

ていたのだと思います。浩三さんが亡くなられた後、その遺志を龍満さんが継いで、加賀氏やその一統に警告を発した。それに対する報復があの事件です」

岡溝の視線がふっと地面に落ちた。

それから物憂げに動いて、うなだれた頭の下から上目遣いにグラウンドを見た。若い歓声が上がり、褐色の大地の上を白いユニホームが陽炎《かげろう》のように揺らめいた。

「信じられない話だな……」

「僕もそう思いますよ」

浅見は静かに言った。

「同じ日本人として、信じたくない話です。しかしこれは事実なのです」

「だが、証拠が……」

そこに救いを求めるように、岡溝はか細い声で言った。

「そうですか、やはり証拠にこだわりますか……やむをえませんね。証拠を探し出しましょう」

「ん？　探し出す？」

「ええ、証拠の骨壺を見つけます。それまでは岡溝さん……」

浅見はその先を躊躇《ためら》った。「生きていてください」と言うつもりの自分に驚いた。

第七章　哭く骨

1

高沢に依頼した名刺の行方の「追跡調査」は思いのほか手間取ったらしい。高沢が訪ねてきたのは、街に気の早いジングルベルのメロディが聞こえはじめ、北海道に今年初めての寒波が襲来したというニュースが流れた日であった。

平塚神社のイチョウは金色に染まって、境内には落ち葉が舞っていた。

「名刺の行方はなんとか把握できました」

例によって平塚亭の団子を頬張《ほおば》りながら、高沢は話した。

「グリーン製薬から田口さんに支給された名刺は全部で二百枚。デスクの中に手つかずで残っていたのはその内の百七十枚。あと、名刺入れに残っていたのが十四枚。つまり、殺されるまでに十六枚は使ったものと考えられます」

「意外に少ないですね。仕事柄、毎日かなりの人に会っているはずなのに」

「出会った人数は多いでしょうけど、初対面というのはほとんどいませんからね」

「あ、なるほど」

「というわけで、その間に出会って、名刺を渡した人物はある程度特定できたのですが、初対面で名刺を出した相手は、新規開拓に出向いたFという病院と、龍満課長が直接担当していたS病院でそれぞれ二名いることは分かりました。四名とも名刺は保管してましたよ。

残りの十二枚の内一枚は奥さんに。それから二枚はクラブの女性で、一緒に行った同僚の話によると、まあこれは商売には関係なく、多少自慢たらしく渡したものですな。それ以外の九枚は以前から付き合いのある病院の医師とか薬局っていうんですか、そこの責任者なんかに渡したと思われます。

彼の動いたコースの、分かっている所だけを当たった結果、その内の七枚は行方が分かりましたが、二枚だけは誰に渡したか不明です。もっとも、その中の一枚は岡溝が常隆寺で使ったものですけどね」

問題は、その岡溝が使った名刺が誰の手から岡溝に渡ったか——だ。

高沢は手帳にメモしてある田口の動いたコースというのを見せてくれた。いずれも病院関係で、八ヵ所を回っている。その中には加賀裕史郎が副学長を務めるT大学病院もあった。

警察の調べでは、T大学病院では名刺を受け取った者がいないことになっている。その点を浅見は訊《き》いた。

「ああ、そこへは田口さんは行ったことは行ったけれど、病院関係者には会わなかったらしいですよ。ちょうどその日は、加賀氏を囲む定例の研究会みたいなものがあって、東京近辺はもちろん、地方の大学病院などからも加賀先生の教え子なんかが集まるのだそうです。田口さんはそっちのほうへ顔を出したのだけど、何しろみんな偉い先生ばかりだから、なかなかガードが固くて、会ってもほとんど顔を見るだけで、商売の話なんかはできなかったんじゃないかと、これは岡溝から聞いた話ですけどね」

「話はできなかったとしても、名刺を渡すくらいのことはできたのでしょうね」

「そうですな、それはありうるでしょう」

「その会合に出席した人たちのリストはありますか」

「捜査本部にはあると思いますよ。何なら後でファックスしますか」

そのファックスは、浅見が帰宅して間もなく届いた。参加メンバーの中に、宇都宮で行なわれた懇談会の参加者リストと、名前がダブっている者が四人いた。

浅見は高沢に電話して、その四人に田口から名刺を貰《もら》わなかったかどうかを確かめてくれるよう依頼した。いずれも地方の医科大学か総合大学で医学部の教授を務める錚々《そうそう》たる顔ぶれだ。

その結果、北陸のJ大学医学部教授がたしかに田口から名刺を受け取り、現在も保管していることが分かった。

「どうも田口さんは、岡溝の手引きでその会合のことを知り、新規開拓を図ったのではないかと思われます。その証拠に、田口さん以外には製薬会社のプロパーは一人も現れなかったのですからな」

高沢は電話でそう言っている。最初はプロパーの業務などチンプンカンプンだった高沢も、捜査の過程でそういった事情についてかなり精通したようだ。

「その先生の話によると、田口さんは会が終了して、参加者が帰りかけるところを、廊下で待ち構えるようにして、とりあえず名刺を出したのですが、先を急いでいたこともあって、詳しい仕事上の話みたいなこともなく、いちおう名刺を受け取っただけで、あまり気にも留めなかったと言ってました。だから、田口さんが殺された事件のときも、あの名刺の主だったとは、ぜんぜん気がつかなかったそうですよ」

残りは三人——。

R大学（北海道）医学部教授　井上徳次

H医科大学（静岡県）教授　江藤薫

W医科大学（福岡県）教授　広瀬恵一

「その三人について、九月三十日のアリバイを調べられませんか」

浅見は言った。

「九月三十日？……というと、何のアリバイです？」

「岡溝が常隆寺を訪れた日です」

「なるほど……つまり、岡溝の車に乗っていた人物ってわけですか」

高沢の声は少し上擦った。気持ちが高ぶっているのと同時に、かなりの困惑を伴ってもいるらしい。

「そこまでやると、捜査の対象になっていることが露骨に分かってしまいますな。はたして上の連中がなんて言うか……」

岡溝の件に関する捜査がほとんど空振りに終わったこともあって、シンパである高沢にしても、浅見の提言に従って行動するのが難しくなっているのである。その高沢の苦衷《くちゅう》のほどは浅見にも察しがついた。

「分かりました、じゃあ僕が聞き込みに行ってきます」

「えっ、浅見さんが？　そいつはまずいですよ」

「いえ、僕はあくまでもルポの取材という形で行きますから心配しないでください」

「しかし、行くったって、北海道から九州までですか？　旅費だってばかにならないじゃないですか」

「それもご心配なく。行くところはただ一ヵ所、それもいちばん近いところです」

「というと……江藤氏、ですか？」

最後は不安そうに、心《うち》なしか語尾が揺れていた。

もっとも、浅見の胸の裡では、かなり早い時期から「江藤薫」の名前が浮上している。

とくに、宇都宮の懇談会とT大学での会合と、その二つの「ものさし」がクロスしたときに、その疑惑はほぼ確定的になったといっていい。

訪問の目的は「臓器移植および脳死認定問題について、第一人者である江藤薫先生のご意見を……」という趣旨の取材——と申し入れた。龍満事件のときに取材したルポライターであることを言うと、江藤はすぐに分かって、わりと快く応じてくれた。

「回診がありますからね、その時間を避けてくださいよ」

何の疑いもない、明るい声だったので、浅見は少し気がさした。

H医大の建物は老朽化が進んでいる。同じ敷地内にある付属病院のほうがきれいな建物であるのとは対照的だ。この前来たときは気候のいい時季だったからさほど苦にはならなかったが、エアコンの設備が悪く、建物内の場所によっては、妙に暑いところと、逆に寒々したところとがある。

「まったく、財政難の大学は情けないものですよ」

江藤は客に椅子《いす》をすすめながら苦笑した。

「若いうちは辛抱もできるが、あまり長くいたいところではありませんな」

「たしか、山口県長門市にできる、加賀先生の研究所に招聘《しょうへい》されていらっしゃると伺いましたが」

浅見は洩《も》れ聞いてきた知識を言った。

「ほう、よく知ってますね」

江藤は相好《そうごう》を崩した。

「たしかに加賀先生の研究所を任せるというお話は頂戴《ちょうだい》していますが、しかしまだ仮定の話ですよ。計画段階ですからね。寄付金は相当な額にのぼってはいるようだが、予算はいくらあっても足りないものです」

「そういう、いわば公益事業なのですから、国の補助金なんかはあてにできないのでしょうか？」

「それは多少のことはあるかもしれないが、なかなか難しい。厚生省も大蔵省も、財布の紐《ひも》は固いですからなあ」

「あ、そういえば、いつでしたか、江藤先生が厚生省の方とご一緒だったのをお見かけしましたが、やはりそういう問題の交渉をされていらっしゃるのですか」

「え？　私が厚生省の役人と？　ははは、まさかあなた、私が役人と癒着《ゆちゃく》しているなどと書くつもりじゃないでしょうな。そりゃあ、ときには厚生省に注文を出すこともあるが、むしろ逆に叱《しか》られることのほうが多いものでしてね。そのときもたぶん、そっちのほうじゃないかな。いつの話です？」

「九月三十日のお昼頃です。場所は赤坂のEホテルですが」

浅見はわざとらしく手帳を開いた。

「九月三十日？……」

江藤はいかにも頭のよさそうな、切れ長な目を天井に向けた。

「いや、それは私じゃないね。九月三十日は東京にはいませんでしたよ」

「とおっしゃいますと、どちらにいらっしゃったのでしょうか？」

「ははは、あなた、疑っているの？　その日はあれですよ、関西の……」

わずかに言い淀《よど》んで、チラッと浅見に視線を送った。その目に警戒の色が浮かんだように、浅見には見えた。

「大阪で国際移植学会のシンポジウムがありましてね、朝の新幹線でそっちへ行ってましたよ」

「ああ、それにはたしか、加賀裕史郎先生もご出席でしたね」

「そう、よく知ってますな。さすがルポを書いているだけのことはあります」

江藤は感心したが、じつをいえば、浅見のは当てずっぽうでしかない。

「私は昼頃からほとんど夕刻まで、ホテルの部屋で加賀先生にベッタリくっついていましたよ。したがって東京にはいないし、まして役人と会っているわけはない」

「そうですか……じゃあ僕の見間違いだったんですかねえ」

浅見はしきりに首をひねって見せた。

「それでは、本日伺いました本来の目的のほうに入らせていただきます。テープを回してもよろしいでしょうか？」

それらしく、テーブルの上にカセットテープレコーダーを置いた。

「臓器移植問題も、いよいよ法案作成段階に入ったようですが、脳死認定に関して、先生は基本的にご賛成ということでよろしいのでしょうか？」

「基本的にはね、賛成です。まあ、いろいろ細目《さいもく》については検討すべき余地が残されているが、脳死を人の死と認定する法律は、一刻も早く制定されなければならないと考えています。これがないために、わが国の臓器移植医療は一歩も進むことができずにいる。わざわざ海外に行ってドナーが現れるのを待つような状態です。自国民は知らん顔で、外国の人に臓器の提供を求めるのは、諸外国から見ればエゴとしか思えないでしょう。それでも外国で移植を受けることができる患者さんは金銭的にも恵まれた、ごく一部の幸運な人だけです。ほとんどの患者さんは臓器移植を待てずに、みすみす亡くなってしまわれる。これはじつに残念なことだ。とくに私を含め、医療の現場にいる者の耳には、臓器移植を求める患者さんの声が切実にひびいてくるのですよ。そういう患者さんたちを救って差し上げたい。これは医療に携わる者として、当然の願望であるはずです」

江藤は一気に喋《しゃべ》って、「こんなところでよろしいでしょう」と結んだ。

「二、三お訊《き》きしたいことがあるのですが」と浅見は言った。

「これは一部の人の意見かもしれませんが、脳死をもって人の死とするというのは、じつは先に臓器移植という目的があって、いわば臓器の提供者を必要とするところから出ているものではないのか——という、それについてはどのように……」

「そういうね、頑迷な考えというか、反対のための反対意見を弄《ろう》する人がいるから困るのですよ。脳死は人の死であるということは、厳然たる事実なのです。死んだ脳は二度と生き返ることはない。脳が死ねばやがて人間のあらゆる器官に死をもたらすことは、動かしがたい。ところが、交通事故や脳内出血などで、脳が死んでも、他の臓器がある期間生きているケースが、ごく稀《まれ》ではあるけれど起こりうる。その神が与えてくれたようなチャンスを、臓器移植を待つ患者さんに活《い》かして差し上げることは、人道的に見ても正しいありようだとは思いませんか？　亡くなられた方の立場からしても、ご自分の臓器がほかの人の体内に生き続けることに、むしろ満足されるのではないでしょうか」

「なるほど、おっしゃるとおりですね」

浅見は何度も頷《うなず》いて見せた。

「それから、脳死と臓器移植は犯罪を誘発する危険性がある――と指摘する声もありますが、それについてはいかがでしょうか」

「それは医者の立場からうんぬんすることではなく、あくまでも法制度上の問題でしょう。犯罪や事故が起きないような、しっかりした法律を定め運用すれば、問題は解決できると思います」

「お医者さんの立場からはうんぬんできないとおっしゃいましたが、しかし、一方には医療の現場は、いわば閉鎖された聖域のようなもので、そこで何が行なわれようと、外部からは垣間見《かいまみ》ることもできない――と危惧《きぐ》する意見もあります。たとえば臓器提供の同意書をでっち上げたり、あるいは脳死の認定を早めるようなこともありうるのではないかといった……」

「それはねえあなた、下司《げす》の勘繰りというものでしょう」

江藤は強い口調で、抗議した。

「医療の倫理からいっても、そんなことは考えられませんよ。医者の倫理観をもっと信じていただきたいですなあ」

「ところが、その倫理観を疑う意見もあるのですが」

浅見はしだいに無表情になる自分に気がつきながら、言った。

「長年にわたって脳死問題や臓器移植問題を扱ってきたお医者さんや医学者の先生方に、はたして倫理問題を口にする資格があるのか——という意見です」

「それはどういう意味ですか」

江藤は憤然として言った。

「たとえば加賀裕史郎先生ですが、加賀先生がかつての731部隊に関わっていたことを指摘する声もあります」

「ばかな!……」

江藤の顔色が変わった。浅見は構わずつづけた。

「加賀先生以外では、すでに亡くなられた先生方が多いのですが、やはり731部隊に関与していた学者先生が、とくに臓器移植問題に積極的に取り組んできたのだそうです。それは731部隊当時に培われた技術や、数多くのデータがその基礎にあるからだと言っています」

「冗談じゃない!」

「それに、現役の先生方の中で、加賀先生をはじめ、それらの学者先生の薫陶を受けた方々ほど、臓器移植に熱心であり、脳死を人の死とすることに賛成していらっしゃるという事実もあるというのです」

「誰が……あんたねえ、いったい誰がそんな中傷めいたことを言っているのかね。場合によったら名誉毀《き》損《そん》問題に発展しますよ。えっ？　誰なんです？　まさかあんた自身じゃないでしょうな」

「龍満さんです。龍満智仁さん」

「なにっ……」

「僕は龍満さんの口からそのことを聞きました。淡路島の常隆寺へ行く途中のフェリーの上でです」

「いいかげんなことを言うな。このあいだ来たときは、そんな話はしてなかったじゃないか。第一、龍満がそんなことをきみごときに話すわけがないだろう」

「おっしゃるとおりです」

浅見は悪びれずに頷いた。

「龍満さんご本人から話を聞いたというのは嘘《うそ》です。僕が聞いたのは、龍満さんが常隆寺に納めた遺骨の声です」

「なにっ？……」

江藤の顔から血の気が引いた。浅見を睨《にら》んでいた眼が、一瞬、下に落ちた。

「あ、あんた、テープを停めなさい」
うろたえて言った。浅見は言われるまま、テープのストップボタンを押した。
「きみは何者かね？　これはインタビューなんかじゃないだろう。目的は何なのだ？……
待てよ、そうか、きみだな。このあいだのQホテルのパーティで、加賀先生に妙なことを
訊いたやつがいると岡溝君が言っていたが、そいつはきみだったんじゃないのか？」
「加賀さんの足尾銅山時代のことを質問したのは、たしかに僕ですが、それが妙なことな
のでしょうか？」
「それは……私は足尾時代というのは知らないが、何にしたって、パーティ会場で質問す
るたぐいの話じゃないだろう」
「パーティ会場だけではありません。どこで質問しようと、加賀さんには答えられない理
由があるのですから」
「理由……とは何かね？」
「加賀さんの歴史の暗部——いや、日本医学の歴史の暗部といってもいいかもしれません。
加賀さんの経歴のどこを捜しても、足尾銅山に関わった足かけ三年の記録が欠落している
のです。現に江藤先生ご自身、加賀さんの足尾時代のことはご存じないではありませんか。
そればかりでなく、その三年間を含め、前後数年間、加賀さんが何をやっていたのかも、
完全に闇《やみ》の中に消されています」
「…………」

「加賀さんは731部隊に関わり、東京の新宿区戸山にあった陸軍軍医学校防疫研究室と、足尾銅山診療所の両方に籍を置いていました。当時、足尾銅山で強制労働に従事していた中国人百数十人が、相次いで死亡しています。一九八九年に戸山から発掘されたおよそ七十体の遺骨の主が、じつはこの人たちではないかと推測されます。これは、中国大陸でマルタと称され、生体実験の犠牲になって大量の死者が出たのより、わずかに遅れた時期にあたりますが、これこそ日本国内で生体実験が行なわれたことを示すものと考えられます。そして、その実験の中心的役割を果したのが加賀裕史郎氏だったのです」

「もういい」

ふいに江藤教授が言った。溜《た》めていたものを吐き出すような、気味の悪い声だった。

「あんたねえ、私が加賀先生の過去について、まったく何も知らないとでも思っているのかね。それは、足尾銅山で何があったかといった細かいことは知らない。しかし、戦時中に731部隊に関係しておられたことぐらい聞いているよ。

たしかにあんたの言うとおり、日本の医学界の大先生と言われる方々の多くが、731部隊に協力し、あるいはそこから有用なデータを収集した事実はあっただろう。しかし、それは戦時という特殊な環境がそうさせたのであって、それを単純に抜き出して、その先生方までを犯罪者呼ばわりするのは、見当違いもはなはだしい。

むしろ、医学の発達という見地に立てば、人類の未来に大きく貢献したと考えてもいいほどだ。その証拠に、戦後、日本を占領したアメリカ軍は、731部隊のデータを提供するのと引き換えに、関係者すべてを免罪したじゃないか。加賀先生をはじめ多くの医学者たちが戦後日本の医学をリードし、あるいは７３１部隊の幹部がグリーン製薬を創設したことなどを考えれば、あんたや一部の連中のように、いつまでも過去の亡霊にこだわったり恐れたりしているほうが、よっぽどどうかしているということだよ。

第一、過去に何があったにしても、戦後生まれの私にはまったく関係ない次元の話だ。ましてあんたはそれよりはるかに若いじゃないの。どうしてそんな過去のことを振り返る必要があるのかね。過去は過去として断ち切って、たえず未来を見つめていなければ、進歩なんてものはありえないよ」

「断ち切れますか？」

浅見は静かな口調で言った。

「ん？……」

「出来事や人のいのちは断ち切れるかもしれませんが、精神は断ち切れませんよ。あなたが加賀さんから受け継いだ精神や倫理観は、いまも脈々として生きているのではありませんか。７３１部隊の残虐行為を、医学の進歩のための捨て石であったかのごとく肯定するような人々が、平然として医療の倫理を語ることに、龍満さん父子は疑問を抱き、危惧《きぐ》を感じたのです。

脳死が人の死であるとする考えが正しいかどうかは分かりません。ただ、はっきり分かっているのは、臓器移植という需要が生じなければ、脳死問題が浮上することはなかったということです。医者は臓器移植という方法を発見・発明したときから、生きたままの臓器を欲しがるようになったのです。そうして『脳死』という概念を創りだした。まるで神のごとく、恣意《しい》的に人の死の領域を規定したのです。

それはひょっとすると正しい考え方なのかもしれません。一方には臓器移植を待つ人々もいます。その人たちの命を救うために役立つことも事実なのでしょう。しかし、それだけのことで、人間の死というもっとも厳粛であるべき問題に安易にメスを入れていいとは思いません。ドナーの人権を侵害するおそれはないのかとか、救命治療の放棄ということに結びつきはしないかとか、犯罪の発生を防ぐ方法は万全なのかとか、徹底的に議論しなければならない問題は山積しています。国民の多くは、この問題についてまったく知らないに等しいのですから」

ところが、脳死や臓器移植を議論し推進しようとしている人々の中には、加賀さんのような危険思想の持ち主がいる。その人たちの手に委《ゆだ》ねていいのだろうか――少なくともそういう人々が医学界から払拭《ふっしょく》されるまでは、この問題は聖域として扱うべきではないのか――と龍満さん父子は言いたかったのです。いや龍満さんにかぎらず、もしその事実を知っていれば、日本国民の多くが龍満さんと同じ疑問を抱くにちがいありません。

一九九四年に提出された臓器移植法案は、龍満浩三さんが加賀さんを牽制《けんせい》したこともあって、廃案になった。しかし浩三さんが亡くなると同時に、新たに動きだして、ふたたび成立に向かおうとしている。これに危機感を抱いた智仁さんが、お父さんの遺志を継いで、法案を阻止しようと、最後の切り札となる旧悪の証拠資料をもって、加賀さんに推進の旗を下ろし、引退するよう勧告したのです。その結果、悲劇が起きた……」

「やめたまえ」

江藤教授は冷やかに言った。まだ四十代のこの男が、まるで還暦を過ぎたような老獪《ろうかい》な微笑を浮かべて、ルポライターを眺めた。

「きみの下手な作文を聞いているほど、私は暇人ではないのだよ。まあ、たしかによく考えられた話のようではあるが、考えるくらいのことなら誰でもできる。しかしそんなものにどれほどの意味があるというのかね。それをきみの雑誌にでも書こうというのかね。何の裏付けもなしにそんなものを書けば、たちまち名誉毀損で訴えられるだけだ。

言っておくが、臓器移植法案はすでに軌道に乗っているのだよ。おそらく来年夏までには成立する運びになっている。世の中の大きなうねりは止めようがない。きみの言う、需要が生じたから供給源が必要になった、という理論はたしかに正しい。臓器移植が必要な患者がいるから、臓器の提供者が欲しいというのも、それには脳死が法的に認められることが望ましいというのも事実だ。移植手術を望んで、ニュージーランドやオーストラリアなどへ出かける患者も現実にいることを、無視するわけにはいかない。社会にはつねに需要と供給があって、それで進歩発展を遂げてゆくものじゃないのかね。

神でもない者が、人間の死の領域に踏み込むことは、たしかにおこがましいのかもしれない。しかし、それでいいじゃないか。脳死者は遅かれ早かれ、どうせ死んでゆくんだ。

それなのに、せっかくそこにある生きた臓器を提供してもらって何が悪い？」

「どうせ死ぬ、ですか」

浅見は江藤のサメのような目を見ているうちに、悲しくなった。

「どうせ死ぬのは誰も同じでしょう。僕もあなたもどうせ死ぬ。臓器を提供してもらった患者もいずれは死ぬ。マルタと呼ばれて犠牲になった中国人たちも、どうせ死ぬ物体として、医学の進歩とやらに供せられたわけですか。事故や脳出血で、いわゆる脳死状態になったとしても、どうせ死ぬ物体として切り捨てられることが正しい倫理なのかどうか、僕には自信がありません。それよりもむしろ、脳死から回復する方法がないか、たとえ虚《むな》しい努力であっても、最期のときまで模索することこそが、本当の意味での医の倫理なのではないかと思えてならないのです」

「もういい、やめたまえ」

ふたたび江藤は言って、顔を背け、椅子《いす》から立ちあがった。

「きみと不毛の議論をしてもしようがないと言っているのだ。帰ってくれ。それと、きみの無礼な言動に対しては、それなりの措置を取るつもりであることを含んでおいてもらったほうがいい」

「僕も殺しますか、龍満さんや田口さんのように」

「なにっ？……」

振り向いた江藤と、浅見は椅子に腰を下ろしたままの恰好《かっこう》で睨《にら》み合った。

2

例によって一人だけ遅い朝食のテーブルについて、トーストにバターを塗っていると、須美子がティーカップに紅茶を注ぎながら心配そうに言った。

「だんな様が、あとで書斎のほうにいらっしゃるようにって、おっしゃってました」

「ふーん、兄さんが……そうか、今日は土曜日だったっけ」

浅見は呑気《のんき》そうに構えたが、朝っぱらから書斎に呼びつけるのは、ただごとではないかもしれない。

「坊っちゃま、また何かなさったんじゃありませんか?」

「おいおい、またはないだろう。それより、目玉焼きが焦げるよ」

須美子に言われなくても、浅見には心当たりがある。それなりの覚悟を決めて書斎に行くと、案の定、兄の機嫌は悪そうだった。

「光彦、いったい何があったんだ」

弟の顔を見るなり言った。

「はあ? どうしたんですか、いきなり」

「厚生次官から電話があった。弟さんが妙なことをやっているようだが、ご存じかなと皮肉たっぷりに叱《しか》られたよ。H医大の教授先生のところに乗り込んで、だいぶ派手なことをぶちあげてきたそうじゃないか」

江藤教授のところへ行ったのは一昨日のことである。それからこっちの素性を探り出して、浅見警察庁刑事局長の弟であることを突き止め、厚生次官を動かすのだから、さすがに並の相手ではない。

「ああ、あのことですか。脳死問題と臓器移植問題について、第一人者のご意見を取材しに行っただけですけどね」

「それだけじゃないだろう。教授先生に対して、相当無礼を働いたという話だ」

「それは江藤教授の思い違いですよ。僕は脳死を人の死とすることに関して、倫理観などを質問しただけです。倫理のことを訊《き》かれて不愉快だったとしたら、それは先方が悪いのじゃないかなあ」

「おい、光彦……」

陽一郎は気掛かりそうに、少し前かがみになって浅見の顔を見つめた。

「きみ、まさかこのあいだ話した、加賀裕史郎氏の731部隊の一件を持ち出したのじゃないだろうな」

「ええ、その話をしましたよ。かつて非人道的な行為をした医学者と、そのような危険思想の持ち主の薫陶を受け、精神を引き継いだ人々が、人の死に関わる問題で倫理をうんぬんするのはいかがなものかという意見がありますが、それに対する教授のご意見は――と訊きました」

「そう言ったのか？」

「ええ」

兄と弟はたがいの顔を見つめあい、兄は大きく吐息をついた。

「呆《あき》れたやつだな。江藤氏がまさにその薫陶を受けた人物であることを承知の上でそう言ったんだな」

「まあ、一般論ですから」

「嘘《うそ》をつけ」

陽一郎は苦笑した。

「目的は何だい？　ただの取材や、いやがらせで行ったわけじゃあるまい。きみの本当の狙《ねら》いは何なのだ？」

浅見は兄の視線をはずして、しばらく沈黙した。目の前にいる人間が、肉親であると同時に、全国の刑事を統括・管理する機構の頂点に立つ男であるという、そのことの重さを思わないわけにいかなかった。

「グリーン製薬の社員二人が、相次いで殺された事件、兄さんも知ってますよね」

「ああ、もちろん聞いている」

「その事件をたぐって行ったら、加賀裕史郎にぶつかったんです。そこへこのあいだの足尾銅山の資料が出てきて、動機がはっきりしました。殺された龍満智仁氏の手元には、それらの旧悪を示す具体的な証拠があった。彼はそれを使って加賀に道義的責任を取るよう迫った――と考えていいでしょう。

加賀としては、731部隊の一件はもちろんだけれど、足尾銅山での旧悪を暴露されることに脅威を感じたはずです。日本の医学界に君臨する社会的地位や、現実に進行中である山口県長門市の加賀医学研究所の創設もオジャンになるでしょうからね。脳死臨調や移植学会も退かなければならなくなるし、ことによると、臓器移植法案への影響も甚大なものになるかもしれない」

「というと、あの事件は加賀氏の犯行だと考えているのか？」

「そうでしょうね。加賀本人が自ら手を下したわけじゃないですが、加賀の意を汲《く》んだ人間の犯行であると考えてます」

「きみのことだから、当然、その実行犯にも心当たりはあるんだろうね」

「ええ、一人は岡溝孝志という、加賀の秘書兼運転手を務める男。もう一人が江藤薫H医大教授です。もっとも、江藤は教唆《きょうさ》と死体の運搬に手を貸した程度の、消極的な共犯だと思うけど」

「驚いたな……」

陽一郎は口を窄《すぼ》めるようにして、弟の自信たっぷりな顔を眺めた。

「そこまで断定的に言えるほどなのか」

「情況証拠としては、ほとんど確信を持っているつもりですよ。しかし、物的証拠は皆無です。せめて龍満氏の所持していた証拠品でも出てくれれば、動機の面を補強して、連中を追い詰めることも可能なんですがね」

「警察の捜査はどうなっているんだい」

「ははは、刑事局長から警察の捜査についてご下問《かもん》を受けるとは思わなかったなあ」

「そういう皮肉はよせ」

真顔で叱られて、浅見は「すみません」と謝った。

「警察にもある程度のことは説明してあるのですが、やはり加賀の強大な影響力が壁なのか、全体的に及び腰になっているみたいですね。もっとも、731部隊を表面化すると、外交問題など、あっちこっちに差し障りが出てくるから、警察はおろか、政府としても手をつけたくないということはあるのじゃないですか」

浅見は精一杯の皮肉をこめて兄を見た。陽一郎自身、「731部隊には触れるな」と言っていたのだ。

刑事局長はうるさそうに首をひと振りしてから、言った。

「それはそれとして、きみの言うことが事実だとしたら、殺人事件に対する捜査は粛々と進めるのが警察の本分だろう。いったい現場は何を躊躇《ちゅうちょ》しているのかな」

「じゃあ、警察庁は捜査当局に対して、手心を加えるようにとか、特別な指示を出したりしてはいないのですか」

「あたりまえだろう。少なくとも私のところには何も上がってきていない」

「警察は救急医療の現場や法医学の医者などとは、事件事故を通じて密着しているから、馴《な》れ合いとは言わないまでも、多少の遠慮があっても不思議はないでしょう」

「そんなことはありえない」

陽一郎は強い口調で言ったが、すぐに「あってはならないことだ」と言いなおした。

「それで、江藤教授は僕を名誉毀損《きそん》で訴えるとでも言っているのですかねえ」

「いや、そこまでは言わなかったようだ。ただ、今後もなお無礼を働くようなら、しかるべく対応すると、厚生次官からクギを刺されたよ」

「しかるべき対応とはどういうものなんですかね。何をされようと僕には……」

失う物は何もない――と言いかけて、浅見は（あっ――）と気がついた。厚生次官の言う「対応」とは、浅見光彦のような吹けば飛ぶような相手に対してではなく、警察庁刑事局長に向けられた言葉なのだ。「あんたの将来に差し障るよ」と言っている。

「……僕には間違った点はないつもりでいるんだけどなあ。しかし、いくら僕ごときが気張ってみても、物証がない以上は手も足も出ないことは事実です。兄さんに言われなくても、矛を収めるつもりでいました」

「そうだな、それがいい。あとは警察に任せておけよ」

「そうします。ただ、ちょっと気になっていることがあるんだけど」

「なんだい」

「岡溝が『加賀先生には恩がある』と言っているんです。この恩とは何だったのか。それから、同じことが江藤にも言えると思うんですよ。単に薫陶を受けたぐらいのことでは、殺人の片棒を担ぐところまで協力するはずがない。一つには加賀医学研究所の所長の椅子《いす》を約束されていることもあるでしょうけど、ほかにも何か、抜き差しならない弱みを握られているんじゃないかな。これは警察なら簡単に調べられることだし、分かったら僕にもぜひ教えてもらいたいんですけどね」

「いいだろう」

陽一郎は頷《うなず》いた。

「しかし、言っておくが、みだりに『殺人の片棒を担ぐ』などと、断定的な言い方をするのはやめたまえ。いったんそんなふうに思い込むと、見えるものも見えなくなる。常に引いた位置から客観的に物事を見るようにしないと、思わぬ怪我《けが》をするよ」

「分かりました」

浅見は最後は殊勝に頭を下げた。

書斎を出て座敷の前を通りかかると、開いた襖《ふすま》の向こうから雪江が声をかけた。

「何を叱《しか》られていたの？」

「いえ、べつに叱られてなんかいませんよ。最近のマスコミ界の動静について、いろいろ聞かれただけです」

「嘘おっしゃい。ちょっと、ここにきてお坐《すわ》りなさい」

「はあ……」

浅見は浮かない顔で座敷に入った。

雪江は花を活けていた。床の間を背に、いくつもの花器と花材をひろげて、十二畳の部屋の半分近くは足の踏み場もない。週に一度は、こうして家中の花を活け替えるのが、雪江の重要な仕事になっている。

浅見は夜店を冷やかすような恰好《かっこう》で、母親と面と向かって坐った。

「山こうじに万両と、それから、その白い花は侘助《わびすけ》ですか。いよいよ冬近しという感じですね」

「おや、光彦もおナマなこと、よく知ってるわねえ」

雪江は手を休め、見直したような目で次男坊を眺めた。

「それは門前のなんとかで、自然に覚えちゃいますよ」

というのは嘘で、さっきトーストを焼いたとき、勝手口の脇《わき》に花屋の納品書があったのを見かけただけだ。

「あなたもお茶やお花をすればいいのに。そうすれば、少しは落ち着きも出るでしょう。お嬢さま方とのお付き合いもできて、良縁に恵まれるかもしれなくてよ」

「なるほど、それはいいですねえ」

「ふん、その気もないくせに。でもね、もしその気になったら、わたくしが手ほどきをして上げましょう。いまのところ、お弟子は和子さんと須美ちゃんだけですからね」

「その節はお願いします」

立ち上がりかけて、六つ並んだ花器が目に留まった。

「いま気がついたけど、その花瓶はみんな似てますね。どこの瀬戸物ですか？」

「何を言ってるの、瀬戸物は瀬戸のものでしょう。これは萩焼《はぎやき》、萩の焼き物ですよ。あなたのお父様が萩焼がお好きで、あちらへ出張なさるたびに買ってきてくださって、それでうちの花器は萩焼ばかりなのよ。でもこの色はいいわねえ、穏やかで」

「ほんとですね。あけぼの色っていうのかな。優しい色です」

言いながら、浅見の胸の裡《うち》に、燻《くすぶ》るような不安が芽生えた。何かを見過ごしていたときに感じる、やるせないような思いである。

居間に入って電話に向かった。

常隆寺の住職は例の大きな声で「やあ、浅見さん」と言った。

「すっかり寒うなりましたな。その後、お元気でっか?」

事件のことは遠い世界のような、のんびりした声音が羨《うらや》ましい。

「つかぬことを伺いますが、このあいだご住職は、龍満さんの骨壺《こつつぼ》は上等だとおっしゃいませんでしたか?」

「はいそうですよ。骨壺にしとくのは勿体《もったい》ない……言うとお骨に申し訳ないが、はんまになかなか上等な壺でした」

「その壺ですが、萩焼ではありませんでしたか?」

「あ、そやそや、あれは萩焼でしたな。淡い茶色いうんか橙《だいだい》色いうんか、表面にあばたみたいな小さなぶつぶつがある、それやったと思います」

「やはりそうでしたか……」

「そのことが何かあるんでっか？」

「ええ、ご住職がおっしゃってた、木は森に隠せという言葉が、いまさらのように貴重なご意見だと思えてきたのです」

「ふーん、そんなん、昔から言い習わされてきた文句でっしゃろ」

「しかし、凡人はそれを忘れてしまいがちなものです。とにかく、どうもありがとうございました」

浅見は礼を言って電話を切った。

3

御堂筋《みどうすじ》のイチョウはあざやかな金色で空を彩っていた。レストランの窓から、ギンナンを拾う人の姿もちらほら見える。

少し早めに店に入ったのがよかった。青木美佳が現れた頃には、店内は満員で、外の歩道に数人が並ぶ状態になっていた。

「遅うなってすみません。月曜日はちょっと忙しいもんやから」

息を切らせて、言い訳をした。

浅見はすでにオムライスを平らげ、コーヒーを注文したところだった。美佳は「またオムライスですの」と笑い、自分はハンバーグライスを頼んでいる。

「やっぱり浅見さん、来やはったんですなあ。そんなら、森さんを思うてはる気持ちは、ほんまもんいうことですね」

美佳は真剣な顔で言った。

「ははは、それじゃまるで、僕が森さんを恋しているみたいに聞こえますよ」

「けど、森さんは喜ばはるんと違うかしら。おいでになるいうのが分かっとったら、きっとここに来やはった思いますけど」

「それより、例の品はそれですか？」

浅見は彼女が膝《ひざ》に載せている包みを指さして、催促した。

「はい、これです」

美佳は恭《うやうや》しく捧げ持つようにして、袱紗《ふくさ》に包んだ箱を差し出した。

浅見はテーブルの上で窮屈そうに袱紗を拡げた。箱の蓋《ふた》には「茶碗《ちゃわん》」と墨書してある。蓋を開けると黄色い布に包まれた茶碗が現れた。ロクロを使わずに手でこねたような無骨な風合いのフォルムに、萩焼特有の穏やかな釉薬《ゆうやく》がかかっている。

「萩焼ですね」

浅見はいくぶん感動をこめて言った。

「ああ、浅見さんはやっぱり知ったはるんですね。さすがやわあ。私は何んも知らんで、瀬戸物言うて母に笑われましたけど」

「ははは、瀬戸物は瀬戸で作っているものですよ。いや僕も詳しいわけじゃないです。値打ちもまったく分かりません」

「母の話やと、これはなかなかええ仕事してはるみたいです。よっぽど高いもんと違いますやろか」

美佳はテレビ番組に出る骨董《こっとう》鑑定人の口真似をした。

「まさか、森さんが作ったんじゃないでしょうね」

浅見は多少の期待をもって蓋の裏を見た。箱書は「源秀作」とあった。どうやら男性の名前らしい。

浅見にはコーヒーが、少し遅れて美佳にはハンバーグライスが運ばれた。美佳は浅見の視線を気にすることもなく、忙しげに食事をする。十数年間、ビジネス街で暮らしてきた大阪の女性の逞《たくま》しさを見るようで、浅見は眩《まぶ》しかった。

「けど、森さんはなんで直接、浅見さんのところへ茶碗を送られへんかったんかしら?」

ナプキンで口の周りを押さえながら、美佳は怪訝《けげん》そうに言った。

「それはたぶん、僕を試したのでしょう」

「えっ、浅見さんの愛情をですか?」

「ははは、まさか……」

浅見は笑ったが、美佳は真顔だ。

「そんなら、何を試したんですの?」

「ですから、森さんが言ってたように、僕が彼女をどこまで理解しているのか――ということをです」

「ふーん……浅見さんがこの茶碗を取りにみえたことで、それが分かりますの？」

「ええ、分かるのですよ」

「なんでやろ？　なんでですの？」

「それは、ヒ、ミ、ツ……」

浅見はおどけて言ったが、美佳は対照的に、急に寂しそうな顔になった。


前回と同様、新幹線の小郡駅でレンタカーを借りた。小郡から萩へはほぼ真北へ向かう。道はあまりよくないが、その代わり交通量は少ない。道程はおよそ五十キロ足らず、まだ残照の残る時刻には萩市内に入った。

萩はのどかな街だが、初冬の火点《ひと》し頃のせいなのか、観光スポットや中心街のごく一部を除くと、どことなく哀愁が漂うような侘しさを感じさせる。

浅見はホテルの安い部屋を取っておいて、街を歩いた。

とにもかくにも萩に来てはみたものの、地図で見る以外には西も東も分からない。萩焼の店や工房は、想像していたより多く、いたるところで看板が目についた。

もっとも、実際の製陶所というのか「窯」はよそにあるらしく、大抵は製品を販売する店だけのようだ。日が暮れるとほとんどの店が閉まってしまう。「源秀」がどこにあるのか、見当もつかない。商売仇《がたき》の店で確かめるのも気がひけて、浅見はすべては明日のことと決めた。

ホテルからそう遠くないところにモスバーガーの店があった。東京辺りだと、家族連れや若者で賑《にぎ》わうこのテの店には、浅見はなんだか照れくさくて、絶対に入れない。須美子がお土産に買ってきたのを食べて、旨《うま》かった記憶があるので、自分でもいちど試してみたいとは思っていた。

浅見は周囲を見回してから、刑事の尾行を撒《ま》く逃亡者のように、すばやく店に入った。旅先のことだし、それに、ガラス越しに見える店内には中年夫婦らしき客もいるから心強い。

店の中はそれほど広くはないが、白木のテーブルや椅子《いす》が清潔そうで好感が持てた。メニューの金額が安いのも気に入った。なにしろ今回もケチケチ旅行なのである。「モスチキン」というのと「フィッシュバーガー」と「ポタージュスープ」と「アイスティー」を頼んで千円でお釣りがきた。しかもボリュームはたっぷりあったし、何よりも、須美子のお土産のときとそっくり同じに旨いのに感心した。日本中が同じ味と同じシステムになっているというのはすごいものだと思う。

店員がキビキビしているのも感じがいい。手空きになったところを見計らって、若い女性の店員に「源秀」という陶芸の店を知らないか、文字を書いて訊《き》いてみた。

「お店ですか？　お店でなく、人の名前でしたら知ってますけど」

「えっ、知ってるの？」

浅見は驚いた。まるであてにしてなかったのだが、訊いてみるものではある。

「そんなに有名な人なんですか？」

「さあ、それはどうか知りませんけど、うちによくお見えになるし、うちのオーナーがファンですから。あそこにあるのも源秀さんの作品ですよ」

指さした先の棚の上に、大振りの「作品」が載っている。茶碗にしては大きすぎるし、花瓶なのか、それとも単なる壺なのか、用途不明の萩焼である。そう言われてみると、どことなく、喜美恵に貰《もら》ったあの茶碗の雰囲気と似ていないこともない。

「源秀さんの工房っていうのかな、仕事場はどこなんですか？」

「越ヶ浜《こしがはま》のほうへ行って、少し山に入ったところだそうです。私は知りませんけど、オーナーはよう知ってます」

越ヶ浜というのはJR山陰本線の萩から二つ目の駅だ。

「オーナーはいらっしゃるの？」

「いえ、いまはいません。明日は朝から来てると思いますけど」

「それじゃ、明日の朝、また来ます」

よし、明日の朝食はまたモスバーガーにしよう——と、勇み立った気分になった。その気分は夜になっても収まらなかった。目が冴えてなかなか寝つかれない。明石海峡フェリーで龍満智仁に出会ってからこれまでの、長い道のりがあれこれ思い浮かんだ。

森喜美恵という「謎《なぞ》の女」と、いよいよ明日は対面するのだ——という感慨が湧《わ》く。もっとも、森喜美恵が萩市にいるというのは、確かなことかどうかは分からない。分からないはずなのに、それは既定の事実であるかのような確信が浅見にはあった。

森喜美恵がはげしい勢いで電話を切ったときには、これで彼女とのコンタクトは難しくなった——と思った。しかし実際はそうではなかった。喜美恵が青木美佳を通じて萩焼の茶碗をくれたのは、こっちの誠意や力量のほどを試す意図もあったのかもしれないが、同時に重大なメッセージを送ることが目的だったにちがいない。

（私はここにいる——）

森喜美恵はそう告げたかったのだ——と浅見は思った。

あの骨壺が萩焼の壺であることを突き止めていれば、彼女が萩焼の茶碗をプレゼントした意図は自《おの》ずから明らかだ。

警察の通り一遍の捜査ではなく、また犯人側の邪《よこしま》な追及でもなく、龍満父子や森喜美恵の思いに感情移入して、悲しみや怒りや優しさをわがことのように感じ取れる者だけが、骨壺が萩焼であることを知りうる。なぜ萩焼であったかも知りうる。

そしてなぜ喜美恵が萩焼の茶碗を贈ったかを知り、彼女の仕掛けたパスワードを解くことができる——。

それが浅見の「読み」である。当たるか外れるか——それを思って、浅見はベッドの上で夜明け近くまで輾転《てんてん》とした。

朝十時の開店時間に合わせて、浅見はモスバーガーに入った。三人の店員が持ち場に散って、第一号の客を「いらっしゃいませ」と迎えた。昨日の女性がすぐに気づいて、「あの、オーナーを呼びましょうか？」と言ってくれた。

「お願いします」

浅見は頼んでおいて、朝食のハンバーガーとスープとグリーンサラダを注文した。

三点セットと同時にオーナー氏が現れた。五十歳ぐらいの中肉中背、色黒でどちらかといえば風采《ふうさい》の上がらない男だ。

「源秀さんのことをお聞きになりたいのだそうですな」

無理に共通語を使おうとするが、本来はかなり訛《なま》りがきつそうな発音であった。見るからに素朴で、元はこの付近の農家か漁師の出ではないかと思える。

「以前、源秀さんの銘の入った茶碗を頂戴《ちょうだい》したことがあって、うちの雑誌でぜひ作品を紹介したいと思ってきたのです」

浅見は「旅と歴史」の名刺を出した。

「ああ、そうでしたか。それじゃったら源秀先生も喜ばれるでしょう。ご案内できればよろしいのじゃが、私はちょっと仕事があるので、いま地図を書きます」

浅見にテーブルの上のものを「どうぞ、召し上がっていてください」とすすめ、隣のテーブルで地図を書き、先方には電話で、これこれこういう人が行きますのでよろしく――と連絡してくれた。

松本川を渡って萩市街を北東へ、国道191号を五キロほど行ったところに越ヶ浜駅がある。駅を過ぎると間もなく、左へカーブし海岸線を行く国道と分岐し、線路沿いに直進して山へ分け入る道を進む。線路はやがてトンネルを潜《くぐ》り、道路は細くなり、車は行き止まりになる。

　源秀窯はそこにあった。

　この辺りは日本海から吹きつける冬の季節風に、まともに晒《さら》される台地だ。常緑樹も多いが、どの木も大地にしがみつくように根を張り、そのわりに枝葉がか細い。

　どこかの古い民家を壊したときに出た廃材を運んで建てたものらしい。太い柱や梁《はり》を使った、想像したより大きな建物だ。石見瓦《いわみがわら》の屋根だけが妙に新しく、ほかは無骨で古色蒼《そう》然《ぜん》とした雰囲気が、周囲の風景とあいまって鬼のすみかを思わせる。

　建物の中は、冬の曇り空より、いっそう暗かった。

　ガラス戸を開けると十五、六坪はありそうな、かなり広い土間だ。壁際には棚が並べられ、ほんの申し訳程度に、完成品や素焼き状態の作品が置かれている。街中の店や工房にズラッと並んでいた製品の多さと較べると、あまりにも侘《わび》しいのに驚かされる。

　土間の奥から老人が現れた。八十歳近いと思われる皺《しわ》だらけの顔だが、上背もあり、肩や胸の辺りはガッシリしている。

「あんたですか、武田さんから言うてきたお客さんちゅうのは」

　人なつこい笑顔で言った。純粋にこの土地の訛りである。

　浅見は型どおりに名刺を出し、取材の申し入れをした。源秀はろくに見もしないで、脇《わき》の古びたテーブルに置いた。

「いけません、そういうのんはお断りさせてもろうちょります」

ニコニコ笑いながら言うので、本気か謙遜《けんそん》か、分からなくなる。しかし浅見はあっさり引き下がった。老人を騙《だま》したような後ろめたさはあったが、もともと取材の意志などないのだから、断られてむしろほっとした。

「せっかくじゃから、お茶でも差し上げましょうかな」

奥へ引っ込んで、茶道具を持ってきた。急須《きゅうす》も茶碗《ちゃわん》もむろん萩焼である。おそらく源秀自身の作品なのだろう。無造作に扱っているけれど、ひょっとすると安い物ではないのかもしれない。

「お独りなのですか?」

浅見は老人の手元を見ながら、訊いた。

「ああ、そうです。いまは娘が一人おりますけどな」

「あ、お嬢さんがご一緒ですか」

「いや、娘ちゅうてもほんまの娘でなくて、仕事を手伝うてもろうちょる娘です。ちょっと出かけておるので、わしのまずい茶で我慢してください」

笑うと入れ歯がカチカチ鳴った。

耳をすませてみたが、建物の中に老人のほかには人のいる気配は感じられない。

老人は「まずい」と言ったが、お茶は旨かった。萩焼の柔らかな肌が、唇に触れる感触の優しさのせいかもしれない。

「いまは窯は焚《た》いていないのですか？」

「ああ、今年はあとひと窯、正月を越える窯を焼くだけですな」

「一度にどのくらいのお作品を焼くものなのでしょうか？」

「そうじゃなあ、近頃はせいぜい十か二十か、そんなもんじゃろか」

「えっ、そんなに少ないのですか」

「それでも、気に入ったもんは、三つか四つかできればええようなもんです」

そんな寡作で暮らして行けるのか——と心配になった。きっと一作一作が相当に高価なのだろう。

「お作品を拝見できませんか」

「ええですよ。ガラクタばかりでよろしければな」

老人は気さくに立って、奥へ案内してくれた。

黒光りする板の間の、奥行きのある頑丈な棚に、全部で五十点ほどの作品が載っていた。茶碗のような小物もあるが、花瓶や壺《つぼ》のような大型のものが多い。ガラクタどころか、素人目にも、どれを取っても風格を感じさせる作品ばかりに思える。

浅見はその中の一つに注目した。心臓が高鳴った。

直径が二十五、六センチ、高さが三十センチほどの、ほぼ円筒形の壺である。肩が少し丸みを帯びて、上面に丸い蓋《ふた》がある。形といい、褐色に近い渋い色合いといい、なんとも上品だが、そういう先入観があるせいか、どう見ても骨壺だ。

「あれは骨壺ですか？」

思いきって訊いてみた。

老人は「ふぁふぁふぁ……」と、入れ歯が外れるほどに笑った。

「あれは火消し壺じゃあ。そうじゃなあ、いまどきの若い人は知らんのじゃろ。おき火を入れる道具じゃが」

「ああ、知ってます」

浅見は思い出した。

「そういえば、母親が茶の湯をやるときに使っていました。しかし、これほど上品なものになると、火消し壺とは思えませんね」

「骨壺ならよろしいかな？」

「は？　いや……」

うろたえながら、「そうかもしれません」と言った。

「価値のある遺骨にはふさわしい、立派な骨壺になります」

「ふーん、価値ある遺骨とは、どのようなもんですかな？」

源秀老人の顔から笑いが消えて、童心を思わせる真っ直《す》ぐな目が浅見を見つめた。

「そうですね……」

浅見は遠くを見た。黒い板壁の向こうの、はるかな過去までを模索した。戸山の陸軍軍医学校跡地から出た七十体の遺骨のことを思った。あの戦争で犠牲になった数百万の物言わぬ遺骨のことを思った。彼らの痛恨の思いが、現世を野放図に生きる人々に届かないもどかしさを思った。

「僕ならば……」と浅見は言った。

「僕ならば、死してなお人を動かすような、みごとな骨になりたいものです」

老人は黙って天井を仰いだ。浅見の言葉を咀嚼《そしゃく》しているように見えた。

「よし、よろしい、よろしいじゃろうな」

老人は三たび頷《うなず》いた。

背後の板戸が重たげな音とともに開いた。気配さえ感じさせなかった暗い空間の中から女性が現れた。萩焼を思わせる、くすんだ橙色のスーツ姿である。

「森喜美恵です」

敷居の上に膝をついて、小声で名乗った。電話のときのはげしい口調と同じ人物とは思えない。

「浅見です、電話では失礼しました」

皮肉で言ったわけではないが、喜美恵は視線を落とした。

「遺骨を受け取りにきました」と浅見は言った。

「お話を聞かせていただけますね？」

「ええ、お話しします」

老人は何も言わずに、表へ出て行った。

4

龍満浩三が森喜美恵を訪ねてきたのは、母親が亡くなって四日後のことだった。

「そのときに、龍満さんから、私のほんまの父親が誰なんか聞きました」

喜美恵はたんたんとした口調で語った。

「えっ、それじゃ、龍満浩三さんが本当のお父さんではないのですね？」

浅見の驚きを見て喜美恵は目を瞠《みは》った。

「そうやったんですか。やっぱり浅見さんは、私が父のおらん子やいうことも知ってはったんですね。私のことをどこまで調べはったんか気になってましたけど、龍満さんのお父さんがそうやないかいうことまで、疑うてはったんですなあ。けど、私かてそのときまではそうやないか思うてました」

かすかに笑った。

「自分が私生児やいうことを知ったのは、高校二年の春でした。子供のころ、近所の子に『父《てて》なし子』いうていじめられたときには、父親がいない子——のことかと思って、それほど辛《つら》いとは思わへんかったんですけど、初めて戸籍謄本を見ると、父欄が空白で続柄欄に『女』という文字が記載されていました。不思議に思うて係の人に訊《たず》ねると、ばつが悪そうな顔して、それはあなたが私生児という意味なんですよ、ってそっと教えてくれはりました。その言葉を聞いたときには、ほんま、ショックでした。辞書で調べると、『庶子に対して父親の知れない子・てなし子』って書いてあるんです。それで、近所の同級生で尚美っていう子のお母さんに、ほんまのお父さんは誰なんか、訊《き》いてみました。尚美のお母さんは分からへん言うて、なかなか教えてくれはれへんかったんですけど、とうとう最後に、たぶん龍満さんやないか思うと言いました。それがまたすごいショックやったんです」

当時を思い出すのか、喜美恵はため息をついた。

「それまでは母から、龍満さんは父の古くからのお友達やいうふうに聞かされていました。もちろん、母の言う『父』というのは、私が生まれる前に亡くなった森栄治のことですけど……母の話では、父と龍満さんは満州で一緒だった時期からのお知り合いで、父は体をこわして早くに帰国してしもうたんですけど、戦後また、偶然、長門でめぐり合うたいうことでした。

私が物心ついた頃には、龍満さんのお宅とは、家族ぐるみで親しくしていて、智仁さんとも兄妹みたいなお付き合いでした。そやから、その龍満さんがほんまのお父さんやと聞いて、もうどないしていいんか分からんようなって、家を飛び出したんです。

母のことも不潔や思いましたけど、それ以上に龍満さんを、人の弱みに付け込んで——と許せんかった。その憎い男から生活費や学費を出してもろうていたんかと思うと、死んでしまいたいほどでした。それで大阪で二年ほど、母には行方も知らさんといて、少し気持ちが落ち着いて居場所だけは知らせたんですけど、そしたら、すぐに龍満さんが飛んできて、すっごく叱《しか》られました。尚美のお母さんの言うたことは嘘《うそ》なんやそうです。けど、ほんまの父親が誰なのかはどうしても教えてはもらえんかった。母が自分の生きているあいだは、絶対に教えんといてくれと頼んだんやそうです。

龍満さんに、母親を悲しませたらあかんいうて説得されましたけど、私は長門へは帰りとうないと言うて、強情を張り通しました。龍満さんは仕方なく、私をグリーン製薬に勤めさせ、母のほうを大阪に呼んで、とにかく一緒に暮らすようにしてくれはったんです。私が十九の年でした。

母が亡くなったとき、龍満さんは香港に旅行してはって、お葬式には間に合いませんでした。四日後に訪ねてみえて、仏壇にお参りしてくれはった後、私のほんまの父親が誰かを教えてくれはりました。ほんまの父親は加賀裕史郎やと……」

「えっ、加賀……」

浅見は息を呑《の》んだ。

その瞬間、いろいろなことが見えたような気がした。しかしそれ以上は何も言わなかった。いまはただ、喜美恵の述懐を静かに聞こうと思った。

「加賀裕史郎は有名でしたから、名前はもちろん知ってました。グリーン製薬とも深い関わりがあって、創立者の会長とは古い友人で会社の顧問をしていることとか、グリーン製薬が今日あるのは加賀のおかげだみたいなことも聞いてました。長門の仙崎の出身で、郷里を代表する名士やとも知ってました。大阪支社にはめったに来ることはなかったんで、顔は写真で見るくらいでしたけど、どっちにしても私とはまったく縁のない、遠い世界の人やと思うていました。

その加賀裕史郎が父親と聞いて、私は心臓が凍るほどショックでした。ゾーッとするいうのは、ほんま、このことやと思いました。なんでか分かりません。生理的に嫌いいうのがありますけど、そういうことかもしれません。あの男と私が、血で繋《つな》がっていると思うただけで、おぞましくて、体中の毛細血管のすみずみまでザワザワするような気持ちがしました。

いま思うと、母も私と同じような気持ちやったんやないでしょうか。そやから、ほんまの父親が誰かを教えることがでけへんかった。たとえ不倫でもなんでも、もし相手の男が誇れるような人物やったとしたら、私にかて胸を張って教えてくれたと思うんです。母が加賀とどんな情況でそういう関係になったのかは知りません。龍満さんも詳しゅうは話してくれませんでした。けど、私が生まれたいう現実は現実として、母は生きてゆくために加賀の庇護《ひご》を受けねばならんかった。死ぬか生きるかの選択を迫られて、生きる道を選んだときから、母は屈辱を強いられてきたんやと思います。その母の気持ちも知らんと、生きているあいだ中、母に冷たくしてきたことが辛くて、私はひと晩中、泣きました。

それからすぐに会社を辞めました。加賀の息がかかった会社に、一秒も留《とど》まっているわけにいかんと思いました。そうして長門の湯本温泉にこっそり帰って、白谷ホテルの寮に住み込みで暮らしていました。龍満さんには居場所を知らせましたけど、今度は連れ戻しに来るようなこともなく、一度だけ、ふつうのお客さんとしてさりげなくホテルに泊まりに見えて、私の無事な様子を確かめて帰って行かれました。

母が亡くなって二年後に龍満さんが亡くなりました。息子さんの智仁さんがお一人で納骨に見えて、そのとき、智仁さんから意外な話を聞いたんです。加賀裕史郎も龍満さんのお父さんも、それから私の『父』も、みんな731部隊に関係しておったという……」

喜美恵は言葉を切って、浅見の顔を見て反応を確かめた。

しかし浅見は今度は驚かなかった。ただ黙って、小さく頷いて見せた。

「龍満さんは亡くなる前に、智仁さんに遺言を伝えたそうです。それは、加賀裕史郎を筆頭とするかつての731部隊の残党が、戦後半世紀を過ぎたいまでも、日本の医学界の倫理を形づくっていることを憂慮するというもんでした。龍満さん自身、731部隊に関係したことで医学を捨てるほど、ご自分を責めておられて、智仁さんにも折にふれてその話をしているのです。とくに、脳死問題や臓器移植をめぐって、推進派のリーダーシップをとっているのが、その人たちであることに、いつも憤りをぶつけておられたそうです。脳死臨調や移植学会が、政治家にゴーサインを出しそうになるたびに、龍満さんは加賀に圧力をかけて、法案がストップするようにしたといいます。その圧力のエネルギー源が、あの壺の中にあります」

棚の奥まった位置にある萩焼の壺が、窓の明かりに鈍く光っている。

「あの中には、加賀の足尾銅山と陸軍軍医学校時代に犯した犯罪の記録が入っています。

人体実験を行なっている写真と、毒物実験を裏付ける遺骨もあります。加賀自身が書いたデータの文書も入っています。それらを遺《のこ》したのは、私の『父親』だったそうです。

智仁さんがお父さんの龍満さんから聞いた話によると、私の『父』は憲兵で、龍満さんは医学校を出て731部隊に研究者として配属になったんですが、二人はウマが合って、結婚も合同でするほどでした。さっき言うたように『父』のほうは先に帰国したのですけど、その少し前、中央の大学から731部隊に、連絡と指導のために派遣されてきた若い医学者がおって、それが加賀裕史郎だったんです。

じつは、自由のきかなかった戦時中の軍隊で、『父』が帰国できたんは加賀が上層部に働きかけてくれたおかげではないかと、これも龍満さんが智仁さんに言うてはったことです。その後『父』は終戦間際まで加賀と行動を共にしておったんですけど、いよいよ体調が悪うなって別府の施設で療養中に終戦を迎え、それから長門の湯本温泉に移ってきたそうです。母が温泉で働くようになったときも、たぶん地元に顔が利く加賀の口利きがあったんやないんでしょうか。

智仁さんはお父さんの遺志を継いで、加賀裕史郎一派に圧力をかけると言うてはりました。というても、脳死を人の死とすることや、臓器移植そのものに反対するいうわけではないんです。そういう人のいのちに関わることを、彼らのような犯罪者がしたり顔で決めたり、倫理がどうのこうの言うたりして、日本の世論を動かすのは許せないいうことやったんです。

智仁さんはこんなことも言うてました。『医者に限らず、科学者は誰しも、目の前にある新事実や新技術を試してみたくなるもので、それはまるで、幼児が玩具《おもちゃ》をいじりたくなるような心理だ。核分裂の方法を発明した科学者が、やがて原子爆弾を作りだしたのも、科学者の欲望がとめどないものであることの証拠といえる。医者が臓器移植を行ないたい気持ちのどこかに、そういう科学者根性がありはしないか。患者のいのちを救いたいという崇高な使命感だけが彼らの動機のように言い、あたかも正義を行なうように高姿勢だけれど、もしそういう崇高な精神があるのなら、もっと違うところに、いくらでもその精神を発揮することがあるはずだ。日本中のどこの病院でも見られる医療の荒廃などは医者たちのちょっとした努力で改善できる。心臓移植といった突出した技術が光を浴びるのではなくて、日常的な地道な医療に力を注ぐほうがどれほど大切か知れない』と。

私も気がついてましたけど、メーカーから病院へ、病院から患者さんへ流れる薬の量の膨大なことは、中にいる者でさえ呆《あき》れるくらいです。病院では無用な検査と無用な投薬が日常茶飯事。こんなことでは日本の健保制度はどうなってしまうんやろ――と、不安になるほどです。そういう根本的でもっとも肝心な部分を少しも反省せんと、医者も政治家もマスコミも学者も、たかだか年間数人の患者を救えるかどうかという臓器移植問題にかかりきりになって、赤字健保の対策なんか、国会でも何も決まらんのやから、おかしな話やありません？」

喜美恵は浅見に問いかけて、自分の話が脱線したことに気づいたらしい。

「あっ、これはちょっと言い過ぎてますね。けど、智仁さんもそう言うてはったんですよ。そういうこともあるんで、国民のためにも、加賀の推進する臓器移植法案は阻止するんやと」

「そして龍満智仁さんは、加賀氏に歯向かっていったのですね？」

「ええ、手紙に資料のコピーや写真を添えては、何度も加賀のところに送った言うてはりました。その効果はそれなりにあったそうです。去年から今年の夏にかけて、何回か法案が提出されそうになっては、そのつど引っ込められたでしょう。それはちょうど智仁さんの行動と一致してたみたいです。

ところが、九月に入って間もなく、智仁さんがお父さんの一周忌で長門に見えて、ご法事のあと一緒に赤崎神社のお祭りを見物に行きました。そのとき、智仁さんはいままでとは違うて、すごく不安そうな様子でした。自宅が何者かに狙《ねら》われていると言うてはりました。そして、万一に備え、資料類を骨壺《こつつぼ》に納めて、淡路島の常隆寺に隠すと言いました。それから二人でこの源秀先生のところに来て、壺を買いました。源秀先生は長門に住んでおられた頃から智仁さんのお父さんと親しくしてはって、先生は智仁さんのことも、子供の頃からようご存じやったんです。

智仁さんはあの骨壺を抱いて、車で帰って行かはりました。途中、淡路島へ寄って行く言うてましたけど、そのときが、智仁さんと会うた最後になりました。それからほんの一週間後に、智仁さんがあんなことになってしもうて……」

語尾が消え入るように、喜美恵は言葉を止めた。

「ニュースでは喧嘩《けんか》やとか、通り魔やとか書いてあったけど、私はそうやないと思いました。それからあの骨壺のことが気になって、智仁さんから聞いた常隆寺いうお寺さんへ取りに行ったんです。無我夢中でした。とっさに石森里織いう偽名を使うたんですけど、やっぱり素人なんか、『森』の字が入ってしもうて、そこからバレてしまうんやないかとか、いろいろ心配もしました。

骨壺の中身は、智仁さんが言うてはったとおりの物が入っておりました。731部隊や加賀裕史郎のしたことは、人間の行為とは思えない残虐なものでした。それを見たとき、やっぱり智仁さんが言うたことは事実やったと思い、それと同時に、この秘密をバラされることを、加賀たちがどれほど恐れているんかも実感できました。だからこそ、智仁さんは殺されたいうことも、よう分かります。

それからすぐに、私は湯本温泉からここに移りました。源秀先生にお願いして、隠れさせてもろうたんです。龍満さん親子の遺志を継ぐことが私の使命やいうこともお話ししました。そうして、龍満さん親子がしてはったように、加賀裕史郎宛《あて》に警告を送りつづけたんです。

けど、それが効果があるものかどうかは、私にはよう分かりませんでした。青木美佳さんに電話したとき、グリーン製薬の創立五十周年パーティの話を聞いて、その会場に電報を打つことを思いついたのは、その効果を確かめるチャンスや思うたからです。そして記者さんの一人がステージに近づいて、加賀に質問を浴びせたとき、たしかに効果はあると確信できました。その記者さんが浅見さんで、浅見さんも私と同じような目的で事件に迫ってはったとは、思いもしませんでしたけど」

森喜美恵の長い話は終わった。すべてを語り尽くして、喜美恵の表情には疲労感とともに、充足感が溢《あふ》れていた。

二人ともしばらく無言でいた。

「一つだけ、どうしても理解できないことがあります」

浅見は沈黙を破って、言った。

「それだけの証拠がありながら、森さんはなぜ警察に届け出ようとはしないのですか？　それは、臓器移植法案を阻止する狙いであるうちは、そういう方法でもよかったかもしれません。しかし現に殺人事件が起きて、二人の人が殺されているのですよ。しかもそのうちの一人は、あなたのごく親しい人です。この骨壺の中身が直接、犯行を裏付ける証拠にはならないとしても、犯行の動機を証明する重要な物的証拠であることは間違いないでしょう。少なくとも警察は勢いづきますよ。それなのになぜ、単なる脅迫だけに利用しているのかが、僕にはさっぱり理解できない。警察の目から見れば、ただの恐喝目的と映るかもしれません」

「そんな、恐喝やなんて……」

喜美恵は一瞬、抗議の目を向けたが、すぐに視線を床に落とした。

「……私かて、自分の気持ちが分からへんのです。臆病《おくびょう》で、卑怯《ひきょう》で、どうしようもないアホやいうことも分かってます。けど、どうしても最後の一歩を踏み出すことがでけへんのです。どうにもならんのです。そやから浅見さんに来てもろたんやないですか」

伏せた顔をキッと上げ、こっちにまともに向けられた目が、涙に濡《ぬ》れていることに、浅見は愕然《がくぜん》とした。

（そうか——）と思った。

喜美恵が告発しなければならない、おぞましい「犯罪者」は父親だった。

そのことにずっと、浅見は気づかないできた。たったいま、喜美恵の告白で知らされていながら、そのことの持つ意味を実感できずにいたのだ。浅見は目を閉じ、黙って深々と頭を下げた。

5

萩からの帰路は重い「骨壺」以上に重いものを背負わされたような気分であった。日本海側の冬空は峠のトンネルを越えた辺りで雲が切れ、小郡の空は明るかったが、沈みがちな気分は変わらない。

レンタカーを返して、小郡駅の構内で新幹線の待ち時間をつぶした。緑の窓口の脇《わき》に海外ツアーの派手なパンフレットが沢山置かれていた。その中に「オーストラリア七日間の旅」というのがあった。太いゴシックの活字を眺めながら、田口信雄のことが脳裏を過《よぎ》った。田口が恐喝の成功に束の間の希望を抱いて、家族に「大きな」話をしたという、その救いがたい愚かさに、いまさらながら腹が立った。

田口夫人は夫のそういう空元気や気休めを見抜いて、「絶対に無理」と冷やかに見ていたらしい。それもまた悲しいことだ。「うちみたいな貧乏な……」とも言った。そこまで絶望的にならなくても――と思わせるほど、醒《さ》めきった口調だった。

（オーストラリアくらい、僕だって――）

そう思った瞬間、浅見はもう一人の人間の口から「オーストラリア」という言葉を聞いたことを思い出した。江藤薫が浅見の「取材」に答えた中で、「ニュージーランドやオーストラリアへでかけて移植手術を待つ……」と言っていた。

愕然とした。

田口家で、ドアの隙間《すきま》からチラッと顔を覗《のぞ》かせた少年の青黒い顔が、まるで目の前にあるように思い浮かんだ。

夫人は夫の強がりを「気休めなんですよ、息子を喜ばせ力づけるための」とも言っていたのだ。

「ばかな……」と、浅見は自分の頭を殴りつけたい衝動に駆られた。

田口の「恐喝」の目的を、借金の返済や家族を海外旅行に連れてゆくようなことと誤解していた。だが、田口の目的はもっと切羽詰まったものだったのだ。目の前にその姿を見ていながら、なぜいままでそれに気づかなかったのか、浅見は自分の愚かさこそが笑われるべきだ——と思った。

東京には午後九時過ぎに着いた。自宅に帰ると陽一郎が待ち受けていて、寛《くつろ》ぐひまもなく書斎に呼ばれた。

「だいぶ家を空けていたそうだが、どこで活躍していたんだい？」

「いえ、例によってつまらない雑誌の取材ですよ」

「須美ちゃんの話だと、今回は萩だったそうじゃないか。いまどきの萩に何か面白いネタでもあるのか」

（あのお喋《しゃべ》りめ——）

「ネタはありませんでしたが、旨《うま》いフィッシュバーガーを食って、母さんに萩焼の茶碗《ちゃわん》を買ってきました」

「ふーん、まあいいか。あまり無理をして、母さんに心配かけるなよ」

陽一郎は兄らしく説教をして、ようやく本題に入った。

「光彦の言っていた、岡溝と江藤の件を調べておいた。岡溝も江藤も、加賀氏から重大な恩義を受けているね」

「やはりそうでしたか」

「岡溝は警視庁に在職していた昭和五十九年に、本富士署管内で起きた強盗事件の容疑者を追跡中、容疑者の反撃を受けて格闘の末、相手を死なすという事故を起こした。これが過剰防衛の疑いがあるというので、起訴されかかったのだ。ところが、格闘中に意識不明となった容疑者を救急車が運び込んだT大病院で、治療を指揮したのが江藤助教授だった。江藤氏は容疑者にはもともと心臓に欠陥があって、格闘が直接の原因で死亡に到ったものではないと診断、後にそれを加賀氏が支持する証言をした」

「はあ……しかし、それならあたりまえの話で、別に恩義を感じるほどのことではないじゃないですか」

「さあね、それはどうかな」

兄は意味ありげに笑った。

「なるほど……」

賢明な弟もすぐに気づいた。考えてみればつい先日、兄と話したときに、警察と医者との癒着を話題にのぼらせたのは、浅見自身だったのだ。おそらく、犯人の死因をもっともよく知っていたのは、岡溝だったのだろう。そして岡溝には江藤と加賀に対する拭《ぬぐ》いがたい恩義が生じた。

「江藤の場合はどうなのですか」

「こっちのほうははっきりしない。ただ、江藤はかつてT大病院で、加賀氏の下で働いていたのだから、その時代に治療ミスがあって、それを加賀氏によって隠蔽《いんぺい》してもらった可能性はありうるね。それも、一度だけにとどまらなかったのかもしれない」

陽一郎は眉毛《まゆげ》ひとつ動かさずに、平然と喋っている。浅見は兄は好きだが、不正の存在を知りつつ、あたかも既定の事実であるかのように容認する、官僚のそういうところだけは好きになれない。

　医師も人間である以上、治療にミスはつきものといっていい。しかしそれが表沙汰《おもてざた》になることは驚くほど希有《けう》の例だ。医療現場での事故や事件の多くが、内部で処理され、外に洩《も》れることはない。公然の秘密のように囁《ささや》かれていながら、内部告発でもないかぎり、たとえ警察でさえ踏み込んだ捜査はできない。まさに治外法権的な力が作用している。文字どおり患者に対して生殺与奪の権を握っているからこそ、医師の倫理が問われるべきなのだ。

　何はともあれ、これで岡溝にも江藤にも、加賀のために身命を賭《と》して奉仕するだけの背景はあることがはっきりした。

　とはいえ、それがはたして殺人という重大犯罪を犯すところまでゆくものかどうかは、正直なところ、浅見にも自信が持てない。だからこそ、第一の龍満智仁殺害は、岡溝の本心から起きたことでなく、龍満の思わぬ抵抗に遭って、争っているうちのはずみのような出来事だったと考えたのだ。

　田口の事件のほうは、むしろ動機がはっきりしている。犯人側にとって田口は恐喝者であり、事件の真相を握る危険な存在だった。犯人側としても、自分の身を守るために、一刻も早く抹殺しなければならなかったにちがいない。ただ、その場合にも、田口がおめおめと危険な相手の誘いに乗ったのが腑《ふ》に落ちないという疑問はあった。

岡溝を主犯、江藤を従犯と決めていながら、浅見には何か重大な過ちを犯しているような不安がつきまとった。そのよってきたる原因は、岡溝が二人の息子に示した優しさを見ているからかもしれない。あの人間味あふれる父親像からは、どうしても連続殺人事件の犯人というイメージに結びつくものが感じ取れないのだ。

人はみかけによらぬもの——という。外面似菩薩《げめんじぼさつ》、内心如夜叉《ないしんにょやしゃ》——ともいう。ごくふつうの社会生活を送っている人物が、ときとして豹変《ひょうへん》、恐ろしい犯罪を行なうことは、さして珍しくはない。

（しかし——）と、浅見は迷い悩む。あの岡溝を殺人犯に擬したくないという、心理的抵抗が抑えきれない。

その思いを断ち切ろうと、浅見は岡溝を訪問した。警察の捜査がこうまで行き詰まっている以上、殺人犯・岡溝ではない、もう一方の岡溝の人間性に期待するしかない——と思った。

岡溝は留守だった。夫人が応対して、「ちょっとその辺までって、出かけましたけど」と言った。この夫人の陽気さにも閉口する。この一家を不幸に追いやる作業に手を貸しているのかと、気持ちが萎《な》えてしまう。

岡溝は例によって中学のグラウンドを眺めていた。まだ授業が終わっていない時刻だ。誰もいない校庭に向かって、寒そうにコートの襟を立て、腕組みをしながら、じっと佇《たたず》む姿は、殺人事件の犯人というよりは求道者を思わせる。

「やあ、またあんたですか」

浅見の顔をチラッと一瞥《いちべつ》して、岡溝はニヤリと笑った。

「今日は何の用事ですか」

「お約束の証拠を持ってきました。ここで見ますか？」

浅見は「骨壺《こつつぼ》」の中身のコピーを差し出した。複写した写真もある。

岡溝は気の進まない様子ながら、浅見の手から資料を受け取った。

なみなみならぬ衝撃を受けていることが、岡溝の横顔から読み取れた。

（彼は何も知らなかったのだ――）

そのことに、浅見は驚いた。岡溝が「証拠を」と言ったときには、それは彼の逃げだと思った。少なくとも、加賀裕史郎の過去に、何かしら後ろ暗いことがあったことぐらいは知っていると思っていた。ところが、いまの様子を見るかぎり、岡溝は何も知らず、盲目的に加賀を信奉し、加賀を守るためにひたむきに尽くしていたらしい。

「いかがですか、岡溝さん。これだけの動機が揃《そろ》っていれば、加賀さんがあなたに殺人を命じても不思議ではないと、捜査本部は解釈するんじゃないでしょうか？」

「さあ、それはどうかな」

岡溝は証拠資料を浅見に返しながら、うそぶくように言った。

「浅見さん、あんたはたしかに、刑事よりも優秀な捜査官だよ。こんな物をどこでどうやって探し出してきたのか、大したもんだ。だけどね、あんたにも決定的な欠点がある。それは何かといえば、あんたがあまりにも自分の能力を過信している点だ」

「まさか……」

浅見は笑った。

「僕は自分の能力にまるで自信はないですよ。生まれてこのかた、いつも落ちこぼれだと思ってきましたからね。こうやってあなたを追い詰めたいまでも、何か間違っているような気がしてならないほどです」

「ふーん……」

岡溝は不思議そうに浅見を振り返った。

「だったら分かっているだろう。私が犯人なんかじゃないってことは」

「…………」

浅見は反論する気もなく、岡溝のしらっとした顔を見つめた。

「あんたはたぶん、警察は無能だと思っているにちがいない。しかし、警察はちゃんとやるべきことはやっているんだよ。多少はまだるっこしいところはあるけどね。その警察が私を捜査線上からはずした。それはなぜかというと、私が犯人なんかじゃないってことを認めたからさ」

この自信はどこからくるのか？——と呆れるほどの表情であり口調だった。

「それはたぶん、警察の甘さでしょう。第一、警察はまだこの証拠資料の存在を知りませんからね」

浅見は負けずに言い返した。

「いや、その資料があったとしても、龍満や田口の恐喝を裏付けるだけで、私の犯行ではないという事実を覆すことはできないよ。なぜなら、私は殺《や》っていないのだから。その根本のところで、浅見さん、あんたは勘違いしているんだよ」

岡溝は気の毒そうに浅見を眺めた。

「それに、あんたがなぜ彼らの側にばかり同情するのか、私には分からないね。龍満はともかく、田口は明らかに恐喝を働こうとしていたというじゃないか。誰が殺ったにせよ、てめえの借金の穴埋めをするために恐喝を働こうとしたやつのほうに、元はといえば罪があるんじゃないのかな」

まるで上司が新米の部下を諭すような口調になっている。この落ち着きぶりは、開き直りなのかもしれないが、さすがに本職の刑事を務めただけのことはある。

（なんてこった——）と浅見は思った。岡溝の情の部分に訴えて、真相を引き出そうとしたのに、それどころか逆に説得され、宥《なだ》められていては世話がない。

師走の風が急に身にしみた。

浅見は車に逃げ戻りたい欲求を抑えて、岡溝と並んで腕組みをして校庭を眺めた。

終業のベルが鳴り、やがてざわめきとともに生徒たちが三々五々、下校し始めた。クラブ活動の生徒はそれぞれのユニホーム姿でグラウンドに散ってゆく。いちばん後から野球部の生徒が現れ、ランニングを始めた。その足並みを真似るように、岡溝は体を小刻みに揺らしている。

「岡溝さんは、田口家に弔問に行きましたか？」

浅見は唐突に訊いた。

「ん？……」

ギクリと動きを止めて、岡溝がこっちを見た。

「岡溝さんはそれなりに田口さんと親しかったのでしょう？　いちど訪ねて上げてはいかがでしょうか」

「それはまあ、機会があればそうしたいが、しかし自宅がどこかも知らないしね」

「僕が案内しますよ。そうだ、これから行きませんか。車で行けば、そんなに時間はかかりません」

「まさか、この恰好《かっこう》じゃ……」

「構いませんよ。僕だってこんな一張羅のブルゾン姿です。それよりも気持ちのほうが大切じゃないですか。さ、行きましょう。田口さんの奥さんも喜びますよ」

浅見は岡溝の腕を取った。反射的に岡溝はその手を振り払う。刑事の連行を拒む被疑者を連想させた。

「それとも、何か後ろめたいものがあるのでしょうか？」

浅見はできるかぎり意地悪そうな、いやらしい目つきを作った。

「ばかな、そんなものがあるはずはない」

岡溝は天を仰いで、「いいでしょう、じゃあ行きますか」と歩きだした。

外環状線と常磐自動車道を経由して、田口家のある藤代町までは小一時間の距離だ。その間、浅見も岡溝も、ほとんど口をきかなかった。たがいに溢《あふ》れるほどの思いはあるにちがいない。

浅見には屈辱と無念さがあった。絶対の自信を持っていた「証拠品」が、岡溝にかくも簡単に一蹴《いっしゅう》されるとは思わなかった。岡溝に「私は殺ってない」と明言されては、あの萩焼の骨壺さえ色褪《いろあ》せて思える。

所詮《しょせん》、「情に訴える」などという甘っちょろい方法では、岡溝の頑強な心の壁を突き破ることなどできなかったのかもしれない。

しかし、それはそれとして、岡溝が持っている田口への誤解だけは解いておかなければならない——と浅見は思った。たとえこのまま、あえなく浅見の事件捜査が終結することになろうと、そうしなければ田口の霊は浮かばれまい。

田口家は今日もひっそりとしていた。田口未亡人はこの前のときよりもいっそう窶《やつ》れて見える。事件から二カ月を経過して、悲しみは薄れるどころか、その上に生活のさびしさがのしかかってきていることを窺《うかが》わせる。

「田口さんの友人——」と岡溝を紹介して、二人は仏前に額《ぬか》ずいた。本心はともかく、岡溝も線香を立て、深く頭を下げた。

「息子さんはその後、いかがですか？」

浅見は奥を気づかいながら訊《き》いた。

「ええ、ずっと臥《ふ》せたままで」

「そうですか……」

「パパが、オーストラリアへ連れて行くと言ったときは、いっときですけど、元気になりましたのにねえ……もう長くはないと思います」

「ご病気ですか？」

岡溝が儀礼的に訊いた。

「はい」

未亡人は浅見がそのことを岡溝に話していないことを確かめるように、チラッと浅見に視線を送ってから、言った。

「下の子が生まれつき心臓に欠陥があるのだそうです。成長するにつれてそれが大きくなって、移植手術するほかには、治る見込みはないのだそうです」

「そうなのですか……」

岡溝はたじろぐように居住いを正して、慰めを言った。

「しかし、いま国が進めようとしている臓器移植法が成立すれば、きっと治療が可能になりますよ」

「そうかもしれませんけど、でも、手術代は何百万もかかるのでしょう。そんなお金、私どもにはできっこありませんものねえ。そんな法律はお金のある人たちのためのものでしょう」

未亡人は投げ遣《や》りに言った。

「主人が亡くなる前の日に、『オーストラリアに行って手術をしよう』なんて、そんなできもしないことを言ったのは、何か虫の知らせでもあったのかもしれません。あんなふうな亡くなり方をするのだったら、せめて大きな保険にでも入っておいてくれればよかったのにって、お兄ちゃんのほうにそう愚痴を言ったら、パパも死ぬとき、きっとそう思ったよって……もう泣けちゃいました」

笑った顔がクシャッと歪《ゆが》んで、たちまち涙が溢れ出した。

田口家を辞去して、ふたたびだんまりのドライブになった。

三郷のジャンクションの手前で少し渋滞になった。

「浅見さん……」

前方に並ぶテールランプを眺めながら、岡溝がぼんやりした声で言った。

「このまま真っ直ぐ、都内へ向かってくれませんか」

「えっ？　お宅まで送りますよ」

「いや」

岡溝はかぶりを振った。

「家に帰ってしまえば、決心が鈍ります」

「？……」

「このまま真っ直ぐ、桜田門へ向かってください」

浅見はブレーキを踏み、首をねじ曲げて岡溝の横顔に見入った。

後ろから猛烈な勢いでクラクションが鳴らされた。気がつくと前の車ははるかかなたまで遠ざかっていた。

6

車が走りだしても、浅見はいつものようにスピードを上げる気になれなかった。左端の車線をトラックの後ろについて、ゆっくり走った。たったいま起きた驚くべき急展開に、知覚のかなりの部分が奪い取られたような、虚《うつ》ろな気分であった。

「浅見さん、あんたには勝てないな」

岡溝は自嘲《じちょう》するように、笑いを含んだ口調で言った。浅見の「情に訴える」作戦は、岡溝が刑事だった頃は、被疑者を落とすための常套《じょうとう》手段だったのだろう。それにしてやられたいまいましさが表れている。

「あんたの狙《ねら》いどおりになるのが、ちょっとばっかし悔しいけどね」

そう言って、岡溝は黙りこくった。浅見もあえてその先を催促しなかった。夕方のラッシュにぶつかって、首都高速道路は渋滞の連続だ。時間はたっぷりある。ノロノロ運転が少しも苦にならなかった。

都心のビル群が近づく頃には、完全に夜になった。右手を隅田川が流れ、対岸の街の灯が宝石のように美しい。

「何から話したらいいですかな」

ポツリと、岡溝は口を開いた。

「そうですね、龍満智仁さん殺害の状況から聞かせてください」

動機や経緯はいらない——と浅見は思って言った。

「そうだね、それがいいでしょうな」

岡溝は頷《うなず》いて、その瞬間の情景を思い浮かべるほどの間を取った。

「……あれは、はずみで起きたような事件だったと思いますよ。あんたもそんなふうに言っていたけどね」

「やはりそうでしたか。せめてそうであって欲しいとは思っていました」

「そう思うところが、警察とあんたとの違いかな。警察だと、頭から計画殺人と決めつけてかかる。その点、浅見さんは優しいよ」

「いえ、優柔不断なだけです」

浅見は小さく頭をさげて、

「しかし、はずみだろうと何だろうと、結果的には殺人です」

「ああ、それはそうだ」

「ただ、僕にはどうしても腑《ふ》に落ちないことがあるのです」

「何がですか」

「かりに言い争いが高じて暴力沙汰《ざた》になったにしても、腕力では龍満さんよりはるかに優る岡溝さんが、なぜ刃物を使ったのか。これでは必ずしもはずみとは……」

「えっ、まだそんなことを言っているのかねえ」

岡溝は焦《じ》れて、鋭い語気で言った。

「それは違うと言ったじゃないか。私は殺っていないと。何度も同じことを言わせないでくれないか」

「えっ、違うのですか……しかし岡溝さんは自首すると……」

「自首はするが、それは事件の真相を話すためだよ。困った人だなあ。私は龍満さんを殺ってないということが、どうして分かってもらえないのかね。あんたほどの人がそれなのだから、警察がいくら逆立ちしたって、真相が見えてこないのも無理がない」

「………」

浅見は岡溝の真意が読み取れなくて、混乱した。自首することを決意したこの時点でなお、岡溝がこれほどまで自分の犯行であることを否定しているからには、彼の言うことに嘘《うそ》はないと思うしかない。

だとしたら、いったい岡溝の言う「真相」とはどういうものなのか？　そのとき、龍満と岡溝には何が起きていたのだろうか？　岡溝が犯人でないとすれば、いったい犯人は誰なのか？――

「あっ、そうだったのか。そうでしたか……どうしてそんなことが分からなかったのだろう……」

浅見は愕然《がくぜん》と思い当たった。いままで黒い闇《やみ》の中にモヤモヤしていたものが、目の前に広がる夜景のように、キラキラといっせいに見えてきた。

事件当時、現場付近で、岡溝らしい中年男の運転する車が止まっているのを、付近の住人が目撃していることから、板橋署の捜査本部が岡溝を取り調べの対象にしたのは当然といっていい。しかしその嫌疑はかなり早い時点で晴れて、岡溝への追及は途絶えたということであった。

それを浅見は、警察の怠慢か、そうでなければ無能だと思い込んでいたのだが、しかしそうではなかったのだ。岡溝が捜査対象からはずされたのは、捜査本部が認定したとおり、岡溝にれっきとしたアリバイがあったからだ。

そのアリバイの信憑性《しんぴょう》性を警察が疑わなかったのは、「証明者」が権威のある人物だったからにちがいない。その人物とは、むろん加賀裕史郎に決まっている。

「そうか……そうでしたか」

浅見は溜《た》めていた息と一緒に、吐き出すように言った。

「龍満さん殺害の犯人は、加賀裕史郎だったのですね」

「うん」

岡溝は頷いて、憂鬱《ゆううつ》そうに言った。

「私にも正確なところ、何が起きたのかはよく分からない。加賀先生も詳しいことは話してくれていないからね。ただ、龍満が凶暴に摑《つか》みかかってきた——とおっしゃった。それで危険を感じて、たまたま持っていたナイフを構えたところに、龍満自身が体当たりした勢いで、心臓にナイフが突き刺さった——ということだ」

「それは嘘でしょう。龍満さんが何もしない加賀氏に飛びかかるというような真似をするはずがありませんよ」

「それは私にも分からない。だけど、あんたも現場で目撃したのでない以上、真実は分かりはしないのじゃないかな。まあどっちにしても、それについては、ここで話しあっても水掛け論にしかならないよ」

　それから岡溝は、そこに到るまでの経緯を話した。

　加賀裕史郎が龍満の度重なる「脅迫」に対して、かなりいらついていたことは岡溝にも分かるほどだったそうだ。岡溝に「何とかならないか」と愚痴をこぼすことも、日増しに多くなっていた。

　それでいて、龍満の「脅迫」の理由については、まったく説明しようとしない。岡溝が「いっそ警察沙汰にしたらいかがですか」と勧めたときなど、「そんなことができるか」と顔色を変えて怒った。何か第三者には知られたくない旧悪があるらしいことは分かったのだが、その解決方法にあてがあるわけでもなさそうだった。

　浅見が短いあいだに調べただけでも、加賀という人物は、強大なネットワークを支配しているようでいて、必ずしも信頼できる腹心には恵まれていなかったようだ。それは主として本人の狷介《けんかい》さに原因がある。加賀はまるで恐怖政治のようなシステムで支配力を行使していると考えられる。個人個人に対しては何らかの恩恵を与えることによって忠誠を誓わせる。そのためには江藤の場合のように、医療ミスを隠蔽《いんぺい》するような、法に触れることも平気で行なったと見られる。

したがって、もし731部隊や足尾銅山時代の旧悪の尻尾《しっぽ》を握られると、これまで築き上げてきた組織がいっぺんで根底から瓦解《がかい》しかねない——という不安はあったにちがいない。

その不安が現実のものになりそうな龍満智仁の「脅迫」は、一刻も早く、しかも自らの手で刈り取らなければならなかった事情は、浅見にもよく理解できる。

そしてその夜、加賀はついに決着をつける覚悟で龍満と直接対話することにした。おそらく、話がこじれた万一のケースも想定して出かけたのではないかと考えられる。殺害する意思があったかどうかはともかく、少なくとも強圧的に龍満を沈黙させる腹は決まっていただろう。八十歳の老人でありながら、加賀が対抗する相手を威嚇するときの、摑《つか》みかかるような形相は、若い連中をも震え上がらせるという。

龍満の帰宅時刻を「設定」したのは江藤である。その日は休日で、江藤は龍満をゴルフに誘い、ほぼその時刻に帰宅するように仕組んだ。

加賀は岡溝の運転する車で現場まで行き、龍満の車がマンション脇《わき》の駐車場に入るのを見て、車を出た。

じつは岡溝のいる場所からはそこまでしか見えていない。そこから先は加賀からの伝聞ということになる。

加賀は車のドアを出かかった龍満に声をかけた。そこは建物の壁の陰で、マンションや隣接する建物のどの窓からも死角になっているところだ。加賀は降りかけた龍満に車内に戻るように言い、自分は助手席に乗った。

それからしばらく、加賀は龍満を説得しようと試みた。

脳死問題も臓器移植問題も、すべて時流であって、医学や文明の進化とともに受け入れなければならないものである。現実に臓器を必要とする患者がいて、一方に善意の提供者が存在する以上、可能なかぎりの最善を尽くすのが医学者の務めだ。それを宗教的な理由やセンチメンタルな倫理観などを持ち出して阻止しようとするのは、科学の進歩そのものを否定するに等しい。

加賀が日頃から主張していた論理はそのようなものである。そのときもそういった論理で龍満の説得を試みたものと思われる。それに対して龍満がどのように反発し、どのような加賀批判を行なったのかは推測するほかはないが、加賀の旧悪を持ち出して、かなり強硬な姿勢を貫いたであろうことは想像に難くない。加賀が何を言おうと、過去に非人道的な犯罪を犯した者に倫理を論じる資格などはない——というのが、龍満の動かし難い信念だったと思われる。

結局、加賀の懐柔工作は龍満に一蹴《いっしゅう》され、龍満は加賀に車を降りるよう言い、自分も運転席を出ようとした。加賀は先回りして、龍満の鼻先にナイフを突きつけ、最後の脅しに出た。しかし、龍満が加賀のそんな「こけおどし」に屈するはずがない。逆に加賀を年寄り扱いし、説得したのかもしれない。

意のままにならない相手に、傲慢《ごうまん》でプライドの高い加賀は焦れて、龍満の胸ぐらを摑み押し合いになった。龍満も反撃してもみ合ううちに、「はずみ」で加賀のナイフが龍満の胸に突き刺さった――。

これらのことは、事件後、加賀が岡溝に語った「状況」の説明を基に描かれた事件ストーリーだが、事実はそうでなかったかもしれない。加賀には最初からある程度以上の殺意があって、龍満の抵抗を予測していたからこそ、ナイフを用意したとも考えられる。岡溝に「はずみ」を強調したのは、加賀の嘘《うそ》である可能性は十分、ありうる。

「元刑事の岡溝さんが、その程度の加賀氏の嘘を見破れなかったはずがないでしょう」

浅見が強く指摘すると、岡溝もあえて否定はしなかった。

「あるいは……と思ったことは事実ですよ。しかし私は加賀先生を信じることにした。龍満が恐喝者である以上、第一の被害者は加賀先生だと考えた。龍満の恐喝さえなければ、事件は起きなかったのだからね。もっとも、それは自分を納得させるための欺瞞《ぎまん》だったのかもしれない。なぜならば、私はそのとき、九月だというのに加賀先生があらかじめ革の手袋をしているのに気がついていたからだ」

岡溝は苦渋に満ちた声音で、絞り出すように言った。

警察はせっかく岡溝に捜査の目を向けていながら、加賀裕史郎のアリバイ証言を信じたために事件の核心に迫ることができなかったことになる。加賀の証言は江藤薫という第三の人物の裏付けによって、確固たるものになった。加賀はもちろんだが、江藤もまた医学界のエリートである。警察がそれをも疑ってかからなかったのは手落ちかもしれないが、それを責める資格は、浅見にはない。浅見自身、よもや八十歳の老人が殺人の実行犯であるとは想像もしなかったのだ。

しかし、考えてみると、ナイフの一撃で正確に心臓を貫いた手練《てだれ》は、心臓外科の権威でもある加賀にふさわしいものではあったかもしれない。

「龍満さんの事件については、ある程度の突発的な要因を認めることができるとしても、田口信雄さんを殺害したのは、恐喝を受けたため——という動機に情状酌量の余地があるかどうかはともかく、犯行そのものは偶発性のない、完全な計画殺人であったとしか考えられませんね」

浅見が言うと、岡溝は苦い顔をして、頷《うなず》いた。やはり心の片隅に、田口の恐喝に対する不快な思いがあるのだろう。

「直接紹介したわけじゃないが、田口が江藤先生と知り合うきっかけを作ったのは、結果的には私ということになる。裏には加賀先生のご指示があった。せっかく田口のためにそうしたつもりなのに、ああいう結果になるとは……」

溜《た》め息まじりに話した。

田口は龍満課長のあとを継いで課長代理に就任するとともに、龍満が担当していた病院や医師へのアプローチを始めた。その最初の大仕事が、T大学病院で行なわれた、医師たちの会合に顔を出すことであった。その場面を設営したのが、岡溝だったというのだ。

グリーン製薬と加賀とは、いうまでもなく切っても切れない間柄である。グリーン製薬の医家向け薬品が、市場でもまれにみるほど安定的に伸びているのは、加賀の影響力による部分が大きい。

龍満と加賀との関係が不穏なものになってからは、表向きはともかく、グリーン製薬とT大学病院との取引きは明らかに先細り状態にあった。いや、T大学病院だけに止《とど》まらず、加賀の息のかかった医師がイニシアチブを執っている他の病院も、加賀の意向を受けて龍満を敬遠しはじめていた。もちろん加賀はその理由は言っていない。腹心中の腹心である江藤薫が多少のことを知っている以外は、懐刀の岡溝にも、忌まわしい過去のことは知られていない。

加賀の側からおおっぴらに龍満を排除せよとは言えないだけに、グリーン製薬側としては、このぎくしゃくした状態の原因を摑みかねたまま、営業の数字だけははっきり鈍化の一途を示していた。これは加賀も望んでそうしていたわけではない。龍満が死んで、その冷えきった関係を修復しようというのは、加賀の考えであった。

T大学病院で定期的に行なわれる会合は、T大出身で各地の大学病院のトップクラスにいる医師たちが、加賀を中心として情報交換を行なう、一種の研究会である。日本医師連盟にはいくつかの「閥」があって、加賀を頂点とするT大閥もまた、その中のもっとも有力なものの一つになっている。こういう研究会や親睦《しんぼく》会を通じて、たえず結束を固め、いろいろな場面で政治力を発揮する。

岡溝は加賀の指示に従って、田口をこの集りに手引きした。

会合がはねるのを待ち受けた田口は、数人の医師に接触したが、その中でまともに対応してくれたのは、H医大の江藤薫教授だけだった。それにはもちろん、加賀のひそかな根回しがあったのだが、田口はその晩、江藤を接待の場に引っ張り出すことに「成功」したそうだ。

ここからは推測になるのだが、おそらくその席で、話題が前任者である龍満のことに及び、その中で田口は、龍満が父親の骨を淡路島の常隆寺に納骨した――という話をしたのだろう。それは、田口にその話をした龍満夫人も知らなかったという、奇妙な「出来事」である。

この話を、江藤は加賀に報告した。加賀も江藤も「骨壺《こつつぼ》」の中身が何であるのか、ピンときたのだろう。加賀は折から行なわれる国際移植学会に合わせて、江藤と岡溝に骨壺を奪取してくるように命じた。

「それなのですが、なぜ岡溝さん一人に行かせなかったんですか？」

浅見は訊《き》いた。

「それは加賀先生が私を完全には信用しておられなかった証拠でしょうな」

岡溝は無表情に答えた。

「先生にしてみれば、私に骨壺の中身を見られたくなかったんじゃないですか。だから江藤先生をつけた。江藤先生だけだと、顔を見られてはまずいから私が一緒に行った——これが真相でしょうな」

「なるほど」

加賀は岡溝に中身を見られたくなかったのと同時に、ひょっとすると江藤にも見せたくなかったのかもしれない。二人を派遣したのは、相互に監視しあうことが狙いだったとも考えられる。

陽一郎が推測したとおり、江藤には過去に三度、治療ミスと思われる患者の死亡事故があったらしい。そのことは加賀が岡溝に匂わせている。「江藤君を三度助けてやった。だから彼は、わしには逆らえんのだよ」と言っていたそうだ。

もっとも、江藤は最初から積極的に殺人事件に加担するつもりだったわけではない。龍満をゴルフに誘うよう加賀に依頼されたときも、龍満の考えを最終確認するためと言われたのであって、その時点では、まさか殺人が行なわれるとは思っていなかった。しかし、事件後さらに、加賀とともに岡溝のアリバイを証明する役割を担い、明らかな共犯関係を結んでいる。そうすることによって、加賀との「貸借関係」をチャラにするのと同時に、加賀の弱みを握ったつもりが、江藤にはあったかもしれない。

だが、それが彼をさらに泥沼に引きずり込むことになった。

常隆寺の庫裡《くり》を訪問した際、江藤は岡溝に身分を示すものとして、手持ちの名刺の中から田口の名刺を引き出して与えた。龍満の同僚ということならば、常隆寺の住職に疑われないだろうと考えたのだ。とっさの判断で、その時点ではその名刺がよもや、遠く東京から現れたルポライターと繋《つな》がることになるなどと、想像もつかなかっただろう。しかしそれが結果的には、田口の恐喝を受ける事態へと結びつき、その一枚の名刺が彼らの命取りになった。

田口の不幸は、龍満殺害事件が、江藤薫の単独犯行だと思い込んだことにある。田口は江藤に電話で、息子が海外で手術を受けられる方法と、なにがしかの資金を授けてくれるよう頼んだ。「先生に差し上げた私の名刺が、どういうわけか淡路島の常隆寺というところで使われたようで……」と言ったそうだ。もちろん、どうひいき目に見ても恐喝には違いない。

江藤は最初は取り合おうとはしなかったが、二度目の電話に対して、それなりに前向きの姿勢を示した。むろん加賀の指示を仰いだ結果である。加賀は岡溝に「江藤のやつ、ヘマをしおって」と愚痴を洩《も》らしたそうだ。とりあえず、おいしいことを言って、田口の口を封じておくよりしようがなかった。その夜、田口が帰宅して家族に示したはしゃぎぶりは、そのことを裏付けるものだ。

当然のことながら、田口は岡溝や加賀に対しては無防備だった。翌日、岡溝が電話で、加賀先生が長門市に作る医学研究所に田口を事務長として招聘《しょうへい》したい意向のあることを告げ、内々に面談したい——という旨を申し入れると、二つ返事で乗ってきた。田口にしてみれば、これまでのツキのなかった人生が一変したような気持ちだったろう。

その日、田口は予定していた巡回業務を終えると、夕刻、最後の訪問先であるF病院の駐車場に車を置いたまま、付近の路上で岡溝の運転する車に乗り込んだ。岡溝は、懇談会に出席中の加賀と、宇都宮近くの別荘で会う手筈になっていると説明した。


宇都宮ICを出て、市内へ入る手前を左折して間もなく、ゴルフ場に近い林の中に別荘がある。じつはこの別荘は江藤の所有するものだ。

建物に入るとすぐ江藤が現れた。田口は江藤をひと目見て、仕組まれたことが分かったに違いない。非難する目を岡溝に向け、戸口に向かって帰る素振りを見せた。

「まあまあ、そう逃げなくてもいいじゃないか」

江藤はそう言いながら、背後から右手で田口の肩の後ろを叩《たた》いた。

田口は「痛っ……」と、打たれた部分を押さえた。単なる打撲の痛みとは異なる刺すような痛みを感じたのだろう。

その直後、田口の様子が急変した。振り返った顔が蒼白《そうはく》になり、崩れるように床に倒れた。全身を突っ張るように硬直させ、細かい痙攣《けいれん》を起こして、やがて絶命した。

「何が起こったのか、その瞬間は私には分からなかったですよ」

岡溝はそのときの恐怖を、そういう言葉で語った。それが実感だったろう。

江藤自身、その劇的な効果には驚いた様子だったという。「なるほど、加賀先生のおっしゃるとおりだな」と呟《つぶや》いていた。岡溝に解説したところによると、スパイ映画などで知られている即効性の高い毒物で、神経系統に作用して急激な死を招くのだそうだ。

田口の死体を江藤の車のトランクに入れてから、二人は懇談会の開かれている宇都宮市内のホテルに向かった。中座していた江藤は何くわぬ顔でパーティに戻り、岡溝は懇談会が終了して、玄関からの呼び出しがかかるまでのあいだ、ホテルの駐車場で待機していた。

懇談会の主催者たちに見送られ、加賀を乗せて走りだしてまもなく、道路脇で待機していた江藤と落ち合った。そこで江藤と岡溝は相互に車を乗り換えた。江藤が加賀の車を運転して東京へ向かい、岡溝は江藤の車で死体を運び、足尾町の南端にある餅ヶ瀬渓谷に遺棄する――という手筈ができていた。

「昔の記憶しかないが、足尾の様子は大して変わっていないはずだ。足尾町を出はずれるトンネルの手前を右折して、餅ヶ瀬渓谷沿いの道を遡って、適当なところで谷へ投げ捨てればいい」

加賀はその場所を地図で示し、いとも簡単に指示した。

江藤が計画した「トリック」の計算上では、岡溝が足尾経由で川口の自宅付近に帰着するのと、江藤が加賀を送り届け、その場所に戻って来るのとちょうどタイミングが合うということであった。

江藤は世田谷の加賀邸へ行き、川口へ引き返してくる間に、都内の行きつけの店に顔を出し、宇都宮から都心まで直行したかのごとく、アリバイ工作を施したのだそうだ。

そしてほぼその計画どおりに、岡溝と江藤は川口市内で落ち合い、車を交換してそれぞれの自宅に戻った。岡溝はやはり江藤の入れ知恵で、近所のラーメン屋に立ち寄り、アリバイを確かなものにしている。

これが田口殺害事件の全容であった。

午後七時を回って間もなく、浅見は岡溝を警視庁の正面玄関前で降ろした。浅見が一緒に行くと言うのを、岡溝は断った。

「ここから先は私一人で行かせてください。自主的な自首であることを表明するためにもね」

おどけた表情でシャレを言い、それから頰《ほお》を歪《ゆが》めるようにして、「父親がそういう決断をしたことが、息子たちにとって、唯一の救いにもなる」と言った。岡溝の胸の裡《うち》で揺れ動くものが見えるようだ。

「もし必要があれば、僕はいつでもあなたのために証言しますよ」

浅見は気づかわしげに言った。

「ありがとう。いずれはあんたの骨壺の資料が必要にもなるだろう」

それからしばらく押し黙って、

「正直言って、私は怖い。これまで、雇い主を裏切ったことがないもんでね」

「それは違うでしょう。あなたの本当の雇い主は……」

浅見は「神」と言いかけて、日本には西洋流の「神」という概念がないことに気がついた。なるほど、こういう場合には西洋の神様は便利なものだな——と、妙なところで感心した。

「そうだな、そう考えることにしますか」

岡溝は浅見の気持ちが通じたように、助手席の窓に顔を寄せるようにして、真っ暗な天を仰いだ。すぐ目の前にはスマートな警視庁の建物が聳《そび》え立つ。

「もう十何年も昔になるけど、警察に入った頃、この階段を登ってあの玄関に入って行くのが理想だったなあ」

素朴な述懐を洩らして、思い切ったようにドアを開けた。

「ありがとう、お世話になりました」

ドアの外から腕を伸ばして浅見の手を握った。乾いた冷たい感触であった。

岡溝は威勢よく階段を駆け上がった。警備の警官が左右から制止しようとするほどの勢いだった。彼らに何か事情を説明して、それから一人の警官に付き添われるようにして建物に入っていった。

もう振り返ることはしなかった。

エピローグ

前医師連盟会長加賀裕史郎の恐るべき犯罪が明るみに出たのは、それから三日後のことである。新聞各紙は警視庁刑事部長の特別記者会見の記事をいっせいに掲げ、テレビのニュース番組はこの話題に時間を大きく割いていた。

マスコミの論調は、この問題が脳死臨調や臓器移植法案の帰趨《きすう》に影響するか否かで大きく分かれていた。法案賛成派にとってはかなりの打撃になるにしても、全体の趨勢を覆すところまではいかないだろう——というのが大方の観測であった。政治も学界の意向も、すでに既定のこととして動いているというのである。

その日、浅見は長門市にいた。

冬の日本海としては珍しく快晴、海も穏やかに凪いで、仙崎港はブリ漁の水揚げで賑《にぎ》わっていた。郷里出身の名士の不祥事も、ここでは遠い出来事のように通りすぎてゆくのかもしれない。

仙崎駅前で森喜美恵と落ち合って、西恵寺へ向かった。西恵寺には龍満智仁の遺族がすでに来ていて、納骨の法事を執り行なっている。その末席に連なって、浅見と喜美恵は手を合わせた。龍満の骨壺《こつつぼ》は白木の箱に入れられ、銀糸で飾られた布で覆われ、祭壇の上に載っている。

もう一つの萩焼の「骨壺」は、警視庁に保管されていた。喜美恵にそのことの了解を求めるのと、警視庁に出頭する喜美恵を迎えるために、浅見は長門へ来た。

墓参をすませた後、浅見と喜美恵は長門市役所近くの喫茶店で松村尚美と古川麻里に会った。尚美と麻里は浅見と喜美恵の顔を見比べながら、「どねぇなっとるん？」と驚いた。

その二人に、決して「怪しい関係」ではないことを説明するのに苦労した。

喜美恵は二人の旧友に、「失踪《しっそう》」以来のことを矢継ぎ早に訊《き》かれて、当惑げに笑いながら、あいまいにはぐらかして応じていた。

浅見は麻里に取材の際のお礼として、「旅と歴史」の新年号を土産に持参している。「金子みすゞのきらめき」と題した、かなり長いレポートだ。取材のときに撮った写真をふんだんに収録してある。麻里は市役所の職員らしく「これやったら、観光課が喜ぶわ」と、妙な感心の仕方をした。

浅見はレポートの中で、冒頭に「お魚」というみすゞの詩を掲げた。


海の魚はかはいさう。

お米は人につくられる、
牛は牧場《まきば》で飼はれてる、

鯉もお池で麸《ふ》を貰《もら》ふ。
けれども海のお魚は
なんにも世話にならないし
いたづら一つしないのに
かうして私に食べられる。

ほんとに魚はかはいさう。


「この詩を使った浅見さんの気持ち、分かるような気がします」

喜美恵がしみじみと言った。

「なんでです？　どういう意味があるんですか？」

麻里も尚美も理解できずに、浅見に目を向けた。

「いや、べつに大した意味があるわけじゃありません」

浅見は照れて頭を掻《か》いた。何かが何かの役に立つことと、輪廻《りんね》転生——といった意識が働いたかどうか、たぶん喜美恵はそう感じたのだろうけれど、浅見自身は定かではなかった。ただ、この詩の最後の「ほんとに魚はかはいさう」という一節が、いつまでも凝《しこ》りのように頭に残っていた。

＊

半年後の平成九年六月——臓器移植法が成立した。「脳死を人の死とする」という原案に対して参議院で修正が加えられ、衆議院本会議で可決成立するまで、ほとんど審議らしきこともないまま、会期末にせっつかれたような慌ただしさであった。

成立した新法によると、「脳死は臓器を提供する場合のみ死と認める」という奇怪なものであった。同じ脳死でも死であるのと死でないものと二種類あることになる。臓器移植という、まったくの人間のご都合によって、厳粛であるはずの死に区別が与えられるわけだ。

また法案成立を目指すあまり、肝心の臓器提供者を認定する条件をきびしくした。そのために、事実上、臓器提供はほとんど行なわれないのではないかと危惧《きぐ》する声もある。「密室医療不信ぬぐえず」「なおざり審議・改革なし」「大きな疑問と心配」といった不安な見出しが新聞紙面におどっていた。そういった不安要素を積み残したまま、なぜ法案成立を急がなければならなかったのか、そこにも疑問があった。

遅い朝食のテーブルで独り新聞を開きながら、浅見は東京拘置所にいる加賀裕史郎が、このニュースをどう受け止めたかを思った。いったん成立した法律は、改正という美名のもとに、為政者や関係者の思うまま、しだいに形を変えてゆくにちがいない。そのことを思うと、加賀の悪魔のようにほくそ笑む顔が目に浮かぶ。

自作解説

この作品の第一章の冒頭近く、浅見光彦が明石海峡フェリーに乗って、テレビニュースで女流ミステリー作家の死に遭遇するシーンがある。これは僕が取材のために淡路島に渡った時の実体験を元にして書いた。その女流作家とは山村美紗氏である。

その前日、僕は京都にいた。『崇徳伝説殺人事件』を書くために京都に取材し、二泊したあと、さらに香川県の取材に向かう途中、淡路島の常隆寺に立ち寄ることにした。まだ明石大橋が完成途上にあって、フェリーは廃止直前という時期のことだ。途上といえば、神戸も淡路島も震災からの復興途上にあり、阪神高速道は不通という、物情騒然とした気配が漂う中の旅だったことを思い出す。

フェリーの客室に上がったとたん、正面の大型テレビのモニター画面に「山村美紗さん死去」のニュースが流れた。その時の衝撃は作中の浅見の感想よりは、はるかに大きかったことは言うまでもない。山村氏は東京のホテルで急逝、すぐに京都に運ばれたそうだ。僕が京都を離れる直前、深夜に京都のご自宅に戻られたと、後で知った。

この思いがけない出来事が『遺骨』のほとんど冒頭といっていい場面で描かれ、そこから流れ出たエピソードが、やがて大きな流れとなってストーリーを形成してゆくとは、想像もつかないことであった。

すでにいろいろな機会に書いたり話したりしていることで、読者の中には「くどい」とお叱《しか》りになるむきもおありだろうけれど、僕は執筆の前にプロットを用意しない「希有《けう》」な作家の一人である。「希有」であるということに気づいたのさえ、じつはごく最近のことで、小説——とくにミステリーの執筆に当たっては、テーマと構成をきちんと用意してから書くのが「正しい」創作法であるという基本的なことも、まったく考えなかった。

僕はあらかじめ「何を」「どのように」書くかさえ、さほど真剣に構えて考えない。たとえばこの『遺骨』でも、最初の取材段階で思いついたことといえば、「金子みすゞにまつわる物語にしよう」という漠然としたものにすぎなかった。

金子みすゞは大正から昭和初期にかけて活躍した詩人である。活躍といってもアマチュアのまま、わずか二十六歳の若さで悲劇的な人生を終えたが、死後半世紀を経てから作品が発掘され、にわかに注目された。そのブームにあやかって小説の材料にしようという、いわば不届きな動機が、そもそもの創作意図であったのだ。現に『遺骨』の中には、折にふれて金子みすゞにちなんだ話が傍流として息づいている。

しかし、金子みすゞは「主流」にはならなかった。幸か不幸か、僕の直前に同じようなことを考えた作家がいて、金子みすゞをモロにテーマに掲げてミステリーを書いていたことが判った。しかもそれが版元も同じ「角川書店」だったのだから、皮肉というもおろかな話である。じつは担当編集者はそれを知っていながら、僕には伏せて、取材に同行したということも、取材先の長門市役所職員との会話を通じて初めて知った。呆《あき》れ果てて、開いた口が塞《ふさ》がらなかった。先方はきっと、なんと間抜けな作家だと思ったことだろう。

というわけで、この取材はなかったことにしよう——と、よほど考えた。しかし取材にかけた時間が勿体《もったい》なかったのと、長門市を中心とする山口県北部の風物が魅力的だったことから、僕は思い直して物語を紡ぎ始めた。冒頭の「女流作家の死」が、そのエネルギー源として創作意欲を駆り立てたということもあったかもしれない。人の不幸を糧にするというか、転んでもただでは起きないというか、雑草のごとき不屈の作家魂ではあった。

執筆を始めたといっても、例によってテーマや方向性が決まったわけではない。とりあえず心に浮かんだ心象風景——というとかっこいいけれど、思いつくままにワープロを叩《たた》いた。いつだってそうして物語を紡ぎだすのだし、それで物語が完成してゆくという自信だけが、僕に備わった「才能」である。筋書きや結末は後からついてくる。登場人物が動きだせば事件は起きるし、感動も生まれる。実際、この作品でも執筆作業を追いかけるように、現実社会で次々に事件が起き、僕の創作にエネルギーを与えつづけた。執筆のほうが先に進んで、事実が後から発生したケースは、過去の作品で何度も経験している。もしかすると『遺骨』でもそういうことが起きていたのかもしれないが、いまはもう記憶していない。

余談だが、僕のもう一つの「才能」はこの忘れっぽさにあるらしい。一つの作品を仕上げた後、旬日を経ずして何を書いたか忘れてしまう。何年か経ってから読み返してみて、

「あっ、こんなことも書いている」と感動できるトクな性分である。

『遺骨』のテーマは、とどのつまり何だったのだろう——と考えると、いささか厳粛な気分になる。ミステリーというエンタテーメントに事寄せて語ったことは、軽率だったのかもしれない。もちろん、最初はこのような重大なテーマに挑むつもりがなかったのは、前述してきたとおりである。書いているうちに気持ちの赴く方向にそのテーマが現れた。何か得体の知れない力が、僕の指を動かして、ワープロのキーを叩かせた——というと、気障《きざ》にすぎるだろうか。しかし本来、創作とはそういうものだと思う。

山口県長門の仙崎と栃木県の足尾とが結ばれることになるとは、予測を超えた不可思議としか言いようがない。しかも半世紀という長いスパンがその間に横たわる。頭をひねったからといって、そういう発想が生まれるものでもない。

崇高と下劣、栄光と挫折の狭間で右往左往する人間共のドラマは、神の目から見ればさぞかし面白いだろうけれど、その世界を生きている人間にとっては、たとえ他人《ひと》ごとであってもやり切れないものがある。それをまともに書けば、たぶん不愉快になるばかりだ。

創作・小説のいいところは、不愉快な出来事を書いても、面白く、読みおえてカタルシスを覚えるように修飾できることにある。

『遺骨』というタイトルが示すとおり、この作品に描かれた世界は、本来はきわめて重く憂鬱《ゆううつ》なものであるはずだ。しかし小説に書くと、なぜかそうはならない。たとえばランダムにページをめくってみる。第五章の3節、浅見が足尾町を訪れたシーンでの、高沢部長刑事とのやり取りなど、本筋から見ればほんの些細《ささい》なエピソードだが、読むと情景が彷彿《ほうふつ》としてきて、この部分だけでもけっこう面白い。

全編にそういう場面がちりばめてあって、しかもそれぞれが全体を構築する上で揺るがせにできない要素を持っている。続く第五章4節での思いがけない「発見」と、兄陽一郎との緊迫した会話も、書いた本人の僕が、思わず引き込まれそうになった。この部分がじつは、ストーリーの新旧の時代のブリッジになるわけだが、それすらも全体の中のワンシーンにしかすぎないほど、この作品には重層する面白さが満ちていると思う。

そうして結論として「脳死」問題に行き着く。「臓器を提供する場合に限って、脳死を人の死と認める」という、何とも不可解な法律が罷《まか》り通る現代社会こそが、この作品の本当の意味での面白さなのかもしれなかった。

二〇〇一年三月　　著　者

追記　この原稿は三月二十八日、客船「ぱしふぃっくびいなす」での世界一周途上、マラッカ海峡を抜け、インド洋を航行中に書いている。奇《く》しくもこの日、日本ではＨＩＶに関わる、いわゆる「薬害エイズ事件」の判決公判が開かれ、業務上過失致死罪に問われた元

T大学副理事長A氏に対して、無罪が言い渡された。死者五百人以上を出した、戦後最大といわれる薬害事件の中心人物でさえ、刑事責任を問われないということである。それにつけても、この作品の最後の二行が、ズッシリと重く感じられる。

本書は平成十一年九月に小社カドカワエンタテインメントから刊行された作品を文庫化したものです。

本作品はフィクションであり、実在の個人・団休などとは一切関係がありません。また、作中に描かれた臓器移植法案や脳死臨調の動向、および風景や建造物などに現実と異なっている点がありますことをご了承ください。

作中の金子みすゞの詩につきましては、『新装版　金子みすゞ全集』（JULA出版局）の表記に従いました。

（編集部）

遺骨《いこつ》

内田康夫《うちだやすお》

角川文庫 11973

平成十三年 五 月二十五日 初版発行
平成十八年十一月二十五日 十一版発行
発行者――井上伸一郎
発行所――株式会社角川書店
東京都千代田区富士見二―十三―三
電話 編集(〇三)三二三八―八五五五
営業(〇三)三二三八―八五二一
〒一〇二―八一七七
振替〇〇一三〇―九―一九五二〇八
印刷所――暁印刷 製本所――BBC
装幀者――杉浦康平

う 1-52 ISBN4-04-160753-1 C0193

角川文庫発刊に際して

角川源義

第二次世界大戦の敗北は、軍事力の敗北であった以上に、私たちの若い文化力の敗退であった。私たちの文化が戦争に対して如何に無力であり、単なるあだ花に過ぎなかったかを、私たちは身を以て体験し痛感した。西洋近代文化の摂取にとって、明治以後八十年の歳月は決して短かすぎたとは言えない。にもかかわらず、近代文化の伝統を確立し、自由な批判と柔軟な良識に富む文化層として自らを形成することに私たちは失敗して来た。そしてこれは、各層への文化の普及滲透を任務とする出版人の責任でもあった。

一九四五年以来、私たちは再び振出しに戻り、第一歩から踏み出すことを余儀なくされた。これは大きな不幸ではあるが、反面、これまでの混沌・未熟・歪曲の中にあった我が国の文化に秩序と確たる基礎を齎らすためには絶好の機会でもある。角川書店は、このような祖国の文化的危機にあたり、微力をも顧みず再建の礎石たるべき抱負と決意とをもって出発したが、ここに創立以来の念願を果すべく角川文庫を発刊する。これまで刊行されたあらゆる全集叢書文庫類の長所と短所とを検討し、古今東西の不朽の典籍を、良心的編集のもとに、廉価に、そして書架にふさわしい美本として、多くのひとびとに提供しようとする。しかし私たちは徒らに百科全書的な知識のジレッタントを作ることを目的とせず、あくまで祖国の文化に秩序と再建への道を示し、この文庫を角川書店の栄ある事業として、今後永久に継続発展せしめ、学芸と教養との殿堂として大成せんことを期したい。多くの読書子の愛情ある忠言と支持とによって、この希望と抱負とを完遂せしめられんことを願う。

一九四九年五月三日

角川文庫ベストセラー

盲目のピアニスト　内田康夫

突然失明した天才ピアニストとして期待される輝美。ところが彼女の周りで次々と人が殺されていく。人の虚実を鮮やかに描く短編集。

追分殺人事件　内田康夫

ふたつの「追分」で発生した怪事件。信濃のコロンボこと竹村警部と警視庁の切れ者岡部警部が大いなる謎を追う！　本格推理小説。

三州吉良殺人事件　内田康夫

浅見光彦は、母雪江に三州への旅のお供を命じられた。ところが、その地で殺人の嫌疑をかけられてしまう。浅見母子が活躍する旅情ミステリー。

薔薇の殺人　内田康夫

「宝塚」出身の女優と人気俳優との秘めやかな愛の結晶だった女子高生が殺された。浅見光彦は悲劇の真相を追い、乙女の都「宝塚」へ向かうが。

日蓮伝説殺人事件(上)(下)　内田康夫

美人宝石デザイナー殺人事件に絡む日蓮聖人生誕の謎とは!?　名探偵浅見光彦さえも驚愕に追い込む真相！　伝説シリーズ超大作!!

軽井沢の霧のなかで　内田康夫

何気ない日常のなかに潜む愛と狂気――。四人の女性が避暑地・軽井沢で体験する事件の真相は!?　危険なロマネスク・ミステリー。

歌枕殺人事件　内田康夫

歌枕にまつわるふたつの難事件。唯一の手がかりは被害者が手帳に書き残した歌。古歌に封印された謎に名探偵浅見光彦が挑む！　旅情ミステリー。